# 황제의
# 코담뱃갑

## 이 동 윤

서울대학교에서 사회학을 전공했다. 미스터리 애독자인 그는 고전부터 현대, 본격 추리부터 코지까지 폭넓은 미스터리를 독자에게 소개하기 위해 번역가의 길을 선택했다. 옮긴 책으로 피터 러브시의 『가짜 경감 듀』, 루이즈 페니의 『치명적인 은총』, 루스 렌들의 『활자 잔혹극』 등이 있다.

## THE EMPEROR'S SNUFF-BOX
by John Dickson Carr

Korean translation copyright ⓒ 2014 by Elixir, an Imprint of Munhakdongne Publishing Corp.
Korean translation rights arranged with David Higham Associates Limited, through EYA (Eric Yang Agency).

/

이 책의 한국어판 저작권은 EYA(Eric Yang Agency)를 통해
David Higham Associates Limited와 독점 계약한 '엘릭시르'에 있습니다.
저작권법에 의하여 한국 내에서 보호를 받는 저작물이므로 무단 전재와 무단 복제를 금합니다.

이 도서의 국립중앙도서관 출판시도서목록(CIP)은 e-CIP 홈페이지(http://www.nl.go.kr/ecip)와
국가자료공동목록시스템(http://www.nl.go.kr/kolisnet)에서 이용하실 수 있습니다.
CIP제어번호 : CIP2014027621

아니리라

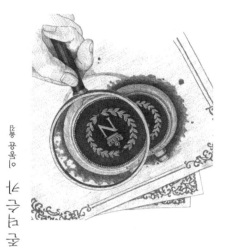

*The murderer's snuff Box*

*The Emperor's Snuff-Box*

The Emperor's Snuff-Box

John Dickson Carr

이브 닐이 네드 애투드와 이혼했을 때 이혼 소송은 별다른 이의 제기 없이 마무리되었다. 심지어 이 소송은 유명한 여자 테니스 선수와의 불륜 때문에 시작되었음에도 세간에 일어난 추문은 이브의 예상보다 훨씬 적었다.

우선 한 가지 이유는 두 사람이 파리의 아브뉘 조르주 생키엠에 있는 미국인 교회에서 결혼했기 때문이었다. 파리에서 한 이혼은 영국에서도 법적으로 유효했다. 영국 언론에는 고작 한두 줄의 기사만 실렸을 뿐이었다. 이브와 네드는 라 방들레트에 살림을 꾸리고 있었는데, '가느다란 띠'라는 뜻의 이름처럼 은빛 모래가 깔린 좁고 긴 백사장이 있는 곳이었다. 평화로웠던 시대에는 아마 프랑스의 부유층이 가장 선호하던 해수욕장일 터였다. 이곳에서 살다 보니 두 사람은 영국의 친지들과 거의 교유가 끊긴 상태였다. 그들의 이혼 소식은 사람들 사이에서 살짝 언급되고 비웃음을 사다가 그대로 묻혀버린 듯했다.

그러나 이브는 세상과 단절되는 것보다 이혼 소식이 알려지는 쪽이 훨씬 굴욕적이라 생각하는 것 같았다.

확실히 이런 태도는 병적이었다. 이브는 신경을 혹사시킨 여파로 평소의 느긋한 기질조차 소모되어 히스테리 직전까지 몰리고 말았다. 그렇게 되고 나서도 그녀는 자신의 불운한 외모에 쏟아지는 세상의 편견과 끊임없이 맞서 싸워야만 했다.

"이봐." 한 여자는 말했다. "네드 애투드랑 결혼하면 이렇게 되리라는 걸 미리 알았어야지."

"하지만 그게 다 네드 탓이라고 확신해? 그 여자 사진을 봐. 이걸 보라고!"

당시 이브는 스물여덟 살이었다. 랭커셔에 방적 공장 여러 곳을 운영하던 아버지는 딸 자랑이 대단한 사람이었고, 그녀는 열아홉이 되던 해에 아버지의 유산을 상속받았다. 그녀가 스물다섯 살 때 네드 애투드와 결혼한 까닭은 다음 세 가지였다. ⓐ그는 잘생긴 남자였다. ⓑ그녀는 외로웠다. ⓒ그는 그녀가 자신과 결혼해주지 않으면 자살해버리겠다며 꽤 진지한 태도로 위협했다.

이브는 당황스러울 정도로 온화한 마음씨에 의심 따위는 전혀 하지 않는 성품의 소유자로, 의도하지 않아도 팜 파탈로 느껴질 정도로 사람의 마음을 뒤흔드는 여자였다. 날씬한 몸매에 키까지 컸다. 방돔 광장의 레베크 보석상에서 치장을 하면 마치 키르케처럼 보일 정도였다. 이브의 옅은 밤색 머리카락은 양털처럼 길고 풍성했으며, 에드워드 7세 시절에 유행하던 스타일이 희미하게 엿보였다. 분홍색 홍조를 띤 새하얀 얼굴, 잿빛 눈, 반쯤 미소를 띤 입매 또한 그런 환상에 일조했다. 그녀의 인상은 특히 프랑스 남자들 사이에서 반응이 두드러졌다. 심지어 이혼 판결을 내린 재판장마저 이브에게 다소 호감을 품은 듯 보였다.

프랑스 법에서는 이혼을 승인받기 전 양측이 얼굴을 맞대고 허심탄회하게 이야기를 나누는 자리를 가져야 했다. 서로의 차이점을 인정하고 조정할 수 있는지 알아보기 위한 노력의 일환이었다. 이브는 베르사유의 판사실에서 나누었던 그날 오전의 대화를 절대 잊을 수 없었다. 봄이 오면 파리를 휘젓곤 하는 마법이 충만했던 따뜻한 사월의 오전이었다.

구레나룻을 기른 판사는 상냥하다 못해 걱정이 지나치긴 했지만 지극히 진심 어린 사람이었다. 그러나 말투와 몸짓에는 극도로 과장된 면이 있었다.

"마담! 므시외! 다투는 일은 그만두고 더 늦기 전에 심사숙고하시길 간청하는 바입니다!"

그러나 네드에 대해 말하자면…….

네드는 벌레 한 마리 죽이지 못할 것 같은 얼굴을 하고 있었다. 지금 그가 과시하는 그 유명한 매력은 햇살 가득한 방안에 생기를 불어넣고 있었다. 그녀 역시 그 점을 의식했다. 매력은 숙취에도 전혀 퇴색되지 않았다. 자신 또한 상처를 받았고 모든 잘못을 뉘우치고 있다는 듯한 표정은 더욱 신뢰감을 불러일으켰다. 네드는 엷은 색 머리카락과 푸른 눈, 삼십 대 중반을 훌쩍 넘겼음에도 영원할 것 같은 젊음을 과시하면서 간절한 모습으로 창가에 서 있었다. 이브는 그가 사람을 옴짝달싹 못하게 만들 정도로 지독하게 매력적이라는 사실을 인정할 수밖에 없었다. 그가 일으킨 말썽은 모두 그것 때문이었다.

"제가 결혼 생활에 대해 조언 하나 해드려도 될까요?" 판사가 이야기를 계속했다.

"아니요. 제발 그러지 마세요." 이브가 말했다.

"만일 제가 두 분이 다시 생각하도록 설득할 수……."

"저를 설득하실 필요는 없습니다. 전 절대로 이혼하고 싶지 않으니까요." 네드가 쉰 목소리로 말했다.

몸집이 작은 판사가 몸을 빙글 돌리자 실제보다 덩치가 훨씬 커 보였다.

"므시외, 조용히 하세요! 잘못을 저지른 사람은 당신이지 않습니까! 부인에게 잘못을 빌어야 하는 사람은 당신이란 말입니다!"

"물론입니다." 네드가 재빨리 말했다. "판사님만 괜찮으시다면 무릎이라도 꿇고 빌겠습니다."

네드가 이브에게 다가가자 판사는 수염을 어루만지며 기대하는 표정으로 그 모습을 바라보았다. 네드는 매력적인 남자였다. 그리고 굉장히 영리하기까지 했다. 순간 이브는 자신이 과연 그에게서 자유로워질 수 있을지 끔찍한 의문이 들었다.

"이 사건의 공동 피고는……." 판사는 말을 이어 가다가 몰래 기록을 찾아보았다. "이 부인이군요." 그는 다시 기록을 들여다보았다. "불메르스미스……."

"이브, 그 여자는 내게 아무 의미도 없어! 내 이렇게 맹세할게!" 이브는 진저리를 내며 말했다.

"예전에도 어딜 가나 이런 일이 있지 않았어?"

"벳시 불머스미스는 천박한 여자야. 내가 뭐에 씌었는지 모르겠어. 당신이 그 여자를 질투하는 거라면……."

"질투하는 게 아냐. 하지만 당신이라면 나를 위해 그 여자 팔을 담뱃불로 지진 다음에 그 여자가 얼마나 좋아하는지 살피는 일도 할 수 있을지 모르지."

네드의 얼굴에 감당하기 힘들 만큼 끔찍한 상처를 입었다는 표정이 떠올랐다. 마치 심한 취급을 당한 어린아이 같은 표정이었다.

"정말로 그런 짓을 강요하는 건 아니지?"

"난 당신에게 아무것도 강요하지 않아, 네드. 그저 이 일을 끝내고 싶을 뿐이야. 부탁해."

"그때 난 술에 취해 있었어. 무슨 짓을 하는지 몰랐다고."

"네드, 그 일에 대해서는 왈가왈부하지 말자. 그건 아무 상관 없다고 말했잖아."

"그럼 나한테 왜 이렇게 부당하게 구는 거야?"

그녀는 눈에 띄는 잉크스탠드가 놓인 커다란 책상 옆에 앉아 있었다. 네드가 자신의 손을 이브의 손 위에 얹었다. 두 사람이 영어로 이야기를 나누었기 때문에 판사는 그들의 대화를 알아들을 수가 없었다. 그는 기침을 하고 몸을 돌리더니 서가 위에 걸린 그림에 열렬한 관심을 보이기 시작했다. 이브는 네드에게 손을 잡힌 채, 문득 자신도 모르는 사이 그에게 돌아가게 되는 것은 아닐까 걱정을 했다.

네드의 말은 어느 정도는 진심이었다. 그에게는 그런 매력과 총기가 있었지만 자신도 의식하지 못하는 어린아이 같은 잔인함 또한 지니고 있었다.

이브는 언제나 반쯤은 우습기도 한 그의 '정신적인' 잔인함을 위선에 찬 임시방편이라고 경멸했지만, 그런 잔인한 성품만으로도 이혼할 이유는 충분했다. 여기에 간통을 저지른 일은 확인 사살이나 다름없었다. 여기서 끝이었다. 이것으로 충분했다. 이브는 네드와의 결혼 생활에서 있었던 일들을 법정에서 털어놓느니 차라리 죽는 게 더 나으리라고 생각했다.

"무릇 결혼이란……." 판사는 서가 위에 걸린 그림을 향해 말을 걸었다. "남녀 사이를 행복으로 이끌 수 있는 유일한 자산인 법입니다."

"이브, 내게 한 번 더 기회를 주겠어?" 네드가 말했다.

어느 파티에서 만난 한 고리타분한 심리학자는 이브가 다른 사람들보다 훨씬 암시에 휘둘리기 쉬운 성격이라는 이야기를 한 적이 있었다. 그러나 이런 뻔한 수작에까지 휘둘릴 정도는 아니었다.

네드의 손길에도 그녀는 냉담했으며 희미하게 속이 메스껍기까지 했다. 하지만 네드는 그만의 방식으로 이브를 진심으로 사랑했다. 일순간 그녀는 유혹에 흔들렸다. 그저 '알았어'라는 대답만 하면 이 모든 아수라장에서 빠져나갈 수 있을 것 같았다. 그러나 착한 천성 탓에 '알았어'라고 대답하거나 문제를 피하기 위해 '알았어'라고 대답한다는 것은, 곧 네드와 네드의 삶의 방식 및 네드의 친구들에게로 돌아가야 한다는 뜻이었다. 항상 더러운 옷을 걸친 듯한 기분으로 지내는 삶에 돌아갈 만한 가치는 없었다. 이브는 판사의 수염을 보고 웃음을 터뜨려야 할지 아니면 감정을 주체하지 못하고 흐느껴야 할지 알 수 없었다.

"미안해." 이브는 이렇게 대답하고 자리에서 일어섰다.

판사가 한 가닥 희망을 품고 다시 몸을 돌렸다.

"부인 말씀은……?"

"젠장, 가만히 앉아서 당할 것 같아?" 네드가 말했다.

잠시 이브는 예전에 여러 번 목격했던 것처럼 그가 성질을 부리며 뭔가를 박살내지 않을까 겁을 먹었다. 그러나 네드는 설령 그런 마음을 품었을지라도 밖으로 표출하지는 않았다. 주머니 속에서 동전을 짤랑거리며 그녀를 바라보고 서 있을 뿐이었다. 그는 반짝이는 이를 드러내며 웃었다. 눈꼬리에 살짝 진 매력적인 주름이 더욱 깊어졌다.

"당신은 아직도 나를 사랑하면서……." 맹목적이고 천진난만한 태도가 그의 말에 강한 힘을 실어주었다.

이브는 탁자 위에 두었던 핸드백을 집어 들었다.

"아직 끝나지 않았어. 그 증거를 보여주지." 네드는 그녀의 표정을 보고 더욱 환한 미소를 지었다. "아, 지금은 아니야! 당신도 머리를 식힐 시간이 필요할 테니까. 아니, 마음에 온기가 생길 시간이라고 해야 하나? 난 잠시 해외에 나갈 거야. 하지만 돌아와서는……."

그는 돌아오지 않았다.

이브는 라 방들레트에 눌러앉았다. 이웃들과는 맞상대하지 않기로 결심했지만 그들이 뭐라고 수군거릴지는 두려웠다. 그러나 그런 걱정은 할 필요가 없었다. 뤼 데 앙주의 미라마르 별장에서 벌어지는 일에 신경을 쓰는 사람은 아무도 없었다. 라 방들레트 같은 해수욕장 지역은 짧은 휴가 기간 동안 영국이나 미국에서 몰려온 피서객들이 카지노에서 잃는 돈으로 생계를 꾸리는 곳이었다. 이런 곳의 주민들은 타인에 대한 호기심이 거의 없었다. 이브 닐은 뤼 데 앙주에 아는 사람이 없었고 다른 사람들도 그녀를 모르기는 마찬가지였다.

봄이 지나 여름으로 접어들면서 라 방들레트에 피서객이 몰려왔다. 박공지붕을 올리고 페인트칠을 한 집들이 마치 월트 디즈니 영화에 나오는 마을을 연상시켰다. 공기 중에 소나무 향기가 떠돌았고 무개 마차들이 넓은 거리를 따라 종소리를 울리며 덜그럭거리고 지나갔다. 카지노와 인접한 곳에는 동종 호텔과 브르타뉴 호텔, 두 곳의 대형 호텔이 있었다. 두 호텔 모두 고딕 양식의 탑 형태로 하늘 높이 화려하게 솟아 차양을 드리우고 있었다.

이브는 카지노와 술집을 멀리했다. 네드 애투드와 함께 살면서 얻은 두통과 불안감이 사라지자 그녀는 머릿속이 맑아짐과 동시에 지루해졌다. 위험한 조합이었다. 그녀는 외로웠지만 사람들 사이에 끼는 것은 좋아하지 않았다. 그래서 때때로 사람들이 나오지 않는 아침 일찍 골프를 쳤고, 말을 타고 관목이 우거진 해변 모래언덕을 달리기도 했다.

그러다가 토비 로스를 만났다.

당혹스럽게도 로스 가족은 뤼 데 앙주에서도 이브의 집 바로 맞은편에 살고 있었다. 그녀의 집 둘레에 난 길은 좁고 짧았으며, 주변 집들은 낮은 울타리와 작은 정원으로 둘러싸인 흰색과 분홍색의 석조 주택이었다. 집 사이로 난 길은 불편할 정도로 좁아서 창문을 통해 반대편 집안을 훤히 들여다볼 수 있을 정도였다. 이 때문에 종종 불편한 일이 생기기도 했다.

이브는 네드와 함께 살 때도 여러 번이나 길 건너편 사람들의 존재를 어렴풋하게 느끼곤 했다. 그중에 한 노인이―나중에 토비의 아버지인 모리스 로스 경으로 밝혀졌다―있었는데, 한두 번인가 당혹스럽다는 듯이 이쪽 얼굴을 자세히 들여다본 적도 있었다. 그의 친절하고 금욕적인 얼굴이 이브의 기억 속에 선명하게 남아 있었다. 젊은 빨강 머리 여자와 나이든 쾌활한 여자도 한 명 있었다. 그러나 이날 아침 골프 코스에서 토비를 만날 때까지 그의 모습을 본 적은 한 번도 없었다.

유월 중순으로 접어드는 덥고 고요한 아침이었다. 라 방들레트에서는 이 시간에 깨어 있는 사람이 거의 없었다. 잔디에 꽂힌 골프 티도, 여전히 이슬에 젖어 반짝이는 페어웨이도, 바다를 가로막은 소나무 행렬도 모두 고요와 더위 속에 잠들어 있었다. 이브는 이날 컨디션이 엉망이어서 세 번째 홀에서는 벙커에 공을 빠뜨리고 말았다.

그녀는 어젯밤에 잠을 설쳐 몸이 피곤한데다 짜증스러운 기분마저 들어 어깨에 메고 있던 골프 가방을 풀어 바닥에 내팽개쳤다. 골프마저 싫어지는 것 같았다. 그녀는 벙커의 모래 구덩이 가장자리에 앉아 공이 떨어진 자리를 응시했다. 그렇게 모래밭을 바라보며 있는데 페어웨이를 따라 쇳소리가 길게 울려 퍼지더니 골프공 하나가 휘어져 날아와 벙커 꼭대기 잔디 위에 툭 하고 떨어졌다. 골프공은 벙커 가장자리에서 빠져나갈 것처럼 굴다가 그녀에게서 일

미터도 채 떨어지지 않은 모래 위로 굴러떨어졌다.

"어떤 얼간이야!" 이브가 큰 소리로 말했다.

일이 분쯤 지나자 한 젊은 남자가 벙커 반대편으로 올라와 하늘을 등지고 서서 그녀를 내려다보았다.

"맙소사! 거기 누가 있을 줄은 몰랐습니다."

"괜찮아요. 별일은 없었어요."

"앞지르려던 건 아닙니다. 소리를 쳐서 알렸어야 했는데. 저는……."

그는 골프채 스물다섯 개는 족히 들었을 골프 가방을 내려놓더니 허둥지둥 벙커 안 모래밭으로 내려왔다. 강인하고 담백한 인상에 다소 뻣뻣해 보이는 청년이었다. 평생 이브는 그가 짓고 있는 것처럼 상냥한 표정은 본 적이 없었다. 숱 많은 머리카락은 짧고 단정하게 손질되어 있었다. 거만해 보일 정도로 진지한 태도와는 달리 짧게 기른 콧수염에서는 다소 세상 물정에 밝은 느낌도 풍겼다.

그는 자리에 선 채 이브를 내려다보았다. 얼굴에 홍조가 밀려드는 점만 빼면 그는 모든 면에서 올바른 사람 같았다. 필사적으로 마음을 다잡으며 달아오르는 얼굴을 감추려고 애를 썼지만 그럴수록 점점 더 벌게질 뿐이었다.

"지난번에 뵌 적이 있습니다." 토비가 입을 열었다.

"정말인가요?" 이브는 지금 자신의 모습이 가장 아름다울 때와는 거리가 있다는 사실을 새삼 의식했다.

토비의 본래 사교 수완으로는 이 질문을 꺼내기까지 몇 달이 걸렸을 테지만, 그는 솔직함을 발휘하여 한달음에 본론에 접근할 수 있었다.

"저, 아직 결혼 생활을 유지하고 계십니까?"

두 사람은 남은 코스를 함께 돌았다. 다음날 오후가 되자 그는 훌륭한 여인을 만났노라고 선언했다. 그녀는 비록 비열한 인간과 결혼한 적이 있지만 존경스러운 태도로 상처를 꿋꿋하게 이겨냈다고 했다.

이야기는 대체로 사실에 부합했다. 그러나 일반적으로 젊은 남자의 가족이 쉽게 받아들일 수 있는 내용은 아니었다.

이브는 자신의 처지가 어떤지 잘 알았기에 그런 이야기가 로스 가족에게 어떤 영향을 끼칠지 짐작할 수 있었다. 그들은 저녁 식사 자리에서 무표정한 얼굴로 서로를 바라보고 조심스럽게 헛기침을 하며 주위를 흘끔거리다가, 무심한 말투로 "그랬다니, 토비?" 같은 말로 운을 떼고 그런 귀감이 되는 사람을 만나면 재미있을 거라느니 하는 말을 덧붙일 터였다. 이브는 그의 가족 중에서도 여성인 로스 부인과 토비의 여동생 제니스에게서 정중한 태도 뒤로 감출 수 없는 적의를 느끼게 되리라고 생각했다.

그래서 이브는 실제로 일어난 일에 크게 놀라고 말았다.

로스 가족은 그녀를 간단히 받아들였다. 이브는 초대를 받아 로스네 별장 뒤쪽의 나무가 우거진 정원에서 차를 마셨다. 이브와 로스 가족은 열 마디도 채 나누기 전에 서로가 괜찮은 사람들이며 앞으로 친해지리라는 사실을 알아차렸다. 이건 흔히 있는 일이었다. 네드 애투드가 알던 세상에서도, 유감스럽게도 대부분의 사람들이 아는 세상에서도 이런 일은 종종 일어나기 마련이었다. 이브는 순간 어리둥절했다가 이내 감사하는 마음이 열렬하게 솟아올랐다. 그들의 환대는 이브의 얼어붙은 신경을 녹여주었다. 이브는 그토록 행복한 감정이 일기 시작한다는 사실에 겁을 먹을 지경이었다.

토비의 어머니 헬레나 로스는 노골적으로 이브를 좋아했다. 스물세 살 난 빨강 머리 제니스는 이브에게 홀딱 반했다고 느낄 만큼 그녀의 미모를 찬양했다. 벤 삼촌은 파이프 담배를 입에 문 채 말은 거의 하지 않았지만 논쟁이 벌어지면 언제나 그녀의 편을 들어주었다. 나이가 지긋한 모리스 경은 자신의 수집품 이야기가 실린 기사에 대해 종종 그녀의 의견을 묻곤 했다. 이는 좀처럼 없는 대단한 특혜였다.

그리고 토비에 대해 말하자면…….

토비는 굉장히 착하고 성실한 청년이었다. 악의를 갖고 하는 말이 아니라 정말로 그랬다. 가끔 지나치게 격식을 차린다는 느낌이 들긴 했지만, 그런 단점은 유머 감각으로 상쇄되었다.

"어쨌든 그래야 해." 그가 입을 열었다.

"뭘 그렇게 해?" 빨강 머리 제니스가 물었다.

"카이사르의 아내• 말이야." 토비가 말했다. "나는 훅슨 은행 라

---

•     **카이사르의 아내** _ 로마의 장군 율리우스 카이사르는 아내가 부정을 저질렀다는 의심을 받자, "카이사르의 아내는 의심받는 것만으로도 카이사르의 아내로서 자격을 잃는다"고 말하며 그녀를 내쫓았다.

방들레트 지점장이 될 사람이니까." 그는 이 말을 하는 순간 기쁨에 몸을 떨었다. "이제 조심해야 해. 런던의 은행들은 쓸데없는 추문은 권장하지 않으니까."

"그런 걸 권장하는 곳이 있기나 해?" 제니스가 물었다. "그러니까 내 말은, 금발 여자를 책상 아래에 숨겨두거나 근무 시간에 엉망으로 취하는 건 프랑스 은행에서도 좀처럼 못 볼 일이잖아."

"난 손 스미스 작품 중에서 주정뱅이 은행가 이야기가 가장 멋지더구나." 헬레나 로스가 꿈꾸듯 말했다.

토비는 다소 놀란 것 같았다. 하지만 이내 짧은 콧수염을 매만지며 진지하게 생각하기 시작했다.

"훅슨 은행은 영국에서 가장 오래된 은행 중 하나예요. 훅슨 가가 금세공업을 하던 시절부터 쭉 템플 바 지역에 자리 잡고 있었다니까요." 그는 이번에는 이브를 향해 말했다. "아버지의 수집품 중에는 훅슨 은행에서 회사 문장으로 쓰던 조그만 금장식품도 있어요."

이 말에 대한 반응은 늘 그렇듯이 의도된 침묵이었다. 가족 내에서 모리스 로스 경의 취미인 수집 활동이 차지하는 위상은 미미했다. 그저 가족 사이에서 농담거리가 되거나, 가끔은 쓰레기 중에서도 정말로 아름다운 물건을 찾을 수 있다는 평가를 받는 정도였다.

수집품들은 거리가 내려다보이는 모리스 경의 큼지막한 2층 서재에 전시되어 있었다. 그는 보통 밤늦도록 수집품들을 살피곤 했다. 과거 그 끔찍했던 시절, 이브와 네드 애투드는 그녀의 침실 건

너편으로 서재 안을 들여다본 적이 한두 번 있었다. 서재에 커튼이
드리워진 적이 좀처럼 없었기 때문이다. 당시에도 한 노인이 돋보
기를 들고 벽을 따라 늘어선, 앞면이 유리로 된 장식장 안을 들여다
보고 있었다. 노인의 다정한 표정은 이브의 기억 속에서 지워지지
않았다.

아무도 그때의 일을 언급하지 않았다. 로스 가족이 신경을 쓰
는 한 네드 애투드는 존재하지 않는 사람처럼 취급하는 게 나을지
도 몰랐다. 사실 한번은 모리스 로스 경이 지나가는 말로 그 이야기
를 꺼낸 적이 있었다. 그러나 이브가 이해하지 못했다는 천진난만
한 표정을 짓자 그는 주저하더니 이야기를 얼버무리고 말았다.

그렇게 시간이 흘러 칠월 하순이 되자 토비는 그녀에게 청혼했다.

그때까지도 이브는 자신이 얼마나 그를 신뢰하게 되었는지, 자
신이 얼마나 안정된 삶을 간절히 바라는지 깨닫지 못하고 있었다.
그래서 청혼을 받았을 때 터뜨린 웃음은 순수한 웃음 그 자체였다.
토비에게는 의지할 수 있는 면도 있었다. 토비는 가끔 그녀를 스테
인드글라스에 그려진 성녀인 양 취급하기도 했지만, 그때마다 이브
는 역설적으로 그에게 다정한 마음이 새롭게 일곤 했다.

라 방들레트에는 '숲속의 레스토랑'이라는 이름의 소박한 음식
점이 있었다. 그곳에서는 건물 밖 나무 사이로 핀 초롱꽃 아래에서
식사를 할 수 있었다. 이날 밤 이브는 특별히 더 아름다워 보였다.
창백하지만 분홍빛이 도는 그녀의 피부를 더욱 돋보이게 하는 진줏

빛 조명을 받고 있었기 때문이다. 그녀의 맞은편에서 토비가 평소보다 훨씬 뻣뻣한 태도로 나이프를 놀렸다.

"있잖습니까." 토비는 곧장 입을 열었다. "제가 당신에게 부족한 사람인 건 잘 압니다." 네드 애투드가 이 말을 들었다면 얼마나 웃었을까! "하지만 당신을 정말로 사랑합니다. 반드시 당신을 행복하게 해드리겠습니다."

"안녕, 이브." 등뒤에서 그녀를 부르는 목소리가 들렸다.

이브는 순간 네드가 말을 건 줄 알고 겁에 질렸다.

그러나 그는 네드가 아닌 그의 친구였다. 이브는 '숲속의 레스토랑' 같은 곳에서 네드의 친구를 만나리라곤 생각도 하지 못했다. 이 계절에 그들은 보통 10시 30분에 저녁 식사를 한 후 카지노에서 적은 돈을 판돈 삼아 교활한 수를 쓰며 도박으로 밤을 지새웠기 때문이다. 남자는 이브를 향해 싱긋 웃음을 지었지만 그녀는 그의 이름을 기억해낼 수가 없었다.

"춤 한번 출까요?" 이름 모를 남자가 따분한 듯한 목소리로 물었다.

"감사합니다만, 오늘밤에는 춤을 추지 않으려고요."

"아, 실례했군요." 이름 모를 남자가 꿍얼대더니 이내 사라져버렸다. 그의 눈을 보니 네드의 친구 패거리가 떠올랐다. 남자의 눈은 마치 그녀를 대놓고 비웃는 것 같았다.

"친구분입니까?" 토비가 물었다.

"아니에요." 이브가 대답했다. 오케스트라는 다시 연주를 시작했다. 몇 년 전에 유행한 왈츠곡이었다. "전남편의 친구예요."

토비는 계속해서 헛기침을 했다. 그는 그저 이상적인 여인과의 낭만적인 사랑을 꿈꾸었을 뿐이지만, 현실은 그에게 아픈 상처를 남겼던 것이다. 두 사람은 네드 애투드에 대한 이야기는 한 번도 나눈 적이 없었다. 이브는 토비에게 네드가 정말로 어떤 사람인지 말해주지 않았다. 그저 성격 차이로 이혼했다고만 했을 뿐이었다. "꽤 매력 있는 사람이었죠." 그리고 이 가벼운 언급은 무엇보다 강력한 가시가 되어 토비의 둔감한 마음을 질투심으로 후벼팠다.

그는 족히 십여 차례는 헛기침을 했다.

"그 문제에 대해서…… 그러니까 제가 당신에게 청혼한 일 말입니다. 혹시 그에 대해 생각할 시간이 필요하다면……."

오케스트라의 연주 소리가 그녀의 마음을 훑고 지나가며 추악한 기억을 불러일으켰다.

"제, 제가 충분히 격식을 차려 말씀드리지 않은 건 알고 있습니다." 토비는 안절부절못하며 나이프를 내려놓느라 잠시 말을 멈추었다. "하지만 사무적인 방식으로나마 예인지 아니요인지 답을 해주셨으면……."

이브는 탁자 너머로 손을 뻗었다.

"예." 그녀가 말했다. "예, 예, 예라고요!"

토비는 적어도 십 초 동안은 아무 말도 하지 못했다. 침으로 입술을 적실 뿐이었다. 이윽고 그는 두 손을 그녀의 손 위에 포갰다. 여전히 스테인드글라스를 어루만지는 양 조심스러운 동작이었다. 그러다가 뒤늦게 자신이 공개적으로 웃음거리가 되고 있다는 사실을 알아차리고는 재빨리 손을 치웠다. 이브는 그의 얼굴에 떠오른 숭배의 표정에 놀랍기도 하고 다소 혼란스럽기도 했다. 토비 로스가 과연 여자를 얼마나 알까 하는 궁금증이 떠올랐기 때문이다.

"저기, 그러면 이제……."

토비는 잠시 생각에 잠겼다.

"한 잔 더 하는 게 좋겠습니다." 그는 결정을 내리고 깜짝 놀랐다는 듯 고개를 천천히 흔들었다. "아시겠지만 오늘은 제 인생에서 가장 행복한 날이니까요."

칠월의 마지막 날에 두 사람의 약혼 사실이 공표되었다.

그로부터 이 주 후 네드 애투드는 뉴욕의 플라자 호텔 바에서 미국에 막 도착한 지인을 통해 그 소식을 전해 들었다. 그는 몇 분 동안 꼼짝도 하지 않고 자리에 앉아 손에 든 와인 잔만 이리저리 돌렸다. 이윽고 그는 밖으로 나가 이틀 후 출발하는 배편을 예약했다.

이렇게 세 사람 중 누구도 예상치 못하는 사이, 어두운 비극은 뤼 데 앙주의 한 별장으로 다가오고 있었다.

## 002

네드 애투드가 불바르 뒤 카지노를 지나 뤼 데 앙주로 접어든 때는 밤 12시 45분이었다.

저 멀리 커다란 등대에서 쏟아지는 빛이 하늘 위를 미끄러지듯 움직였다. 낮 동안의 극심한 더위는 이제 좀 누그러져 선선해지기 시작했지만, 바짝 달궈진 아스팔트 위로는 아직도 열기가 피어올랐다. 라 방들레트에서는 발소리 하나 들리지 않았다. 휴가철 막바지까지 남아 있는 몇 안 되는 행락객들이 모두 카지노에 달라붙어 새벽까지 노름을 즐기기 때문이었다.

그리하여 보풀이 인 검정색 정장을 입고 중절모를 쓴 남자가 뤼 데 앙주 입구에서 주저하다가 급히 안쪽으로 발걸음을 옮기는 모습을 본 사람은 아무도 없었다. 그는 이를 악물고 있었고 술을 마실 때처럼 눈이 흐리멍덩했다. 네드는 적어도 이날 밤만큼은 술을 마시지 않았지만 왠지 취한 기분이었다.

그에 대한 이브의 사랑이 식었을 리가 없다. 네드는 굳게 믿고 있었다.

이제 와서 생각해보니 오후에 동종 호텔 바에서 그녀를 되찾고 말겠다고 떠벌린 건 현명한 행동이 아닌 듯했다. 분명히 실수였다. 지금 뤼 데 앙주에 숨어든 것처럼 아무도 모르게 조용히 라 방들레트로 돌아왔어야 했다. 이브의 집 열쇠를 갖고 있었으니까.

그녀가 지내는 미라마르 별장은 길을 절반쯤 내려간 곳 왼편에 있었다. 네드는 별장에 접근하면서 본능적으로 길 건너편에 있는 집을 흘끗 바라보았다. 이브의 별장처럼 로스 가족의 집 역시 밝은 붉은색 기와를 얹은 정방형의 커다란 흰색 석조 건물이었다. 길가의 높은 담장과 작은 쇠창살 문 바로 뒤에 집이 세워진 것 역시 똑같았다.

네드는 어떤 모습을 보게 될지 이미 예상하고 있었다. 1층은 어두웠다. 2층도 모리스 로스 경의 서재로 통하는 창문 두 개가 빛나는 것을 제외하면 역시 어두웠다. 창문에 달린 철제 덧문은 열려 있었고, 한밤의 더위 탓에 커튼도 쳐져 있지 않았다.

"좋았어!" 네드는 큰 소리로 말하며 향기로운 공기를 가득 들이마셨다.

네드는 자신이 낸 소리를 노인이 들으리라는 걱정은 하지 않았지만 구태여 곤경을 자초할 필요는 없었기에 여전히 조심조심 걸음을 옮겼다. 그는 이브의 별장 대문을 열고 현관까지의 짧은 길을 서둘러 올라갔다. 수중에 지닌 현관 열쇠는 지금보다 행복했던 시절, 적어도 지금보다 더 파란만장했던 시절부터 갖고 있었던 것이다. 그는 열쇠 구멍에 열쇠를 넣고 다시 깊이 숨을 들이마신 후, 마음속으로 이교도 신에게 기도를 올리며 계획했던 대로 어깨로 문을 밀쳤다.

이브는 자고 있을까, 아니면 깨어 있을까? 미라마르 별장에 불빛이 보이지 않는다는 사실은 그리 참고할 만한 게 못 됐다. 해가 지면 창문마다 빈틈없이 커튼을 치는 것은 이브의 오래된 습관이었다. 네드는 이를 두고 병적일 정도로 멋진 습관이라고 이죽거리곤 했다.

그러나 1층 복도 역시 어두컴컴했다. 프랑스 주택 특유의 가구 광택제와 커피 냄새를 맡자 세세한 과거의 기억들이 하나하나 떠올랐다. 그는 발끝으로 계단을 더듬으며 뒤꿈치를 들고 2층으로 올라갔다.

좁고 우아한 계단은 청동 세공으로 장식된 난간이 달려 있었고 고등 껍데기처럼 나선을 그리며 벽에 붙어 있었다. 계단은 높고 경사가 심했으며, 그 위의 두꺼운 양탄자는 구식 놋쇠 고정쇠로 일일이 고정되어 있었다. 어둠 속에서 이 계단을 얼마나 많이 올랐던가!

저 시계가 똑딱거리는 소리를 얼마나 많이 들었던가! 네드는 다시 시계 소리를 들으니 마음속에서 악마가 활개치는 느낌이었다. 그는 그녀를 사랑했지만, 그녀는 그에게 충실하지 않았다는 생각 때문이었다. 그의 기억으로는 이브의 침실에서 멀리 떨어지지 않은 꼭대기 쪽 계단에 양탄자 고정쇠 하나가 헐거워져 있었다. 네드는 그 고정쇠에 여러 차례 발이 걸려 넘어지곤 해서, 언젠가는 그 때문에 죽고 말 거라고 장담했던 적도 있었다.

네드는 한 손으로 난간을 잡고 조심스럽게 이동했다. 이브는 아직 깨어 있었다. 정면에 보이는 침실 문틈 아래로 가느다란 빛이 새어 나왔다. 그는 그 불빛에 정신이 팔려 고정쇠를 조심해야겠다는 생각은 깡그리 잊고 말았다. 그리고 물론 고정쇠에 걸려 넘어져버렸다.

"젠장!" 네드가 큰 소리로 말했다.

이브 닐은 침실에서 그 소리를 듣고는 이내 누구 목소리인지 알아차렸다.

이브는 화장대 거울 앞에 앉아 느리지만 꼼꼼한 동작으로 머리를 빗어 내리던 중이었다. 거울 위에 걸린 전등이 침실 안의 유일한 조명이었다. 전등 불빛은 어깨까지 내려온 풍성한 옅은 밤색 머리칼과 어둠 속에서도 빛나는 잿빛 눈에 따스한 색감을 더해주었다. 빗질을 하면서 고개가 뒤로 젖혀질 때마다 도발적인 어깨 위로 목선이 드러났다. 이브는 흰색 실크 잠옷에 흰색 공단 슬리퍼 차림이었다.

이브는 뒤를 돌아보지 않았다. 계속해서 빗질을 할 뿐이었다. 그러나 등뒤에서 문이 열리고 네드 애투드의 얼굴이 거울에 비치자, 그녀는 순간 걷잡을 수 없는 공포에 사로잡혔다.

네드는 술을 전혀 마시지 않았음에도 거의 울 듯한 표정이었다.

"이봐." 그는 문이 완전히 열리기도 전에 이야기를 시작했다. "그래선 안 돼!"

이브 자신도 모르게 목소리가 흘러나왔다. 공포는 사그라지지 않고 오히려 더욱 커져갔다. 그러나 그녀는 빗질을 계속했다. 어쩌면 그럼으로써 떨리는 팔을 감출 수 있을지 모른다고 생각하는 것 같았다.

"당신이라고 생각했어." 이브가 조용히 말했다. "정신이 완전히 나가버린 거야?"

"아냐! 난……."

"쉿, 제발 조용히 해!"

"사랑해." 네드는 양팔을 활짝 벌렸다.

"열쇠는 잃어버렸다고 맹세했으면서. 나한테 또 거짓말을 한 거야?"

"그런 사소한 문제로 다툴 시간 없어." 분명 네드는 그보다 더 사소한 문제는 없다고 생각하는 듯 보였다. "당신 정말로 그 녀석이랑 결혼할 작정이야? 그 로스인지 뭔지 하는 놈이랑 말이야!" 네드는 그 이름을 거칠게 내뱉었다.

"그래."

두 사람은 본능적으로 길가로 향해 나 있는 커튼이 쳐진 창문을 바라보았다. 둘 다 같은 생각을 한 것 같았다.

"최소한의 예의는 지켜줄 수 없어?"

"당신을 사랑하는 한 그렇게 못 해."

그가 울기 직전이라는 점에는 의심의 여지가 없었다. 일부러 꾸며낸 행동일까? 이브는 의구심이 들었다. 적어도 이 순간만큼은 나른한 조소와 대책 없는 자신감으로 가득찬 모습은 찾아볼 수 없던 것이다. 그러나 그런 표정은 재빨리 사라져버렸다. 네드는 다시 자기 자신으로 돌아갔다. 그는 어슬렁거리며 다가와 침대에 모자를 던진 후 안락의자에 앉았다.

이브는 터져 나오는 비명을 간신히 억눌렀다.

"길 건너편에⋯⋯." 그녀가 입을 열었다.

"알아, 안다고!"

"뭘 안다는 거야?" 이브는 빗을 내려놓고 화장대 의자에 앉은 채 몸을 돌려 그를 똑바로 바라보았다.

"모리스 로스 경, 그 노인네 이야기잖아."

"아하? 그분에 대해 뭘 안다고 그래?"

"매일 밤 저쪽 집 자기 방에 앉아 있잖아. 수집품인지 뭔지 살펴보는 데 정신이 팔려서 말이야. 이 방에서 창문으로 훤히 들여다

보이잖아."

침실은 후덥지근했고 목욕용 소금과 담배 냄새가 났다. 네드는 의자에 편히 앉아서 한쪽 다리를 팔걸이에 올려놓은 채 방안을 살펴보았다. 얼굴에 날카로운 조소가 어렸다. 그의 얼굴에서는 거친 매력이 엿보였고, 이마와 눈, 입가의 주름은 풍부한 상상력과 더불어 지적인 인상마저 풍겼다.

그는 어두운 빨간색 공단 벽지를 바른 익숙한 벽을 둘러보았다. 여기저기 걸린 거울도 바라보았다. 자신이 모자를 던져둔, 침대보가 깔린 침대도 보았다. 침대 옆에 놓인 전화기도 바라보았다. 화장대 위에 달린 전등에만 불이 들어와 있는 것도 보았다.

"굉장히 도덕적인 사람들 아닌가?" 그가 넌지시 물었다.

"누구 말이야?"

"로스 가족. 만약 당신이 새벽 1시에 남자 손님을 환대해 즐기고 있다는 사실을 그 노인네가 안다면……."

이브는 자리에서 벌떡 일어났다가 다시 주저앉았다.

"걱정하지 마." 네드가 거칠게 덧붙였다. "난 당신 생각만큼 나쁜 놈은 아니니까."

"그럼 여기서 나가주겠어?"

그의 어조는 점점 될 대로 되라는 식으로 변했다.

"내가 알고 싶은 건 딱 하나뿐이야." 그는 고집을 부렸다. "왜지? 왜 그 녀석이랑 결혼하려는 거야?"

"그를 사랑하게 됐으니까."

"헛소리 마."

네드는 오만한 태도로 방금 들은 말을 무시했다.

"언제까지 그런 말을 할 거야?"

"돈 때문일 리 없어." 네드는 혼잣말을 했다. "당신은 쓰는 돈보다 버는 돈이 더 많으니까. 아니, 사탕으로 만든 집에 사는 마녀가 원하는 건 돈이 아니지. 오히려 그 반대야."

"뭐가 반대라는 거야?"

그는 소름 끼칠 정도로 단순 명쾌하게 말했다.

"건너편 집에 사는 늙은 호색한이 왜 당신을 뻣뻣한 자기 아들이랑 결혼시키고 싶어 한다고 생각해? 그놈이 당신 돈을 노리는 거야. 장담컨대 그뿐이라고."

이브는 그에게 빗을 집어던질 뻔했다. 그는 이제까지 그랬던 것처럼 그녀가 노력해 쌓아올린 것들을 모두 무너뜨리려 하고 있었다. 네드는 등받이에 몸을 기댄 채 편하게 앉아 있었다. 낡은 검정 상의 위로 넥타이가 느슨하게 풀려 있었다. 그에게서 기필코 수수께끼를 풀어내려 애쓰는 불안한 분위기가 느껴졌다. 이브는 가슴이 아프다 못해 울고 싶어졌다.

"로스 가족에 대해 굉장히 잘 아나 보네?"

그녀는 이글거리는 눈으로 네드를 쏘아보았다.

그는 이 질문을 진지하게 받아들였다.

"아니, 잘 몰라. 하지만 가능한 한 많은 정보를 수집했지. 그러니 이 모든 문제를 푸는 열쇠는……."

"말이 나왔으니 말인데, 당신이 가진 열쇠는 돌려줘야겠어."

"열쇠라니?"

"이 집 열쇠 말이야. 지금 당신이 손가락에 끼워 빙빙 돌리고 있는 열쇠고리에 달려 있잖아. 당신이 날 이렇게 난처한 상황에 몰아넣는 것도 이번을 마지막으로 확실히 끝내고 싶어."

"이브, 제발!"

"부탁이니 목소리 좀 낮춰."

"당신은 나한테 돌아와야 하잖아." 네드는 이제 몸을 꼿꼿이 펴고 앉았다. 그녀의 얼굴에 떠오른 표정을 보자 목소리에 점차 짜증이 섞이기 시작했다. "대체 뭐가 문제야? 당신 변했어."

"내가?"

"왜 갑자기 이렇게 고결해진 거야? 예전에는 그나마 인간적이었는데. 지금 당신 거만한 꼴은 못 봐줄 지경이라고. 로스 가족이랑 어울리더니 루크레티아•가 부끄러워할 정도로 정숙한 척 굴고 있잖아."

"진심이야?"

숨 쉬기 힘들 정도의 침묵이 이어지다가 네드가 벌떡 일어섰다.

"'진심' 따위의 말을 하면서 건방지게 굴지 마. 어떻게 내게 그 토비 로스란 놈이랑 사랑에 빠졌다는 이야기를 할 수가 있지? 감히

---

● **루크레티아** _ 고대 로마의 전설적인 여인으로 왕자인 섹스투스에게 겁탈당하자 남편에게 복수를 부탁하고 자살했다.

나한테 그따위 말을 해!"

"토비 로스가 싫은 이유가 정확히 뭐야, 네드?"

"이유 따윈 없어. 다들 그놈이 격식이나 차리고 다니는 바보 천치라고 한다는 것만 빼면 말이지. 괜찮은 놈일지도 몰라. 장래에 크게 출세할지도 모르고. 하지만 당신과 같은 부류는 아니야. 좋든 싫든 당신과 어울리는 사람은 나라고."

이브는 진저리를 쳤다.

네드는 거울에 비친 그녀에게 소리쳤다. "도대체 이런 여자는 어떻게 하면 좋지?" 그는 잠시 말을 멈췄다가, 이브가 예전부터 너무나 잘 알고 있는 표정을 지으며 말을 이었다. "내 생각에 방법은 하나밖에 없어."

이브 역시 벌떡 일어섰다.

"당신은 아주 탐스러운 여자라니까. 특히 그런 잠옷을 입고 있으면 수도승이라도 파계하려고 들걸. 게다가 나는 수도승도 아니지."

"감히 나한테 접근할 생각 하지 마!"

"멜로드라마에 등장하는 악당이 된 기분이군." 그는 갑자기 의기소침해져서 말했다. "여주인공이 내 앞에서 우는 거야. 밖에 도움을 청하는 걸 두려워하면서 말이지……." 네드는 창가를 향해 고갯짓을 했다. 곧이어 표정이 변했다. "좋아." 그는 음흉한 태도로 말을 이었다. "악당이 되는 것도 나쁘지 않잖아? 소름 끼치는 불한당이 되어도 괜찮겠군. 당신도 즐기게 될 거야."

"내가 가만있을 것 같아? 분명 경고했어!"

"멋지군. 그편이 훨씬 나은데."

"네드, 농담하는 거 아냐!"

"나도 마찬가지야. 당신은 가만있지 않을 테지. 하지만 처음에만 그러겠지. 신경 안 써."

"당신은 언제나 수치심 따윈 모른다고 떠들고 다녔지. 하지만 페어플레이를 하는 것만은 자랑스럽게 여겼잖아. 만약……."

"건너편에 사는 늙은 호색한이 아무것도 못 들을 거라고 생각하나 보지?"

"네드, 무슨 짓이야? 창가에서 떨어져!"

이브는 뒤늦게 화장대 위 전등이 켜져 있다는 사실을 알아차렸다. 그녀가 머리 위를 더듬어 전등 스위치를 내리자 방안은 어둠에 휩싸였다. 창문은 두꺼운 다마스크 커튼으로 덮여 있었다. 그 아래에는 창을 열어놓았을 때 방을 가리기 위한 레이스 커튼이 달려 있었다. 네드는 다마스크 커튼이 서로 겹친 부분을 더듬거리며 찾아 양쪽으로 젖혔다. 그는 어쩔 수 없는 상황이 닥치기 전까지는 이브를 정말로 곤란하게 만들 생각이 없었다. 그래서 창밖 풍경을 바라보며 스스로를 달랬다.

"모리스 경은 아직 깨어 계시지? 그렇지?"

"그래, 아직 일어나 있어. 하지만 이쪽에는 신경을 안 쓰는데. 돋보기를 들고 코담뱃갑 같은 걸 살펴보는군. 잠깐!"

**다마스크 커튼**

화려한 무늬를 가진 다마스크 천으로 만든 커튼.
두툼하고 부드러운 재질로 고급스러워 보인다.

"뭔데?"

"다른 사람이랑 함께 있어. 하지만 누군지는 안 보여."

"토비일 거야." 이브의 속삭임은 마치 소리를 죽인 비명 같았다. "네드 애투드, 창가에서 물러나 주겠어?"

이 순간, 두 사람은 방에 불이 꺼져 있다는 사실을 비로소 알아차렸다.

뤼 데 앙주의 희끄무레한 빛이 안으로 스며들어 고개를 돌리던 네드의 옆얼굴을 환하게 비췄다. 그는 방안이 어둡다는 사실을 깨닫고 어린아이처럼 놀라고 말았지만, 그런 순진한 태도는 금방 본색을 드러내 조소하는 듯한 표정으로 변했다. 네드는 그물 모양의 레이스 커튼을 늘어뜨리고 다마스크 커튼을 쳤다. 다시 어둠의 장막이 드리워졌다.

방안은 견디기 힘들 정도로 더웠다. 이브는 다시 한번 머리 위를 더듬어 전등을 켜려고 했지만 스위치를 도통 찾을 수가 없었다. 그녀는 계속해서 어둠 속을 더듬는 대신 화장대 의자에서 벗어나 방 저편으로 비척비척 물러나기 시작했다.

"이브, 들어봐……."

"점점 더 우스꽝스러운 꼴이 되고 있네. 불 좀 켜주지 않겠어?"

"나더러 어떻게 불을 켜라고? 당신이 더 가까이 있잖아!"

"아니, 나는……."

"아하." 네드의 목소리에 호기심이 묻어났다.

이브는 그런 어조의 변화를 눈치채고 한층 더 겁을 먹었다. 승리감에 젖은 기색이 느껴졌기 때문이다.

네드는 그녀가 자신을 혐오한다는 사실을 이해하려 들지 않았고, 그의 단순한 자존심으로는 그 사실을 이해할 수도 없었다. 상황은 단순히 곤란한 정도를 넘어서서 악몽이 되어버렸다. 이 상황을 타개할 가능성이 있는 여러 방법 중에서도, 그녀는 소리 높여 구원을 청하는 방법, 예를 들어 하녀를 불러 이 일을 끝내는 것만은 선택할 수 없었다.

이유는 단순했다. 그녀는 이런 상황에서 자신의 해명을 믿어줄 사람이 단 한 명도 없으리라는 사실을 알고 있었다. 그런 말을 믿은 사람은 이전에도 없었고, 앞으로도 없을 것이다. 그녀의 인생을 통하여 얻은 경험이었다. 사실대로 고백하자면, 이 일이 로스 가족에게 알려지는 것만큼 하인들에게 알려지는 것도 두려웠다. 하인들은 주인의 험담을 하기 마련이다. 주인들 뒤에서 속닥거리는 내용은 다른 사람에게 퍼져 나갈 때마다 계속해서 살이 붙었다. 예를 들어 새로 온 하녀 이베트의 경우에는……

"그럴싸한 이유라도 하나 대봐." 네드는 냉랭하게 이야기를 계속하고 있었다. "왜 로스란 녀석이랑 결혼하려는 거지?"

이브의 목소리는 결코 크지 않았지만 어둠을 뚫고 그에게 들이닥쳤다.

"제발 가줘. 그를 사랑한다는 말은 믿지 않겠지. 하지만 사실인

걸. 게다가 내 행동을 당신에게 설명할 필요는 없어. 이젠 더 이상 그럴 필요가 없어. 당신이 내게 뭐라도 요구할 권리가 있다고 생각해?"

"그래."

"무슨 권리 말이야?"

"그쪽으로 가서 보여주지."

비록 어둠 속이었지만 네드는 마치 눈에 보이는 것처럼 그녀가 어떤 행동을 하는지 훤히 알고 있었다. 바스락대는 소리와 삐걱대는 스프링 소음으로 미루어 보건대, 침대 발치에서 끈으로 여미는 두꺼운 레이스 가운을 집어 입기 시작한 게 분명했다. 네드가 그녀 쪽으로 왔을 때 이브는 버둥거리며 한쪽 소매만 남긴 채 가운을 다 입은 후였다.

이브는 또 다른 두려움을 느끼고 있었다. 그 생각을 도통 떨쳐버릴 수가 없었다. 세상 물정에 훤한 지인들이 매번 하는 말로, 여자는 처음으로 육체관계를 맺은 남자를 결코 잊을 수 없다는 것이었다. 그녀는 그 이야기를 잊었다고 생각했지만 이제 와서 다시 떠올리고 말았다. 이브 역시 사람인지라 여러 달 동안 홀로 지낸 외로움은 어쩔 수가 없었다. 게다가 네드 애투드는 어떤 말을 갖다 붙여도 매력적인 남자라는 사실에는 변함이 없었다. 어쩌면……

그가 이브를 붙잡자 그녀는 매섭게 저항했으나 그 동작은 서투르기 그지없었다.

"놓아줘! 아프잖아!"

"그러면 얌전히 굴 거야?"

"싫어! 네드, 하인들이……."

"허튼수작 부리지 마. 몹시 할망구밖에 없잖아."

"몹시는 이제 없어. 하녀를 새로 들였단 말이야. 아직 그 하녀는 믿을 수 없어. 눈치챌 거야. 어쨌든 제발 평상시처럼만이라도 예의를 지켜줘……."

"그러면 얌전히 굴 거야?"

"싫다니까!"

이브는 키가 컸다. 네드보다 고작 오 센티미터밖에 작지 않았다. 그러나 그녀의 몸은 날씬하고 부드러웠기에 대단한 힘은 발휘하지 못했다. 이쯤 되니 제정신이 아닌 네드의 분별력으로도 뭔가 상황이 잘못 돌아간다는 사실을 알 수 있었다. 이브의 행동은 교태를 부리는 것이 아니라 진짜 저항이었다. 네드 애투드는 그런 분위기를 감지하지 못할 정도로 바보는 아니었다. 그러나 이브를 끌어안고 있으니 극도로 흥분되는 것은 어쩔 수 없었다.

바로 그 순간, 고막을 찢는 듯한 전화벨 소리가 울렸다.

## 003

요란하게 울리는 전화벨 소리는 어떤 상황에서도 귀에 거슬리기 마련이다. 어둠을 뚫고 들려오는 소리는 두 사람을 비난하듯 시끄럽게 울려 퍼졌다. 언제까지고 계속 울릴 것 같았다. 놀라 분별력을 잃어버린 두 사람은 마치 전화기가 엿듣기라도 하는 듯 목소리를 낮췄다.

"전화 받지 마, 이브!"

"받아야 해! 아마⋯⋯."

"헛소리 마! 그냥 울리게 놔둬."

"하지만 그 사람들이⋯⋯."

두 사람은 전화기가 놓인 탁자 지척에 서 있었다. 이브는 본능적으로 수화기를 들려고 손을 뻗었지만 그가 그녀의 손목을 낚아채 전화를 받지 못하게 했다. 두 사람이 거칠게 실랑이를 벌이는 통에 전화기가 미끄러졌고, 수화기가 받침대 고리에서 풀려 탁자 위에 쿵 하는 소리를 내며 떨어졌다. 새된 소리로 울리던 전화벨이 뚝 그쳤다. 그러나 두 사람 모두 고요한 가운데 가느다랗게 흘러나오는 목소리를 똑똑히 들었다. 토비의 목소리였다.

"여보세요? 이브?" 어둠 속에서 토비가 말했다.

네드는 그녀의 팔을 놓고 뒤로 물러섰다. 들어본 적은 없었지만 목소리의 주인이 누구인지 추측하는 것은 그리 어렵지 않았다.

"여보세요? 이브?"

그녀는 미끄러진 전화기를 찾아 헤매다가 벽에 부딪히고 나서야 겨우 수화기를 집어 들 수 있었다. 이브는 가쁜 숨을 가라앉혔다. 누구라도 그런 그녀의 모습을 보면 틀림없이 경탄했을 것이다. 입을 열었을 때 그녀는 평상시와 거의 다를 바 없는 목소리를 낼 수 있었다.

"여보세요? 토비, 당신이에요?"

토비의 목소리는 굵고 느릿느릿했다. 비록 전화기의 작은 공간 속에서 쇠약해졌지만 그의 목소리는 두 사람에게 똑똑히 잘 들렸다.

"한밤중에 깨워서 미안해요. 하지만 잠을 이룰 수가 없어서요. 당신과 이야기를 나누고 싶어 견딜 수가 없었어요. 실례가 되지 않았나요?"

네드 애투드는 느릿느릿 방을 가로질러 화장대 위에 걸린 전등을 켰다. 그런 짓을 하면 이브가 자신을 쏘아볼지도 모른다고 생각했지만 그녀는 그러지 않았다. 그저 커튼이 제대로 드리워져 있는지 확인하려 재빨리 창가 쪽을 돌아보았을 뿐이었다. 그러나 그것 또한 크게 의식하는 것 같지는 않았고, 네드에 대해서도 역시 마찬가지였다. 토비가 쾌활하게 사과하는 모양새로 보건대 그녀가 두려워할 일은 아무것도 없었다. 하지만 그게 전부는 아니었다. 토비의 말투는 애정으로 충만했던 것이다. 그런 말을 할 수 있는 사람은 자기 말고는 세상 어디에도 없으리라 생각했던 네드 같은 자기중심적인 남자가 듣기에는, 그 말투는 놀랍다 못해 기괴하기까지 했다.

네드는 소리 없이 웃기 시작했다. 그러나 무슨 생각이 떠올랐는지 별안간 그의 얼굴에서 재미있다는 표정이 싹 사라졌다.

"토비, 있잖아요!" 이브가 나직이 속삭였다.

그 말투는 잘못 들을 수가 없었다. 사랑에 빠졌거나, 사랑에 빠졌다고 생각하는 여자의 말투였던 것이다. 이브의 얼굴이 환해졌다. 그녀가 느끼는 안도감과 감사의 마음이 그에게까지 흘러왔다.

"통화해도 괜찮겠어요?" 토비가 물었다.

"토비, 당연히 괜찮죠! 혹시 무슨 일이라도 있어요?"

"아무 일도 없어요. 그저 잠을 이룰 수가 없어서요."

"지금 어디에 있는데요?"

"1층 응접실에 있어요." 이브에게 푹 빠진 토비 로스는 그 질문에 아무런 의문도 품지 않았다. "조금 전까지는 내 방에 있었어요. 하지만 당신이 얼마나 사랑스러운지 생각하니, 전화를 걸지 않고는 견딜 수가 없더군요."

"어머나, 토비!"

("제기랄!" 네드 애투드가 말했다.)

다른 사람이 감정을 표출하는 모습을 지켜보노라면, 설사 자신도 공유하는 감정이라 할지라도 제정신이 아닌 것 같다는 생각이 들기 마련이었다.

"진심입니다." 토비는 진지하게 맹세했다. "어…… 오늘밤에 봤던 영국 극단의 공연은 마음에 들었나요?"

("연극 비평이나 하자고 이 새벽에 전화를 걸었다는 거야?" 네드가 물었다. "그런 놈이랑 결혼하는 건 관둬!")

"토비, 정말로 좋았어요! 버나드 쇼는 꽤 귀여운 면이 있어요."

("버나드 쇼가 귀엽다고? 세상에!")

그는 이브의 얼굴에 떠오른 표정을 보자 욕지기가 치밀었다.

토비가 불편한 듯한 소리를 냈다.

"그 연극이 좀 외설적인 면이 있긴 하지만요. 당신은 충격을 받지 않았나요?"

("믿을 수가 없어." 네드는 눈을 크게 뜨고 전화기를 노려보며 중얼거렸다. "정말 믿을 수가 없다고!")

"어머니와 제니스, 벤 삼촌도 모두 좋았다고 했지만……." 토비는 잠시 말을 끊었다. "난 잘 모르겠어요." 토비는 버나드 쇼의 관점에 화가 날 정도로 아연함을 느끼는 사람이었다. "내가 좀 구식일지도 모르겠어요. 그래도 여자라면 마땅히, 그러니까 제대로 교육을 받은 여자라면 그런 내용은 알 필요가 없다고 생각해요."

"난 충격받지 않았어요, 토비."

"뭐……." 토비는 말을 질질 끌었다. 전화선 저편에서 토비가 안절부절못하는 광경이 쉽게 상상이 갔다. "사실…… 내가 하고 싶었던 이야기는 그거였어요."

("시인 납셨군, 세상에!")

그러나 토비는 아직 할말이 남은 듯했다. "내일 소풍 가기로 한 거 알죠? 내일은 날씨가 좋아야 할 텐데. 아, 그리고 말이에요. 아버지께서 자질구레한 수집품을 하나 더 구하신 모양이에요. 굉장히 기뻐하시더라고요."

("그러시겠지." 네드가 비웃었다. "바로 조금 전에 그 노인네가 흥에 겨워 들여다보는 걸 봤잖아.")

"그래요, 토비." 이브는 그 말에 동의를 표했다. "우리도 봤……."

그녀의 입에서 불쑥 튀어나온 말은 사소한 실수조차 되지 못했다. 그러나 또다시 엄청난 공포가 밀려와 그녀의 이성을 마비시켰다. 이브는 고개를 들어 네드의 얼굴에 떠오른 일그러진 미소를 바라보았다. 그 미소는 혐오스럽기도 하고 매력적이기도 했다. 그러나 그녀의 입에서는 계속해서 말이 흘러나왔다.

"그러니까 오늘밤 우리도 훌륭한 연극을 봐서 굉장히 즐거웠잖아요."

"그랬죠? 그런데 더 늦게까지 잠자리를 방해해서는 안 되겠군요. 잘 자요, 내 사랑."

"잘 자요, 토비. 당신은 모를 거예요, 내가 당신 목소리를 듣게 되어 얼마나 기쁜지 짐작조차 못 할 거예요!"

그녀가 수화기를 내려놓자 방안에 정적이 흘렀다.

이브는 여전히 한 손을 수화기에 얹고 다른 손은 가운을 여민 채 침대 귀퉁이에 앉아 있었다. 그녀는 고개를 들어 네드를 바라보았다. 잿빛 눈 아래 뺨이 상기되어 있었다. 희미하게 빛나는 비단결처럼 풍성한 밤색 머리카락이 다소 흐트러져 섬세한 얼굴을 더욱 돋보이게 했다. 이브는 한 손으로 머리카락을 넘겼다. 분홍색으로 칠한 손톱이 빛나며 새하얀 팔과 대조를 이루었다. 이브는 이토록 가까이 있어도 멀리 떨어진 것 같고, 계속해서 피가 끓고 있는데도 발휘하지 않은 열정을 억누르는 느낌이 들게 하는 여자였다. 어떤 남자라도 이성을 잃을 정도로 그녀는 사랑스러웠다.

네드는 이브를 바라보았다. 그는 주머니에서 담배와 라이터를 꺼내 담뱃불을 붙여 깊숙이 빨았다. 손에서 라이터 불빛이 흔들리다가 이내 꺼졌다. 방안에 깔린 뜨겁고 무거운 침묵은 시계 초침 소리에도 깨지지 않았다.

네드는 서두르지 않았다.

"좋아." 그는 한참 후에야 조심스럽게 입을 열고 헛기침을 했다. "말해봐."

"뭘 말하라는 거야?"

"모자를 쓰고 돌아가라고 말이야."

"모자를 쓰고 돌아가." 이브는 조용히 그의 말을 반복했다.

"알았어." 그는 남은 담배 길이를 가늠해보더니, 다시 연기를 들이마시고 숨을 내쉬었다. "양심에 걸리나 보지?"

이는 사실이 아니었다. 그러나 아주 틀린 말도 아니어서 이브는 얼굴을 붉혔다. 네드는 느긋하게 서서 계속 남은 담배 길이를 살피는 척하며 악마 같은 탐정 본능으로 그녀를 살피고 있었다.

"말해봐, 사탕집에 사는 마녀 같으니. 꺼림칙한 기분이 든 적이 한 번도 없어?"

"뭐가 꺼림칙한데?"

"로스 가족과 함께하는 인생 말이야."

"있잖아, 네드. 당신은 절대 이해 못 할 거야."

"내가 '훌륭한' 남자가 아니라서? 길 건너편에 사는 멍청이처럼?"

이브는 자리에서 일어나 가운을 고쳐 맸다. 분홍색 공단 허리끈이 항상 저절로 풀리곤 해서 그녀는 다시 매듭을 묶어야 했다.

"그렇게 토라진 어린애 같은 말투만 고치면 당신도 훨씬 나은 남자가 될 수 있을 거야."

"그렇겠지. 하지만 이건 다른 문제야. 그놈과 이야기를 나누는 당신 말투는 내 인내심을 바닥나게 해."

"정말이야?"

"그럼, 정말이지. 당신은 지적인 여자잖아."

"고마워."

"토비 로스와 이야기할 때는 그놈 정신 연령에 맞춰주기로 작정한 것 같던데 말이지. 젠장, 어떻게 그런 말을 할 수 있지! 버나드 쇼가 '귀엽다'니. 결국 당신도 그놈처럼 멍청하다는 사실을 깨닫게 될걸. 그럴 작정이야? 결혼 전에도 그 자식한테 그런 식으로 말해야 한다면, 결혼한 다음에는 과연 어떻게 될까?" 그는 부드럽게 말을 이었다. "한 번도 꺼림칙한 생각이 든 적 없었어, 이브?"

(이 빌어먹을 놈!)

"왜 그래?" 네드는 담배 연기를 다시 피워 올리며 물었다. "이 악마의 변호인이 하는 말에 귀 기울일 용기는 없나 보지?"

"당신 따위 겁나지 않아."

"로스 가족에 대해 실제로 아는 게 뭐가 있어?"

"당신과 결혼하기 전엔 당신에 대해 뭘 알았더라? 그뿐이야? 당신과 결혼한 다음에도, 당신이 나와 만나기 전에 어떤 사람이었는지 하나도 알 수가 없었어. 당신이 이기적인 사람이라는 것만 빼면……."

"그건 맞아."

"역겨운 인간 같으니!"

"이브, 자기야. 지금은 로스 가족 이야기를 하고 있잖아. 어떤 점에 그렇게 홀딱 넘어간 거야? 사회적 지위 때문인가?"

"물론 나도 존경받기를 원해. 여자라면 다들 그렇듯이."

"아하!"

"당신처럼 똑똑한 사람이 할 말은 아니잖아. 내가 그 사람들을 좋아한다는 거 알면서. 토비의 부모님은 물론이고 토비와 제니스, 벤 삼촌까지 다 좋아해. 모두 친절한 사람들이야. 그토록 경우가 바른데 따분하지도 않지. 게다가……." 이브는 생각을 더듬었다. "지극히 정신이 온전한 사람들이야."

"그리고 로스네 아버지는 당신 은행 계좌를 좋아할 테고."

"그런 말은 그만둬!"

"증거가 있는 건 아니야. 하지만 언젠가……."

네드는 말을 멈추더니 손등으로 이마를 훔쳤다. 그리고 잠시 그녀를 바라보며 서 있었다. 이브마저 진실한 애정이라고 여길 표정이었다. 그 표정에는 일찍이 없었던 당혹스러우면서도 간절한, 심지어는 다정하다고까지 할 만한 감정이 깃들어 있었다.

"이브." 그는 무뚝뚝하게 입을 열었다. "당신이 그렇게 되는 걸 두고 볼 순 없어."

"뭘 두고 볼 수 없다는 건데?"

"당신이 실수를 저지르는 걸 두고 볼 수 없다는 뜻이야."

네드가 담배를 끄려고 유리 재떨이가 놓인 화장대로 걸어가는 동안에도 이브는 몸이 굳어 꼼짝할 수 없었다. 그녀는 그를 바라보았다. 이제까지의 경험으로 그를 잘 아는 이브는 어떤 분위기를 감지할 수 있었다. 네드는 다시 뒤를 돌아보았다. 뻣뻣한 머리카락 아래 번들거리는 이마에는 가느다란 주름이 보기 좋게 나 있었다.

"이브, 오늘 동종 호텔에서 들은 말이 있어."

"뭔데?"

"로스네 아버지 이야기야." 그는 담배 연기를 뿜으며 창가를 향해 고갯짓을 했다. "반쯤 귀가 멀었다던데. 그래도 내가 커튼을 확 열어젖히고 고함을 지르며 어떻게 지내느냐고 안부 인사를 하면……."

방안은 침묵에 휩싸였다.

뱃멀미라도 할 것처럼 불쾌한 느낌이 이브의 뱃속에서 스멀스멀 기어오르다가 몸안으로 퍼지더니 급기야 시야까지 흐려졌다. 무엇 하나 현실 같지가 않았다. 담배 연기가 무더운 방안을 가득 메웠다. 연기 사이로 네드의 푸른 눈이 그녀를 바라보는 모습이 보였다. 그녀 자신도 모르는 사이에 목소리가 흘러나왔다. 마치 먼 곳에서 울리는 듯한 작은 소리였다.

"그런 추잡한 짓은 못 할 거야!"

"그런가?"

"그래! 아무리 당신 같은 인간이라도!"

"그런데 왜 그게 추잡하지?" 네드가 조용히 물었다. 그는 손가락으로 이브를 가리켰다. "당신이 무슨 짓이라도 저질렀나? 완전무결하게 순수한 사람이면서, 안 그래?"

"그래!"

"다시 말하지만, 당신은 고결함의 표본이잖아. 내가 모든 문제의 원흉이고. 열쇠를 가지고 있긴 했지만 난 억지로 안으로 들어왔어." 그는 열쇠를 들어올렸다. "내가 소란을 피운다고 해도 당신이 두려워할 게 뭐가 있지?"

이브는 입술이 바짝바짝 말랐다. 모든 일들이 텅 빈 공간 속에서 벌어지는 것 같았다. 빛은 산산이 부서지고 소리는 도달하는 데너무 오래 걸렸다.

"난 얻어터져도 싼 망나니야. 과연 토비 로스란 놈이 그럴 수 있을지는 모르겠지만. 당신은 나를 내쫓으려 애쓰고 있지? 물론 당신의 충실한 친구들은 당신이 어떤 사람인지 알 테니 무슨 이야기를 하든 대번에 믿어줄 거야. 좋아. 당신이 하는 말을 부정하지 않겠다고 약속할게. 만약 당신이 정말로 나를 혐오하고 경멸한다면, 그리고 만약 그 사람들이 당신이 말한 대로라면, 내가 소리를 지르겠다고 할 때 졸도할 것 같은 표정을 짓는 대신 당신이 직접 소리를 지르는 편이 낫지 않겠어?"

"네드, 설명할 수는 없지만……."

"왜지?"

"당신은 이해 못 할 테니까!"

"왜지?"

이브는 말로는 표현하기 힘든 무력감에 두 팔을 벌렸다. 몇 마디 말로 어찌 세상 이치를 설명할 수 있단 말인가?

"이 말만 할게." 그녀의 눈에서 눈물이 흘렀지만 입에서 나오는 말은 조용했다. "오늘밤 당신이 여기 왔다는 사실을 누군가 알게 하느니 차라리 내가 죽고 말겠어."

네드는 잠시 그녀를 바라보며 서 있었다.

"세상에, 정말이야?" 그는 몸을 돌려 재빨리 창가로 걸어갔다.

이브가 본능적으로 떠올린 첫 번째 생각은 불을 꺼야 한다는 것이었다. 그녀는 앞으로 달려나가다가 가운 자락을 밟고 넘어질 뻔했다. 어느새 공단 허리끈이 다시 풀려 있었던 것이다. 나중에 시간이 흐른 후, 그녀는 그때 네드에게 소리를 질렀는지 어쨌는지 도통 기억할 수가 없었다. 이브는 화장대 의자에 걸려 비틀거리며 발끝으로 서서 전등 스위치를 향해 손을 뻗었다. 방안이 어두워지자 그녀는 안도감에 울음을 터뜨릴 뻔했다.

지금 와서 생각해봐도 네드가 당시 정신 상태에도 불구하고 정말로 길 건너의 모리스 경에게 소리를 쳤을까 하는 점에는 의문이 남았다. 하지만 어떤 경우든 달라질 것은 없었다.

그는 두꺼운 커튼을 벌컥 열어젖혔다. 커튼을 지탱하던 나무 고리가 덜거덕하는 소리를 냈다. 그 아래의 레이스 커튼까지 젖힌 그는 밖을 내다보았다. 그러나 더는 아무런 행동도 하지 않았다.

네드는 길 건너편으로 십오 미터도 채 떨어지지 않은 모리스 경의 불 켜진 서재 창문을 똑바로 바라보았다. 서재에 난 두 개의 창문은 프랑스 양식에 따라 바닥까지 닿아 있었다. 그리고 창문들은 현관 위쪽의 석조와 연철로 된 발코니로 이어졌다. 창문은 둘 다 반쯤 열린 상태였고 덧문도 닫히지 않았으며 커튼도 활짝 걷혀 있었다.

그러나 서재 안은 불과 몇 분 전에 네드가 처음 흘끗 보았던 때와는 달라 보였다.

"네드!" 이브의 목소리는 점점 공포로 물들고 있었다.

아무 대답도 없었다.

"네드! 왜 그래?"

그가 손가락으로 가리키는 것만으로 충분했다.

두 사람은 중간 크기의 사각형 방안에, 벽을 따라 앞면이 유리로 된 특이한 골동품 장식장이 늘어서 있는 모습을 보았다. 두 개의 창문을 통해서 거의 서재 전체가 보였다. 책장 하나 혹은 두 개가 장식장의 열 사이에 끼어들어 있었다. 금박으로 치장하고 두꺼운 비단 천을 깔아놓은 가구들은 흰색 벽과 회색 양탄자를 배경으로 서 있었다. 네드가 조금 전 그쪽을 보았을 때는 탁상용 전등에만 불이 켜져 있었다. 지금은 천장 한가운데 걸린 샹들리에가 빛나고 있어 방 구석구석이 환하게 드러났다. 소름이 끼칠 정도로 밝았다.

왼쪽 창문을 통해서 왼쪽 벽에 붙은 모리스 경의 커다랗고 평평한 책상이 보였다. 오른쪽 창문을 통해서는 오른쪽 벽에 붙은 대리석 벽난로가 보였다. 서재 뒤편, 두 사람이 마주보는 벽에는 2층 복도로 통하는 문이 있었다.

두 사람의 눈에 조용히 그 문이 닫히는 모습이 보였다.

누가 서재를 빠져나가려는 것 같았다. 이브는 창가로 너무 늦게 다가갔기 때문에 그 사람을 제대로 확인하지 못했다. 이후로 그 얼굴의 흔적은 계속 그녀를 유령처럼 따라다녔다. 그러나 네드는 얼굴을 똑똑히 보았다.

그 사람은 닫혀가는 문 뒤로 몸을 숨긴 채 문틈으로 손을 불쑥 내밀었다. 이 거리에서 손은 조그맣게 보였고, 또 갈색 장갑을 끼고 있었다. 손이 문 옆에 달린 전등 스위치를 더듬었다. 손가락을 구부려 능숙하게 스위치를 내려 중앙 샹들리에를 껐다. 그다음 문고리 대신 금속 손잡이가 달린 커다란 흰색 문을 조용히 닫았다.

이제는 탁상용 전등만이 빛을 내고 있었다. 녹색 유리 갓이 달린 작은 전등이 왼쪽 벽에 밀착된 커다란 책상과 회전의자 위로 희미한 빛을 드리웠다. 평상시처럼 회전의자에 앉은 모리스 로스 경의 옆모습이 보였다. 지금은 돋보기를 들고 있지 않았다. 다시는 돋보기를 들 수 없는 상태였다.

돋보기는 책상에 놓인 압지 위에 있었다. 압지 위에는, 아니, 책상 위에는 어떤 물건이 부서진 듯 파편이 산산이 흩어져 있었다. 파편의 수는 꽤 많았고 특이한 모양의 조각도 섞여 있었다. 마치 장밋빛으로 물든 눈 속에 파묻힌 것처럼 빛을 받아 분홍색으로 빛나는 투명한 파편도 있었다. 금빛으로 빛나는 조각도 있었다. 그뿐 아니라 다른 조각들도 있는 것 같았다. 그러나 책상 전체와 인접한 벽까지 피가 튀어서 색깔을 구분하기는 어려웠다.

이브는 최면에 걸린 듯 그 자리에 서 있었다. 욕지기가 목구멍까지 차올랐지만 아직까지 자신이 본 광경을 믿을 수 없었다. 이 일이 모두 끝난 이후에도 이브는 당시에 자신이 얼마나 오랫동안 서 있었는지 기억하지 못했다.

"네드, 내가……."

"조용히 해!"

모리스 로스 경의 머리는 어떤 흉기에 수차례 가격당한 상태였지만 흉기가 무엇인지 지금은 보이지 않았다. 그는 무릎이 책상 안쪽 움푹한 곳에 끼여 있어서 의자에서 굴러떨어지지 않았다. 턱은 가슴 쪽으로 기울어지고 두 손은 힘없이 늘어뜨린 채였다. 색칠한 가면을 쓴 것처럼 뺨을 따라 피가 인중으로 흘러내렸는데 마치 움직이지 않는 머리 위에 모자를 씌운 듯한 모습이었다.

## 004

웨스트민스터의 퀸 앤스 게이트에, 이후 라 방들레트 뤼 데 앙주에 거주했던 기사騎士, 모리스 로스 경은 이렇게 사망했다.

기삿거리는 적고 기사를 내야 하는 신문들은 많은 불균형한 시대였기 때문에 그의 죽음은 영국 언론에 파장을 몰고 왔다. 사실 기이한 방법으로 살해당하기 전까지는 그가 어떻게 기사 작위를 받았는지는 고사하고 누구인지 아는 사람조차 극히 드물었다. 하지만 이제 그에 대한 모든 일화가 관심의 대상이 되었다. 언론은 모리스 경의 기사 작위가 과거 인도주의적인 활동 때문에 수여되었다는 사실을 밝혀냈다. 그는 빈민가 정비와 형무소 환경 개선, 선원 처우 개선 같은 일에 힘을 쏟은 적이 있었다.

명사 인명록에 그의 취미는 '수집 및 인류애'라고 기록되어 있었다. 모리스 경은 몇 년 후 영국을 파산 지경으로 몰아넣게 되는 모순적인 인간들 중 하나였다. 자선 단체에 거액의 돈을 쾌척했고 정부 당국에는 여러 개선 사항을 지속적으로 요청했지만, 정작 그 자신은 소득세 납부를 피해 해외에서 거주했다. 그는 통통하고 작은 키에 귀가 반쯤 멀었으며 콧수염과 턱수염을 길렀고 자신만의 세계에 빠져 사는 사람이었다. 인기 있고 친절했으며 가정에서도 자상하다는 찬사를 아낌없이 받는 사람이기도 했다. 그는 그런 찬사를 받을 자격이 있었다. 모리스 로스는 정말로 자신이 보이고자 했던 그대로의 사람이었던 것이다.

그런데 누가 고의적으로 잔혹하게 그의 머리를 박살냈다. 취한 듯 몽롱한 새벽에 고요한 거리가 내려다보이는 창가에서, 이브 닐과 네드 애투드는 겁먹은 아이들처럼 서 있었다.

이브 닐은 전등 불빛이 핏자국을 비추는 광경을 견딜 수가 없었다. 그녀는 재빨리 창문 옆으로 몸을 피해 더이상 바라보지 않으려 했다.

"네드, 거기서 얼른 물러나!"

그는 아무런 대답도 하지 않았다.

"네드, 저분이 정말……."

"그래. 적어도 그런 것처럼 보여. 여기선 확신할 수 없겠어."

"어쩌면 그냥 상처만 입었는지도 몰라."

네드는 아무런 대답도 하지 않았다. 두 사람 중 여자보다 남자 쪽이 더 아연실색한 것 같았다. 이는 당연했다. 그는 그녀가 보지 못한 것을 보았기 때문이다. 바로 갈색 장갑을 낀 사람의 얼굴을 본 것이다. 심장은 덜컹거리고 목구멍은 모래처럼 바짝 말랐는데도 네드는 계속 불 켜진 방안을 보고 있었다.

"어쩌면 그냥 상처만 입었을지도 모른다니까!"

네드는 목청을 가다듬었다. "당신 말은 우리가……."

"우리가 저기로 갈 수는 없어. 가보고 싶더라도 그래선 안 돼." 이브는 자신에게 닥친 상황에 대한 공포를 실감하며 속삭였다.

"그래. 나, 나도 그렇게 생각해."

"저분께 무슨 일이 일어난 거지?"

네드는 입을 떼려다가 자제했다. 이 상황이 너무 좋아서(혹은 너무 나빠서) 믿어지지 않을 정도였다. 말은 할 필요가 없었다. 대신 그는 무기를 들어 무자비하게 내리치는 동작을 취해 보였다. 두 사람 모두 목이 쉬어 있었다. 속삭임 이상으로 목소리를 높여 보았지만 소리가 굴뚝을 통해 크게 울려 퍼질 것만 같아 급히 입을 다물었다. 네드는 재차 목청을 가다듬었다.

"뭔가 잘 볼 수 있는 거 없어? 쌍안경이나 오페라글라스 같은 거 말이야."

"왜?"

"이유는 신경쓰지 말고. 그런 거 갖고 있어?"

쌍안경은 있었다. 이브는 창문 옆의 벽에 등을 단단히 기대고 서서 쌍안경을 어디에 두었는지 생각을 집중했다. 경마장에서 쌍안경을 썼어. 롱샹 경마장이었지. 그녀는 불과 몇 주 전에 로스 가족과 롱샹 경마장에 다녀왔다. 당시 광경이 색채와 소리까지 생생하게 되살아났다. 딸랑거리는 종소리, 형형색색의 옷을 입은 기수들, 흰색 경주로를 질주하는 경주마들, 밝게 내리쬐는 태양까지. 모리스 로스는 회색 실크해트를 쓰고 쌍안경을 눈에서 떼지 않았다. 벤 삼촌은 평소와 마찬가지로 돈을 걸었다가 잃고 말았다.

이브는 네드가 왜 쌍안경을 달라고 하는지 짐작도 가지 않았고, 사실 알고 싶지도 않았다. 그녀는 비틀비틀 어두운 방안을 가로질러 높은 서랍장으로 향했다. 서랍장 맨 위 서랍에서 가죽 주머니에 든 쌍안경을 꺼내 그에게 내던지듯 건네주었다.

건너편 서재는 중앙 조명이 꺼져 조금 전보다 훨씬 어두웠다. 그러나 그가 쌍안경으로 오른편 창문을 향하고 초점을 맞추자 방안의 윤곽이 뚜렷해지더니 사물이 분간되기 시작했다.

대각선 방향으로 우측 벽과 벽난로 선반이 보였다. 선반은 흰 대리석이었고 위쪽 벽에는 나폴레옹 황제의 두상이 새겨진 커다란 메달이 걸려 있었다. 팔월의 여름이라 벽난로에는 불기가 없었고, 난로 구멍은 작은 태피스트리로 가려져 있었다. 난로 옆 쇠살대에 부삽, 부젓가락, 부지깽이 등의 놋쇠 손잡이가 달린 난로용 철구들이 걸려 있었다.

"저 부지깽이라면⋯⋯." 그가 입을 열었다.

"그게 뭐?"

"쌍안경으로 한번 봐."

"난 못 해!"

순간 이브는 겁에 질려 그가 자신을 비웃는 건 아닐까 생각했다. 그러나 네드 애투드라 해도 이 상황에서 빈정댈 여유는 없었다. 그의 얼굴은 눅눅한 종이처럼 창백했고 쌍안경을 가죽 주머니에 집어넣는 손은 덜덜 떨렸다.

"정말로 대단한 집구석이군." 네드는 수집품 사이에서 피를 흘리며 죽은 노인을 고갯짓으로 가리키며 말했다. "지극히 정신이 온전한 집구석이라고. 당신이 그렇게 말하지 않았나?"

이브는 목이 꽉 막혀 숨을 쉴 수가 없었다. "누가 저런 짓을 저질렀는지 봤다는 거야?"

"그래. 누가 그랬는지 봤어."

"도둑이 저분을 내리쳤을 거 아냐. 그걸 봤다고?"

"사실 비열한 짓을 저지르는 걸 직접 본 건 아니야. 내가 봤을 때는 갈색 장갑을 낀 놈이 일을 다 끝낸 후였어."

"그럼 뭘 봤다는 건데?"

"갈색 장갑이 부지깽이를 다시 걸어놓는 모습을 봤어. 일을 끝낸 후에 말이야."

"도둑을 다시 보면 얼굴을 알아볼 수 있겠어?"

"그 말은 쓰지 않았으면 좋겠는데."

"무슨 말?"

"도둑이라는 말."

길 건너편 불 켜진 서재 문이 다시 열렸다. 이번에는 단호한 기세로 활짝 열렸다. 열린 문 사이로 헬레나 로스의 둥근 얼굴이 나타났다. 조명은 그다지 밝지 않았지만 그 동작과 몸짓은 언제나 한결같아서, 마치 손에 닿을 거리에 있는 것처럼 그녀라는 사실을 쉽게 알 수 있었다. 그녀의 생각까지 하나하나 읽을 수 있었다. 그녀는 문을 여는 순간부터 입을 열고 있었다. 상황에 따른 판단이었을 수도, 그녀의 입 모양을 읽었을 수도, 어쩌면 둘 다일 수도 있었다. 그 입에서 흘러나온 말은 두 구경꾼이 짐작한 거의 그대로였다.

"모리스, 이제 정말 잠자리에 들 시간이에요!"

헬레나는—아무도 그녀를 로스 부인이라고 부르지 않았다—중간 정도 체구에 살집이 있었으며, 쾌활해 보이는 동그란 얼굴에 은회색 단발머리를 하고 있었다. 그녀는 화려한 기모노를 걸치고 두 손은 소매 속에 집어넣은 채 슬리퍼를 팔딱거리며 거침없이 걸어 다니곤 했다. 그녀는 문가에 서서 한 번 더 말하고는 중앙 샹들리에 스위치를 올렸다. 이윽고 팔로 몸을 감싸며 자신에게 등을 돌리고 있는 남편을 향해 조용히 다가갔다.

헬레나는 근시 탓에 곁으로 다가갈 때까지 걸음을 멈추지 않았다. 그녀가 첫 번째 창문을 지나자 그림자가 거리 위로 드리워졌다.

헬레나는 이내 사라졌다가 두 번째 창문에서 모습을 드러냈다.

　헬레나 로스는 삼십 년의 결혼 생활 동안 흐트러진 모습을 보인 적이 거의 없었다. 그런 만큼 그녀가 뒤로 나가떨어져 비명을 지르는 모습은 그 무엇보다 강렬했다. 새된 비명이 고요한 밤공기를 찢어발기며 쉬지 않고 울려 퍼졌다. 그 소리는 온 거리를 뒤흔들어 집집마다 사람들을 모조리 깨울 정도였다.

　이브 닐이 조용히 말했다.

　"네드, 당신은 가야 해. 서둘러!"

　여전히 그는 아무 말도 하지 않았다.

　이브가 그의 팔을 움켜쥐었다. "헬레나는 나를 찾을 거야! 언제나 그런단 말이야. 그다음에는 경찰이 오겠지. 삼십 초 안에 떼로 몰려들걸. 지금 가지 않으면 우리 둘 다 끝장이야!" 이브의 목소리는 공포로 인해 신음하는 듯한 소리로 변했다. 그녀는 계속해서 그의 팔을 흔들었다. "네드, 정말로 그럴 생각은 아니지? 우리 이야기를 떠벌릴 작정은 아니지?"

　네드는 손을 들어 길고 억센 손가락으로 눈을 가렸다. 어깨가 움츠러들었다.

　"아니야. 그럴 생각은 아니었어. 내가 정신이 반쯤 나갔었나 봐. 그뿐이야. 미안해."

　"그러면 이제 가줄 거야?"

　"그래. 이브, 난 절대로 그런……."

"당신 모자는 침대에 있어. 여기." 그녀는 침대 쪽으로 달려가 이불 위를 손으로 더듬었다. "어둡지만 조심해서 내려가봐. 지금은 불을 켤 수가 없어."

"왜지?"

"이베트 때문에! 새로 들어온 하녀 말이야!"

나이가 지긋하지만 일 처리는 확실하고 동작은 느리지만 일할 때만큼은 재빠른 이베트의 모습이 그녀의 머릿속에 떠올랐다. 이베트는 불필요한 말은 절대로 하지 않았지만, 모든 움직임마다 무슨 말을 던지는 것만 같았다. 토비 로스에 대해서도 이브가 이해할 수 없는 이상한 태도를 취했다. 이브에게 이베트는 쉬지 않고 남의 험담을 늘어놓는 사람들의 표본이었다. 이브는 불현듯 공개 법정 증인석에 서서 진술을 해야 할지도 모른다는 생각이 떠올랐다.

"모리스 로스 경이 살해당한 시각에 제 방에는 다른 남자가 있었습니다. 물론, 절대로 아무 일도 없었습니다."

당연히 그러시겠지, 당연히 그러시겠지, 당연히 그러시겠지. 한두 사람이 키득대다가 이내 와자지껄한 폭소로 번질 것이다. 그녀는 큰 소리로 이렇게 말하리라.

"이베트의 방은 다락방이에요. 그녀는 분명 깨어 있었을 겁니다. 비명이 거리 사람 모두를 깨우고 말았으니까요."

사실 비명은 여전히 계속 울려 퍼지고 있었다. 이브는 헬레나가 얼마나 더 오래 비명을 지를 수 있을지 궁금했다. 그녀는 모자를 찾아 네드에게 집어던졌다.

"말해봐, 이브. 정말로 그 점잔 빼는 녀석한테 빠져버린 거야?"

"점잔 빼는 녀석이라니?"

"토비 로스 말이야."

"아, 또 그 이야기를 하는 거야?"

"사랑에 대한 이야기는 죽기 직전까지 해도 충분하지 않아." 네드가 그녀의 말을 받아쳤다.

그때는 그녀도 한마디 호되게 쏘아주지 않고는 견딜 수가 없었다.

"그런 가르침을 준 여자가 한둘이 아니었겠지?"

"정말로 소중한 한 사람에게만 가르침을 받았지. 당신도 그걸 알잖아."

네드는 여전히 미동도 하지 않았다. 이브 역시 비명을 지르고 싶을 정도였다. 그녀는 발작하듯 두 손을 쥐었다 폈다 하는 행동을 반복했다. 마치 의지력만으로 실제로 그를 문가로 밀어낼 수 있으리라는 태도였다.

길 건너편에서 들려오던 헬레나의 비명이 그쳤다. 소리가 사라지자 고막이 멍멍했다. 경찰이 서둘러 달려오는 듯한 발소리가 비명이 사라진 빈 공간을 메웠다. 창밖을 흘끗 내다본 이브는 아까와는 다른 광경을 보았다.

헬레나 로스 옆에는 두 사람이 더 있었다. 그녀의 어여쁜 딸 제니스와 오빠 벤이었다. 그들은 조명에 눈이 멀기라도 한 듯 문가에서 서성대고 있었다. 제니스의 빨강 머리와 벤의 맥없이 지친 얼굴이 보였다. 사람들의 목소리가 커졌지만 길 건너편에서는 반쯤만 알아들을 수 있어, 밤의 정적 속에 의미 없는 대화의 파편만이 울려 퍼졌다.

이브는 네드의 목소리에 정신을 차렸다.

"조심해!" 그가 충고했다. "금방이라도 히스테리를 일으키겠어. 마음을 침착하게 먹고 아무런 걱정도 하지 마. 저들은 우리를 못 볼 거야. 나는 뒷문으로 빠져나갈게."

"가기 전에 열쇠 돌려줘."

그가 순진한 척 눈썹을 치켜세우자 그녀가 달려들었다.

"못 알아들은 척하지 마! 현관 열쇠를 돌려달란 말이야! 어서!"

"안 돼, 자기. 열쇠는 내가 가져갈게."

"아까는 미안하다고 했잖아? 오늘밤 나를 이런 꼴로 만들어놓고선 아무런 가책도 못 느끼는 거야?"

이브는 그가 왠지 주저하고 있다고 느꼈다. 네드는 다른 사람을 곤란에 빠뜨릴 때마다 이처럼 잘못을 뉘우치는 태도를 보이곤 했다.

"만약 당신이 열쇠를 돌려준다면 조만간 다시 볼 수 있을지도 몰라."

"정말이야?"

"열쇠나 돌려줘!"

곧이어 이브는 그런 말을 하지 말았어야 한다고 후회했다. 그가 믿을 수 없을 정도로 꾸물꾸물 늑장을 부리며 열쇠고리에서 열쇠를 뺐다. 이브는 그를 다시 만날 생각은 추호도 없었지만 머릿속이 너무 복잡한 나머지 무슨 약속이든 해도 좋다는 심정이었다. 그녀는 열쇠를 안전하게 보관하려 잠옷 가슴께의 주머니에 집어넣고는, 그를 문가로 밀어붙였다.

2층 복도는 조용하고 어두컴컴했다. 위층에 있는 이베트는 잠에서 깨지 않은 것 같았다. 복도 뒤쪽 창문의 열린 커튼 사이로 희미한 빛이 들어와 아래층 계단으로 향하는 네드의 뒷모습이 흐릿하게 보였다. 이브는 아직 물어볼 말이 하나 남아 있었다.

그녀는 평생 동안 불편한 일은 피하려고 노력해왔다. 금박으로 장식한 가구와 흰 벽으로 둘러싸인 번드르르한 방안에서 부지깽이에 맞아 살해당한 모리스 로스 경의 모습 뒤에서 누군가의 얼굴이 떠오르는 듯한, 불쾌하고 심지어 두렵기까지 한 일 역시 피하고 싶었다. 그러나 이번 일은 피할 수 있는 것이 아니었다. 자신의 인생에 지나치게 큰 영향을 끼칠 가능성도 있었다. 경찰서가 있는 시청 탑의 커다란 시계가 머릿속에 떠올랐다. 경찰서장 고롱의 모습도 떠올랐다. 어느 흐린 아침에 단두대에서 목이 잘리는 광경도 떠올랐다.

"네드, 그 사람 도둑이었지?"

"이것참 더럽게 수상한데." 그가 불쑥 말했다.

"무슨 소리야?"

"오늘밤 내가 여기 왔을 때 복도는 당신 모자처럼 새까맸어. 맹세코 저 창문에는 커튼이 쳐져 있었단 말이야." 그는 복도 뒤편에 있는 창문을 가리켰다. 당시 상황을 떠올리자 네드의 생각은 확신으로 굳어졌다. "난 이 계단에서 걸려 넘어졌어. 저 고정쇠에. 만약 조금이라도 불빛이 있었다면 그런 데 걸리지는 않았을걸. 도대체 여기서 무슨 일이 벌어지는 거지?"

"네드 애투드, 그런 식으로 넘어갈 생각 하지 마! 그 사람은 도둑이었지?"

그는 깊은 한숨을 내쉬었다.

"아니, 아가씨. 당신도 알면서."

"당신 말은 안 믿어! 무슨 말을 해도 당신 말은 안 믿을 거야!"

"자기, 그렇게 멍청이처럼 굴지 마." 네드가 딱 잘라 말했다. 그의 눈은 어둠 속에서도 빛을 발하고 있었다. "하고많은 사람 중에서 하필 내가 약자를 보호하는 역할을 떠맡을 줄은 몰랐는데. 하지만 당신, 내 사랑 당신만은……."

"내가 뭘 어쨌다는 거야?"

"당신을 혼자 놓아둘 수는 없어. 그뿐이야."

경사가 크고 아래쪽으로 휘어진 계단은 굉장히 어두워서 마치 탄광 갱도 같았다. 네드는 마치 흔들어 떼어내기라도 할 기세로 난간을 거세게 움켜쥐었다.

"당신에게 이야기를 해야 할지 말아야 할지 고민중이야." 그는 주먹을 쥐고 평정을 찾으려 노력하며 말을 이었다. "나는 도덕 나부 랭이에 휘말리는 것도 싫고 성도덕 역시 마찬가지야. 있잖아, 그저 예전에도 비슷한 일이 있었다는 생각이 떠올랐을 뿐이야. 빅토리아 시대 이야기라는 걸 들었을 때는 웃어넘기고 말았지만."

"대체 무슨 말을 하는 거야?"

"기억 안 나? 백 년쯤 전에 윌리엄 경\*인가 하는 사람이 자기 시 중을 드는 하인에게 살해당한 사건이 있었잖아."

"불쌍한 모리스 경에게 그런 하인은 없었어."

"자기는 그렇게 상상력이 부족해서 어쩌려고 그래? 엎어놓고 엉덩이를 때려줘야겠는데. 한 번도 이런 이야기 들어본 적 없어?"

"없어."

"한 남자가 맞은편 집 창문에서 살인 현장을 목격했어. 하지만 그는 살인범을 고발할 수 없었지. 사건을 목격한 곳이 바로 어느 유 부녀의 침실이었거든. 그래서 경찰에서 죄 없는 사람을 살인 혐의 로 체포했을 때 그 남자가 어떻게 했을 것 같아?

물론 근거가 있는 이야기는 아니야. 체포된 살인범의 정체에 대 해서는 의심의 여지가 없었으니까. 하지만 이 이야기가 계속해서 전해진 이유는 빅토리아 시대의 진중한 연인들이 당황스러운 일을 겪고도 이를 발설할 수 없다는 곤란한 상황이 사람들에게는 굉장히 재미있었기 때문이야. 난 항상 이 이야기가 우스꽝스럽다고 생각했

---

어. 지금까지는 말이야."

네드는 잠시 말을 멈췄다가 이내 덧붙였다.

"하지만 이건 웃긴 상황이 아니야. 전혀 웃을 일이 아니란 말이지."

"네드, 누가 그랬어? 누가 그분을 죽인 거냐고?"

그는 조금 전의 문제에 너무 정신이 팔린 나머지 이브의 질문은
귀에 들어오지도 않는 것 같았다.

"내 기억이 정확하다면 누가 그 이야기를 희곡으로 썼어."

"네드, 제발 부탁이야!"

"아니, 내 말 끝까지 들어! 중요한 일이야!" 어둠 속에서도 그의
창백한 얼굴이 눈에 띄었다. "희곡에서는 핵심 쟁점을 교묘하게 피
해갔어. 그 불쌍한 바보는 경찰에 익명으로 편지를 써서 살인범을
신고하려고 했지. 그러면 다 될 거라고 생각했거든. 물론 잘 풀리지
않았어. 그들이 이 난관을 벗어나는 길은 오직 공개 법정에 서서 진
범에 대한 증언을 하는 수밖에 없었던 거야."

'법정'이라는 불길한 단어를 듣자 이브는 그의 팔을 세게 움켜쥐
었다. 네드는 그녀를 다독였다. 그는 계단 아래로 한 걸음 내려가더
니 몸을 돌려 이브를 바라보았다. 억지로 소리를 낮춰 중얼거리던
두 사람의 대화 소리는 분위기가 험악해질수록 점점 작아졌다. 아
무리 태평한 사람이라도 정신을 못 차릴 정도로 서두를 수밖에 없
는 분위기였다.

"걱정 마. 당신이 연루되는 일은 없을 거야. 내가 그렇게 해줄

테니까."

"경찰한테 말하지 않을 거야?"

"아무에게도 말하지 않을 거야."

"나한테는 말해줄 수 있잖아. 누가 그런 거야?"

네드는 그녀의 손을 뿌리치고 한 계단 더 내려갔다. 왼손으로 난간을 잡은 채 뒷걸음질로 계단을 내려가고 있었다. 흐릿하게 창백한 얼굴이 어슴푸레 빛나는 이를 드러내며 그녀에게서 멀어져 안개 속으로 사라지는 것만 같았다.

순간 추악한 생각이 그녀의 머릿속을 스치고 지나갔다. 그렇게 신경이 곤두서 있지 않았다면 차마 떠올리지도 못했을 생각이었다.

"아니야." 네드는 그녀가 평소에 굉장히 짜증을 내던 버릇대로 이브의 생각을 미리 읽고 정정해주었다. "그런 생각 하면서 조바심 내지도 마. 저 집구석 사람들은 당신이 걱정하는 일에는 관련이 없으니까."

"확실해?"

"그래. 틀림없는 사실이라고 맹세하지."

"나를 말려 죽일 셈이야?"

네드는 굉장히 조용한 목소리로 말했다.

"난 오히려 당신을 솜뭉치 안에 넣고 보호해주려는 거야. 거기가 당신이 있어야 할 곳이야. 당신이 만나는 모든 남자들이 당신을 넣어두고 싶어 하는 곳이고. 하지만 맹세코 당신 같은 여자는 처음

봐! 당신 정도의 나이와 경험에도 세상일을 그렇게 단순하게 보면서 눈물이나 짜고 있다니 말이야! 뭐, 그래도 괜찮아." 그는 크게 숨을 골랐다. "당신도 머지않아 알게 될 거야."

"제발 서둘러!"

"처음에 우리가 저쪽을 내다봤을 때 말인데…… 혹시 기억나?"

아무리 지워버리려고 노력해도 그 광경은 계속 되살아났다. 네드의 시선이 그녀에게 닿기만 해도, 왼쪽 벽에 붙은 커다란 책상과 턱수염을 기르고 돋보기를 들고 있던 모리스 경의 모습이 떠올랐다. 그의 머리가 피로 물들기 전에도 여러 차례 보았던 익숙한 모습이었다. 이제는 그 위에 형체가 일그러진 그림자가 하나 떠돌고 있었다.

"우리가 처음에 그쪽을 봤을 때 누군가 그 노인네와 함께 있는 것 같다고 했잖아. 하지만 그게 누구인지는 몰랐어."

"그런데?"

"하지만 두 번째로 내다봤을 때는 불이 켜져 있어서……."

이브는 그를 쫓아 계단을 한 칸 내려갔다. 그를 붙잡아 거세게 밀칠 생각은 없었다. 그러나 불행히도 그 순간 경찰의 날카로운 호각 소리가 울렸다.

거리에서 살인 사건을 알리는 호각 소리가 집요하게 울렸다. 실제로는 존재하지도 않는 도둑을 추적하라며, 소리가 들리는 거리 내에 있는 경찰들을 모두 소집하는 듯했다. 떨리는 호각 소리가 한층 높아지더니 열린 창문을 통해 또렷이 들려왔다. 이브는 그 소리를 듣자 앞이 보이지 않을 정도로 충격을 받았다. 그를 빨리 내려보내야 한다는 급박한 생각밖에는 떠오르지 않았다. 힘으로 밀어서라도 그를 집밖으로 쫓아내 자신에게 닥친 위험을 피해야만 했다. 이브는 네드의 어깨를 밀었다.

네드는 위태롭게 균형을 잡느라 소리를 지를 틈조차 없었다. 이브를 바라보느라 등을 돌리고 있었거니와, 뒤꿈치는 계단을 벗어나 반쯤 허공에 떠 있었으며, 왼손으로 난간 손잡이를 가볍게 붙잡고 있는 상태였다. 깜짝 놀란 그는 난간을 놓치고 성난 욕설을 내뱉으며 주춤 물러섰다. 마침 발을 디딘 곳은 헐거운 양탄자 고정쇠가 있는 계단이었다. 네드는 순간 멍청한 표정으로 그녀를 노려보더니 이내 아래로 굴러떨어졌다.

005

사람의 몸이 가파른 층계 아래로 열여섯 계단이나 굴러떨어져 맨 아랫단 벽에 호되게 부딪혔으니 집 전체가 흔들리는 듯한 소리가 울려 퍼지는 것은 당연했다.

사실 이브가 나중에 기억하기로는 소리는 그다지 크지 않았다. 어쩌면 그녀가 너무 놀랐기 때문일 수도, 혹은 소리가 엄청날 거라고 지레짐작한 나머지 긴장한 신경이 그녀의 귀를 멀게 했을 수도 있었다. 네드가 굴러떨어진 순간과 그녀가 계단 아래에서 숨을 헐떡이는 그를 굽어보던 순간 사이에는 시간이 전혀 흐르지 않은 것 같았다.

그를 해칠 생각은 없었다. 이브는 미인에다 성품까지 빼어난,

즉 품위와 여성의 매력을 모두 겸비한 여자였기 때문에 무슨 행동을 해도 사악한 의도로 몰아가는 것은 부당한 일이었다. 물론 그녀는 항상 추문에 시달려왔으며 그것을 두려워하며 살았다. 그러나 그러한 추문이 왜 언제나 자신의 치맛자락을 붙잡고 늘어지는지에 대해 진지하게 고민해본 적은 없었다. 그저 아무런 이유 없이 닥치는 것 같다고 생각할 뿐이었다.

이브는 재차 양심의 가책에 휩싸였다. 네드 애투드를 죽여버린 것이 틀림없다고 확신하게 되자, 그를 단 한 순간도 사랑한 적이 없음을 깨달았기 때문이다. 계단이 꺾여 내려간 곳에 있는 1층 복도가 너무 어두운 나머지 이브는 그의 몸에 발이 걸려 비틀거렸다. 이 날 밤의 악몽에 어울리는 마무리 같았다. 순간 현관문을 열고 경찰을 불러 이 모든 일을 끝내는 것이 낫겠다는 생각이 들 정도였다. 그래서 시체가 몸을 움찔하며 말을 했을 때 이브는 안도감에 울음을 터뜨릴 뻔했다.

"대체 무슨 덜떨어진 짓을 하려던 거야? 왜 나를 밀었지?"

안도감이 밀려오니 속이 메스꺼워졌다.

"일어날 수 있겠어? 다쳤어?"

"아니, 다치진 않았어. 조금 어지러울 뿐이야. 아, 아이고. 왜 그런 거야?"

"쉿!"

네드는 무릎을 꿇은 채 엎드렸다가 천천히 몸을 흔들며 일어나

려 했다. 목소리는 평상시와 다름없었지만 그렇다고 확신할 수 있
는 상태는 아니었다. 이브는 그에게 몸을 굽혀 일어나는 것을 도우
려 분투하다가 그의 얼굴과 머리카락에 손이 닿았다. 그러다가 끈
적거리는 피의 감촉에 손을 움찔했다.

"당신 다쳤잖아!"

"헛소리하지 마! 조금 어지러울 뿐이라니까. 몸이 안 좋긴 해.
어깨도 좀 결리는 것 같고. 젠장, 이렇게 떨어지다니. 이봐, 왜 나를
민 거야?"

"당신 얼굴에서 피가 나! 성냥 있어? 라이터는? 불을 좀 켜봐!"

잠시 정적이 흘렀다.

"코에서 피가 나는군. 피가 흐르는 것 같아. 좀 욱신거리기도 하
고. 코는 안 부딪힌 것 같았는데. 괜찮은 것 같아. 라이터는 갖고 있
어. 자."

라이터에서 작은 불꽃이 일었다. 네드가 손수건을 찾아 더듬거
리는 사이, 이브는 그에게서 라이터를 받아 높이 쳐들고 그를 자세
히 살펴보았다. 머리카락은 헝클어지고 겉옷은 먼지투성이였지만
특별히 잘못된 곳은 없어 보였다. 코에서는 계속해서 피가 흘러나
왔다. 그녀는 손에 피가 묻자 혐오감에 살짝 손이 떨렸다. 그는 손
쉽게 코를 지혈한 후 손수건을 주머니에 도로 집어넣었다. 그러고
는 먼지투성이 모자를 집어 거칠게 턴 다음 머리에 썼다.

네드는 이런 행동을 하는 내내 계속해서 다소 시무룩하면서도

얼떨떨한 표정이었다. 그는 여러 번 입술을 핥고 침을 삼켰다. 마치 납득할 수 없는 맛이 느껴지는 듯했다. 그리고 몸이 제대로 움직이는지 확인해보려는 듯 고개를 흔들며 어깨를 돌렸다. 얼굴이 상당히 창백했고 어딘가에 정신이 팔린 것처럼 푸른 눈은 공허했으며 눈가는 일그러져 있었다.

"괜찮은 거 확실해?"

"걱정해줘서 고맙지만, 정말 괜찮아." 네드는 그녀의 손에서 라이터를 잡아채 불을 껐다. 그리고 그녀가 과거에도 보았던 적이 있는 끔찍한 기질을 순간 드러내며 분노를 번뜩였다. "이상해. 정말로 이상하단 말이지. 자, 일단 나를 죽이려는 시도는 해봤으니 이제 부디 밖으로 나가게 해주겠어?"

그랬다. 이것이 바로 예전의 네드 애투드, 이브를 두려움에 떨게 만들던 과거의 그 모습이었다. 비록 그녀가 잠시…….

두 사람은 말없이 주방으로 난 뒤쪽 현관문을 향해 살금살금 걸음을 옮겼다. 이브가 자물쇠를 풀었다. 현관을 나가 돌계단을 몇 단 올라가면 높은 돌담에 둘러싸인 작은 시골풍 정원이 모습을 드러냈다. 돌담에 나 있는 뒷문을 나서 길을 따라가다 보면 끝내는 불바르 뒤 카지노에 도착할 수 있었다.

지극히 적막한 가운데 뒷문이 삐걱거리는 소리를 내며 열렸다. 젖은 풀 냄새와 장미 향기를 품은 따뜻한 공기가 눈꺼풀 위로 나른하게 내려앉았다. 지붕 위로 보이는 멀리 떨어진 등대섬에서는 이십 초마다 눈부실 정도로 빛이 비치다가 사그라졌다. 두 사람은 정원으로 이어지는 계단 아래에서 잠시 걸음을 멈췄다. 정문 쪽 거리에 경찰이 도착했음을 알리는 왁자지껄한 소리가 이제야 이브에게도 들리기 시작했다.

그녀는 네드의 귀에 입을 대고 험악한 목소리로 속삭였다. "네드, 기다려. 누가 한 짓인지 말해줘야 할 거 아냐."

"잘 있어." 그가 자상하게 말했다.

네드는 몸을 앞으로 굽히더니 습관적으로 그녀의 입술에 키스를 했다. 이브는 또다시 희미하게 피가 튀는 듯한 느낌을 받았다. 그는 모자를 잡고 인사한 다음 몸을 돌려, 다소 휘청거리면서도 거침없는 걸음으로 뜰을 지나 문가로 향했다.

이브는 숨이 막혀 비명을 지르고 싶을 정도로 두려움을 비롯한 온갖 감정이 들끓어올랐다. 하지만 감히 그를 불러 세울 엄두는 내지 못했다. 그녀는 계단을 달음박질쳐 올라갔다. 그녀의 가운 허리끈이 풀려 미친듯이 휘날렸다. 네드조차 그 사실을 눈치채지 못할 정도로 급박한 형편이었으니, 현관문에서 살짝 딸깍 소리가 났다는 사실을 그녀가 알아차렸을 리 만무했다.

이브는 그가 문밖으로 나가는 모습을 보자 위험한 상황은 이제 끝났다고 생각했다. 그제야 숨을 쉴 수가 있었다. 아까 목격했던 공포스러운 광경을 비로소 머릿속에서 몰아낼 수 있었다.

그러나 이날 밤은 그렇게 쉽게 평소 상태로 돌아가지 않았다.

이브는 무언가 섬뜩한 느낌을 받았지만 무엇 때문인지 구체적으로 말하기는 힘들었다. 그러나 네드 애투드와 관련됐다는 것만은 분명했다. 네드는 그녀가 이제껏 알고 있었던 것처럼 웃음 헤프고 실속 없는 남자가 아니라, 마법에 걸린 것처럼 정중한 태도의 이방인으로 변해 있었다. 이전과는 다소 동떨어진 모습이어서 약간 으스스하기도 했다. 그런 그도 아침이 되면 괜찮아질 것이었다. 그러나 그 아침이 오면…….

이브는 깊은 한숨을 내쉬었다. 그녀는 다시 살금살금 계단을 내려갔다. 그러다가 죽은 듯 동작을 멈췄다. 문이 닫혀 있었던 것이다. 안쪽의 자동 자물쇠까지 걸려 있었다.

세상 사람 누구에게나 아무런 이유 없이 모든 일이 하나하나 엇나가는 날이 찾아올 때가 있다. 그리고 그런 날은 여자들에게 더욱 자주 찾아온다. 아침 식사 준비로 달걀 프라이를 하던 도중 프라이 팬에서 노른자가 깨질 수도 있다. 이는 재앙이라고 할 만한 것은 못 되지만 여성적인 감수성으로 보면 불쾌할 수 있는 일이다. 그다음에는 거실에서 무언가를 깨뜨린다. 그 뒤로는 모든 것이 문제가 된다. 동면에 들어간 뱀처럼 몇 주나 꼼짝 않고 잠들어 있던 귀찮은 집안일이 별안간 잠에서 깨어 일상을 들쑤시기 시작한다. 생명 없는 물건들조차 사악한 악령에 홀린 것 같다는 생각이 들기 시작하면, 좌절감에 따른 분노조차 터뜨리지 못하고 그저 당혹한 심정만 느끼게 되는 것이다. "내가 왜 이런 꼴을 당해야 해?"

The Emperor's Snuff-Box

005

잠겨버린 문고리를 사납게 뒤흔드는 이브의 심정이 딱 이랬다.

그렇다 하더라도…….

어떻게 문이 잠길 수가 있지?

바람 한 점 불지 않았다. 비록 밤공기는 생각보다 차가웠지만, 별이 반짝이는 하늘 아래 정원에 서 있는 나무들 사이로 움직이는 것은 아무것도 없었다.

지금 당장은 이 상황이 문제가 아니었다. 점성술의 어떤 지독한 결과로 이 모든 일들이 자신에게 닥칠 운명이었다 한들, 어째서 그렇게 되었느냐고 묻는 것은 아무 소용 없는 짓이었다. 그저 자신에게 닥친 일일 뿐이었다. 그보다는 도로 안으로 들어갈 방법부터 찾아내야 했다. 언제라도 경찰이 냄새를 맡고 돌아다니다가 그녀를 발견할지 몰랐다.

문을 세게 두드릴까?

그렇게 해서라도 이베트를 깨워야 할까? 이베트의 강인하고 무표정한 얼굴과 까맣게 반짝이는 작은 눈, 듬성듬성 일자로 이어진 눈썹을 생각하니 이브의 마음속에는 분노와 비슷한 혐오감이 솟아났다. 인정할 수밖에 없었다. 이유는 조금도 알 수 없었지만, 그녀는 이베트가 무서웠다. 하지만 어떻게 안으로 들어가지? 창문도 소용이 없었다. 1층 창문은 매일 밤마다 잠그고 안쪽의 덧문까지 닫기 때문이었다.

이브는 두 손으로 이마를 짚다가 축축하고 *끈끈한 피가* 느껴져 재빨리 손을 떼고 말았다. 가운에도 피가 묻어 있을 게 분명했다. 옷을 살펴보려 했지만 주변이 너무 어둑했다. 그녀는 비교적 깨끗한 왼손으로 잠옷을 잡아당기다가 주머니에서 네드 애투드가 앞문 현관을 열고 들어올 때 썼던 열쇠를 발견했다.

이브의 마음 한구석에서 고함 소리가 들렸다. 길에는 경찰들이 쫙 깔렸어! 앞문 현관으로 들어갈 수는 없어! 이번에는 마음 다른 한구석에서 속삭이는 소리가 들렸다. 이 별장은 사방이 돌담으로 둘러싸여 있어서 거리에서는 안쪽이 보이지 않아. 그녀는 집을 빙 돌아 앞쪽으로 갈 수 있었다. 아무 소리도 내지 않는다면 다른 사람의 주의를 끌지 않고 재빨리 앞쪽 현관으로 들어가는 것이 가능할 터였다.

마음을 정하기까지는 다소 시간이 걸렸다. 이브는 매초 시간이 흐를 때마다 점점 더 헐벗은 듯한 기분을 느꼈고, 마침내 뛰기 시작했다. 그렇게 그녀는 숨을 헐떡거리며 앞마당으로 들어가다가 토비 로스와 맞닥뜨렸다.

물론 그는 이브를 보지 못했다. 이날 밤 일어난 일들 중 유일한 행운이었다.

이브가 짐작한 대로 사람들이 그녀를 찾고 있었던 것이다. 토비는 잠옷에 신발을 신고 그 위에 긴 레인코트를 걸친 채 길을 건너와 미라마르 별장 대문에 막 손을 대려던 참이었다.

길가와 마주한 돌담은 삼 미터 가까운 높이였고, 쇠창살로 된

아치형 대문으로 안이 훤히 들여다보였다. 뤼 데 앙주에 늘어선 가로등은 키는 컸지만 빛은 밝지 않아서 밤나무 가지에 유령 같은 녹색 불빛만 비출 뿐이었다. 그래서 이브의 집 앞뜰에는 나무 그림자가 드리워졌고 문밖에 선 토비의 모습은 가로등 불빛을 받아 빛나고 있었다. 뤼 데 앙주에 경찰들이 잔뜩 몰려온 것은 아니었다. 그와는 반대로 거들먹거리는 경찰 한 명뿐이었다. 이브를 들통날 위험에서 구해준 사람은 바로 그 경찰이었다. 토비가 문가에 다다른 순간, 뒤에서 흥분한 듯한 큰 목소리가 그를 불러 세웠던 것이다.

"거기 잠깐만, 젊은이!" 목소리가 외쳤다. "이게 누구십니까? 영국인에게 가시는 건가요, 예? 예? 예? 예?"

빠르게 몰아치는 사이사이 '예?'라는 단어가 계속 튀어나왔다. 발소리가 길을 가로질러 점점 가까이 다가왔다.

토비는 몸을 돌려 양손을 펴 보이며 프랑스어로 대답했다. 그는 프랑스어가 유창했지만 억양은 엉망이었다. 이브는 종종 토비가 저런 억양을 익힌 까닭이 빌어먹을 프랑스인은 인정하지 않겠다는 생각을 드러내기 위해서가 아닐까 의심하곤 했다.

"그냥 여기 닐 부인의 집에 오던 길이었습니다!" 그는 마주 외친 다음 대문을 두드렸다.

"안 됩니다, 므시외. 댁을 떠나서는 안 됩니다. 부디 돌아가주시죠. 어서, 어서, 어서요!"

"하지만 말씀드렸다시피……."

"돌아가주십시오. 정중히 부탁드리는데 어리석은 행동은 그만 두시죠."

토비는 약간 화난 듯했다. 이브는 그가 가로등 불빛 아래에서 몸을 돌리는 모습을 지켜보았다. 잘 다듬어진 콧수염과 풍성한 갈색 머리 때문에 사근사근해 보이던 얼굴은 이제 격한 감정으로 뻣뻣하게 굳어 혼란스러워 보였다. 토비는 두 주먹을 들었다. 그가 끔찍하게 고통받고 있다는 사실은 그 누가 보아도, 특히 이브에게는 의심할 여지가 없었다.

"경위님." 그는 프랑스어로 '경위'라는 단어가 일개 하급 경찰을 뜻한다는 사실을 기억하는 것이 분명했다. "아무쪼록 저희 어머니를 생각해주시겠습니까? 어머니는 지금 위층에서 히스테리 상태에 빠져 계십니다. 보셔서 아실 텐데요."

"아!" 경찰이 말했다.

"어머니는 닐 부인이 와주길 바라세요. 닐 부인이 도움이 될 유일한 사람입니다. 게다가 저는 도망가려는 게 아닙니다. 그저 이 집으로 오는 중이었죠." 그는 다시 대문을 거세게 두들기기 시작했다.

"아무 데도 가시면 안 됩니다, 므시외."

"아버지께서 돌아가셨는데……."

"그건 제 탓이 아닙니다." 경찰이 쏘아붙였다. "이곳에서 살인 사건이 일어나다니요? 라 방들레트에서 살인이라니! 이건 너무하지 않습니까! 고롱 서장님이 어떤 말씀을 하실지 생각하기도 싫습니다. 카지노에서 일어나는 자살 사고만 해도 지긋지긋한데 말입니다. 그런데 살인 사건이라니!" 경찰의 쉰 목소리는 절망적으로 변했다. "아, 세상에, 또 한 명 등장이신가!"

거리를 가로질러 빠르게 다가오는 가벼운 발소리가 들리자 경찰의 비통함은 한층 커졌다. 선명한 진홍색 잠옷을 입은 제니스 로스가 문 앞으로 다가와 두 사람과 합류했다. 목덜미까지 길게 내려온 솜털 같은 옅은 빨강 머리가 그녀가 입은 잠옷과, 그리고 죽은 사람처럼 파리하지만 예쁜 얼굴과 대비를 이루었다. 스물셋의 제니스는 작고 동그란 얼굴, 날씬하고 맵시 있는 몸매에 성격은 활기차고 적극적이었다. 그녀는 18세기풍의 몸매를 갖고 있었고 때로는 18세기식 품위를 드러내기도 했지만 지금의 그녀는 충격으로 멍해 보였고 금방이라도 비명을 지를 것 같았다.

"왜 그러고 있어?" 제니스가 울음 섞인 목소리로 토비에게 말했다. "이브 언니는 어디에 있는데? 왜 거기 서 있는 거야?"

"이 멍청한 인간 말이 글쎄……."

"저치가 방해하도록 내버려둔 거야? 나라면 가만히 안 있어."

경찰은 영어를 알아들은 것 같았다. 제니스가 쇠창살 사이로 대문 안을 들여다보았다. 제니스의 눈이 이브의 눈과 정면으로 마주쳤지만 그녀가 있다는 사실은 알아차리지 못했다. 그때 경찰이 머리카락이 쭈뼛 설 정도로 다시 한번 크게 호각을 불었다.

"동료를 불렀습니다." 경찰이 험악하게 말했다. "자, 그러면 므시외! 그리고 마드무아젤! 조용히 저와 함께 돌아가시겠습니까, 아니면 우리가 강제로 모시고 갈까요?"

경찰이 춤추듯 이브의 시야 속으로 들어와 토비의 팔을 잡았다. 그리고 망토 아래에서 딱딱한 고무로 된 짧은 흰색 경찰봉을 재빨리 꺼내 한 손으로 휘둘렀다.

"므시외!" 그의 고함 소리는 점점 애처로워졌다. "유감입니다! 저도 이러는 게 마음 편치 않습니다. 아버님께서 그리된 모습을 보셨으니 물론 마음이 편치 않으시겠죠."

토비는 두 손으로 눈을 감쌌다. 제니스는 갑자기 몸을 돌려 도로 집으로 뛰어갔다.

"하지만 저도 명령을 받는 처지입니다! 어서 가시죠!" 경찰의 말투는 무성의했지만 매정하게 강요하는 어조는 아니었다. "그렇게 무리한 요구는 아니지 않습니까? 십오 분 안에 반장님이 오실 겁니다! 십오 분만 기다리면 된다는 말입니다! 그다음에는 확실히 그분을 만나러 가도 좋습니다. 예? 부디 그때까지는……."

"알겠습니다." 토비는 낙담한 채로 말했다.

경찰이 그의 팔을 놓아주었다. 토비는 자리를 뜨기 전에 미라마르 별장 쪽으로 시선을 흘끗 던졌다. 어울리지 않는 긴 레인코트를 입은, 네모난 턱에 다부진 몸집을 가진 그가 갑자기 독백을 시작했다. 상황에 맞게 처신해야 한다는 판단력을 상실해버렸기에 나온 행동이었다. 감정이 격해진 나머지 말투도 극히 과장되었다.

"이 땅의 누구보다도 순수하고 상냥한 사람이여!"

"예?"

"닐 부인 말입니다." 토비는 손가락으로 집을 가리켰다.

"아." 경찰은 그토록 지고한 존재가 사는 곳을 바라보며 목을 길게 빼고 기웃거렸다.

"그녀 같은 사람은 세상에 없습니다. 이제껏 존재했던 적도 없습니다. 고상한 사고방식에 순수하고 상냥하며⋯⋯." 그는 격한 감정을 억누르며 침을 꿀꺽 삼켰다. 이브는 그가 자제하려 노력한다는 사실을 알 수 있을 것 같았다. 그는 충혈된 눈으로 대문을 바라보며 프랑스어로 말을 이었다. "저 안으로 들어갈 수는 없다 해도, 그녀에게 전화를 거는 것까지 반대하지는 않겠죠?"

"제가 받은 명령에는⋯⋯." 경찰은 잠시 말을 끊었다. "전화 통화를 통제하라는 내용은 없었습니다. 예. 통화하셔도 좋습니다. 믿어도 괜찮으니 그렇게 띌 필요까지는 없습니다!"

다시 전화가 올 거야.

이브는 경찰이 대문 안을 들여다보지 말고 어서 가주기를 간절히 바랐다. 토비보다 빨리 전화기로 가서 전화벨이 울릴 때는 그 자리에 있어야만 했다. 그녀는 지금까지 토비가 자신을 이토록 이상화한다는 사실을 미처 깨닫지 못했다. 그런 거창한 헛소리를 들으니 자신의 귀를 후려치고 싶을 정도였다. 그러나 한편으로는 이상하게 마음이 아팠다. 이브의 마음 한쪽은 조급하게 그녀를 재촉했다. 그러나 다른 한쪽에서는 토비가 오늘밤의 엉망진창 막간극을 모르게 하기 위해서 무슨 짓이든 하겠다는, 여성적인 본성에서 비롯된 희생정신이 마구 솟아올랐다. 경찰이 대문을 열고 고개를 안으로 들이밀자, 이브는 몇 초 동안 숨을 멈춰야 했다. 이 또한 희생의 한 부분이라고 생각했다. 그의 발소리가 길 저편으로 점점 멀어져갔다. 건너편 집 문이 쾅 소리를 내며 닫혔다. 이브는 고개를 푹 숙이고 재빨리 현관을 향해 뛰었다.

가운 자락이 휘날리고 있다는 생각이 어렴풋이 떠올랐다. 허리 끈이 풀어져 있던 것이다. 그녀는 신경쓰지 않았다. 고작 몇 걸음만 달음박질하면 앞문 현관이었기 때문이다. 그러나 현관까지의 짧은 거리는 마치 무한한 공간처럼 느껴졌다. 언제라도 매서운 공격이 들이닥쳐 자신을 붙잡아 죽여버릴 것만 같았다. 열쇠 구멍에 열쇠를 꽂는 순간조차 영원처럼 느껴졌다. 열쇠 구멍이 자꾸 달아나, 열쇠 끄트머리는 구멍을 찾지 못하고 자물쇠 표면만 긁으며 흔들렸다.

마침내 이브는 안으로 들어와 따뜻하고 반가운 어둠 속으로 몸을 숨길 수 있었다. 문을 닫는 소리가 부드럽게 울리자 비로소 악마에게서 벗어난 것만 같았다. 그녀는 잘해냈다고 생각했고, 이는 어느 정도는 사실이었다. 아무도 그녀를 보지 못했던 것이다. 심장이 쿵쿵 울렸다. 손에 묻은 축축한 피의 느낌이 살아났다. 마치 바퀴가 천천히 돌아가듯 분별력이 돌아오는 것 같았다. 이브는 어둠 속에 쭈그리고 앉아 호흡을 가다듬고 마음을 진정시켰다. 위층에서 전화벨이 울렸을 때 아무렇지도 않은 듯 토비의 전화를 받기 위해서였다.

이제는 아무것도 두려워할 필요가 없었다. 이브는 모든 일이 잘 풀릴 거라고 되뇌었다. 물론 모든 일이 잘 풀릴 것이었다. 모든 일이 다 잘 풀려야만 했다. 그녀는 가운을 좀더 바짝 여민 채, 전화를 받기 위해 위층으로 살금살금 올라갔다.

006

사건이 일어난 지 일주일 후인 9월 1일 월요일 오후, 아리스티드 고롱은 친구인 더멋 킨로스 박사와 함께 동종 호텔 테라스에 앉아 있었다.

고롱이 얼굴을 찌푸렸다.

"모리스 로스 경 살해 혐의로 이브 닐 부인을 체포하기로 했다네." 그는 스푼으로 커피를 저으며 킨로스에게 털어놓았다.

"증거는 확실한가?"

"불행히도 의문의 여지가 없어."

더멋 킨로스는 오싹 몸이 떨렸다. "그녀가 혹시……."

고롱은 생각에 잠겼다. "아냐." 그는 마치 저울 눈금을 바라보듯

한쪽 눈을 반쯤 감은 채 입을 열었다. "그렇게까지 될 것 같지는 않아. 그토록 부드럽고 아름다운 목을 어떻게……."

"그러면?"

"섬에서 십오 년 정도 유배 생활을 하겠지. 그게 가장 유력할 것 같아. 어쩌면 십 년, 잘하면 오 년이 될 수도 있고. 똑똑한 변호사를 선임하고 자신의 매력을 잘 활용한다면 말이야. 물론 자네도 알겠지만 오 년 형도 그렇게 편한 건 아니라네."

"겪어본 사람만이 알 테지. 그런데 닐 부인은 그 혐의를 어떻게 받아들이고 있나?"

고롱은 몸을 가만두지 못하고 계속 꼼지락댔다.

"이봐." 그가 커피 잔에서 스푼을 들어 옆에 내려놓으며 말했다. "그게 가장 문제야! 이 매력적인 숙녀분은 자기가 교묘하게 빠져나갔다고 생각한다니까. 자신이 혐의를 받고 있다는 생각은 조금도 하지 못한 채 말이야! 그녀에게 이 사실을 말해줘야 하는데, 썩 내키지가……."

경찰서장이 곤혹스러워하는 데는 이유가 있었다. 라 방들레트에서 강력 범죄는 흔치 않았기 때문이다. 고롱은 사람들이 대하기 편한 남자였다. 쾌활한 성격에다 살집은 좀 있어도 고양이처럼 날랜 사람이었다. 그는 다리에 각반을 차고 단춧구멍에는 흰 장미를 한 송이 꽂고 있었다. 경찰서장으로서 하는 일 중에 경찰 업무는 거의 없었으며, 라 방들레트 지역 행사를 담당하는 것이 대부분이었다. 그러나 고롱은 상황 판단이 빠른 명석한 사람이었다.

그의 관할 구역 둘레로 하얗게 뻗은 아브뉘 드 라 포레 위를 자동차와 무개 마차가 늦은 오후의 햇빛을 받아 반짝이며 지나갔다. 두 사람의 머리 위로는 호텔 정면에 쳐놓은 오렌지색과 검정색이 섞인 차양이 테라스로 쏟아지는 햇빛을 가려주고 있었다. 테라스 군데군데 놓여 있는 작은 탁자에 앉은 사람은 그리 많지 않았다. 고롱은 자신이 초대한 친구에게 시선을 집중하느라 눈이 튀어나올 지경이었다.

"닐 부인은 상태가 좋지 않더군." 그는 계속 말을 이었다. "뭔가 두려운 일이 있는 모양이야. 그런데 로스 가족을 만날 때만 다른 사람으로 변해버리는 거야. 양심의 가책 때문이라고 한다면 지나친 생각일까? 아니면 뭐지? 말했다시피 증거가 완벽하니……."

"하지만 아직 만족스럽지 않은가 보군." 더멋 킨로스가 꽤 유창한 프랑스어로 말했다.

고롱은 눈을 가늘게 떴다.

"눈치가 빨라." 고롱은 그의 말을 인정했다. "고백하자면 그래. 완전히 만족하는 건 아니라네. 그래서 자네에게 부탁을 하나 하고 싶군."

더멋 킨로스는 메마른 미소로 그의 말에 답했다.

킨로스 박사의 어떤 면이 사람들의 관심을 끄는지는 알기 어려웠다. 그가 군중 속에 처박혀 있다 한들 사람들은 알고 지내면 재미

있을 거라고 생각하여 그를 지목해낼 터였다. 어쩌면 상대방이 어떤 사람이건 자신은 당신과 같은 부류이며 당신을 이해해줄 수 있다고 이야기를 건네는 듯한, 타고난 아량이 그의 얼굴에 드러나 있기 때문인지도 몰랐다.

햇볕에 그을린 얼굴과 친절하면서도 다소 멍한 표정 뒤에는 학자다운 주름이 몇 줄 져 있었고, 검은 눈 역시 다른 생각에 잠긴 듯한 느낌을 주었다. 얼굴 한쪽에는 아라스 전투*에서 폭탄 파편에 맞아 생긴 흉터를 성형수술로 지운 흔적이 있었는데, 특정 각도에서 보지 않으면 알아차리기 힘들었다. 그에게서 유머 감각과 경박하지 않은 현명함은 쉽게 느껴졌지만 육체적인 힘은 그다지 느껴지지 않았다. 꼭 필요한 상황이 아니면 완력을 과시하려 들지 않았기 때문이다.

더멋은 위스키소다 잔을 옆에 놓아둔 채 담배를 피우고 있었다. 마치 휴일의 망중한을 즐기는 듯한 모습이었지만 그는 평생 휴일다운 휴일을 즐겨본 적이 없었다.

"말해보게나."

경찰서장은 목소리를 낮췄다.

"그 둘처럼 완벽한 한 쌍은 어디에도 없을 거야. 마담 이브 닐과 므시외 토비 로스 말이네. 본명은 허레이쇼지만 다들 토비라고 불러. 돈도 부족하지 않으니 이상적인 한 쌍이라 할 만하지. 운명적인 만남이라고나 할까."

"운명적인 만남 같은 건 없어." 더멋 킨로스가 평했다. "만일 갑이 운명의 상대인 을을 만나지 못한다면 바로 병을 만나서 행복하게 살겠지. 그게 자연의 이치라네."

고롱은 정중하지만 회의적인 시선으로 그를 바라보았다.

"자네는 그렇게 믿나?"

"믿는 게 아니라 과학적인 사실에 입각해서 아는 거라네."

"자네 아직 닐 부인을 만나본 적이 없는 모양이군?" 고롱은 여전히 회의적인 시선을 견지한 채 말했다.

"그래." 더멋이 미소를 지었다. "하지만 그 부인과 만나는 실수를 범한다고 해서 과학적인 사실이 흔들리지는 않는다네."

"뭐, 좋아!" 고롱은 한숨을 쉬더니 일 이야기로 돌아갔다. "정확히 일주일 전 밤이었어. 뤼 데 앙주의 보뇌르 별장에 모리스 로스 경과 그의 아내, 딸 제니스, 아들 허레이쇼, 처남 벤저민 필립스가 있었지. 거기에 하인도 두 명 있었다네.

저녁 8시 정각, 닐 부인을 비롯하여 모리스 경을 제외한 모든 식구들이 극장에 가기 위해 집을 나섰어. 모리스 경은 집에 남겠다고 했지. 이 점을 유념해두게! 당시 그는 평상시처럼 오후 산책을 나갔다가 돌아왔는데, 그때부터 묘하게 기분이 안 좋아 보였다는 거야. 하지만 그리 오래가진 않았지. 8시 반, 뤼 드 라 아르프에서 골동품상을 하는 지인인 베유라는 사람에게서 전화를 받았거든. 베유 씨는 모리스 경의 수집품 목록에 들어갈 만할 놀라운 보물을 입수했다고 말했어. 그러고는 그 경이로운 보물을 모리스 경이 즉시 살펴 볼 수 있도록 보뇌르 별장으로 가져가겠노라고 했지. 그리고 실제 로 물건을 가져왔다네."

고롱은 잠시 말을 멈췄다. 더멋 킨로스 박사는 담배 연기를 내 뿜으며 따뜻하고 나른한 공기 속에서 연기가 굽이치며 떠오르는 모 습을 지켜보았다.

"그 보물이 무엇이길래?"

"코담뱃갑이야. 나폴레옹 황제 본인이 소유했다고 알려진 물건 이지."

경찰서장은 당혹스러워하는 것 같았다.

"나중에 베유 씨에게 물건의 가격을 들었는데, 글쎄 내 귀를 의 심했다니까. 하느님 맙소사! 취미 나부랭이에 그런 돈을 쓰다니! 물 론 역사적 가치가 있는 물건이지만……." 그는 교활하게 잠시 뜸을 들였다. "그런데 말이네. 나폴레옹 황제가 정말로 코담배를 즐겼을 까?"

더멋은 웃음을 터뜨렸다.

"이봐, 친구, 영국 연극에 등장하는 나폴레옹의 모습을 본 적이 없나? 나폴레옹 역을 맡은 배우들은 코담뱃갑 없이는 단 오 분도 무대에 오르지 않는다네. 대사 세 마디마다 코담뱃갑을 공중으로 던졌다 받고 코담배 가루를 무대에 뿌리곤 하지. 공식 전기에도 나 폴레옹이 언제나 코담배 가루투성이였다고 씌어 있다니까."

고롱은 얼굴을 찌푸렸다.

"공식 전기에 나온 이야기를 의심할 이유는 없겠군." 그는 의심을 거두었다. "그런데 그 본질적인 가치는 말이지!" 고롱은 커피를 마시고 눈동자를 굴렸다. "투명한 장밋빛 마노로 만든 물건이라니까! 여닫는 부분은 금이고 작은 다이아몬드가 알알이 박혀 있지. 얼마나 흥미로운 모양새인지 자네도 봐야 하는데. 진품임을 보증하는 감정서까지 붙어 있다네.

모리스 경은 굉장히 기뻐했지. 분명 나폴레옹의 유품이라면 정신을 못 차리는 사람이었을 거야. 그는 코담뱃갑을 사기로 하고 물건을 두고 가면 다음날 아침에 수표를 보내주겠다고 제안했다네. 그런데 베유 씨는 아직 코담뱃갑값을 받지 못해서 노발대발하고 있더군. 사실 그럴 만도 하지.

같은 날 밤, 닐 부인은 말했다시피 나머지 로스 가족들과 함께 극장에 갔어. 〈워런 부인의 직업●〉이라는 영어 연극을 봤지. 그들은 11시쯤에 뤼 데 앙주로 돌아와 헤어졌어. 아들 허레이쇼 로스가 그녀를 문 앞까지 바래다준 다음 작별했다네. 그런데 나중에 예심 판사가 '므시외, 그녀에게 작별 키스를 했습니까?'라고 물었지 뭐야. 그 젊은이는 박제한 부엉이처럼 똑바로 서서 준엄한 태도로 이렇게 대답했다네. '판사님께서 상관하실 문제가 아닙니다.' 예심 판사는 그런 태도가 수상쩍다고 생각해서 어쩌면 말다툼을 했을지도 모른다고 의심했지. 하지만 그런 일은 확실히 없었던 것 같아."

● **워런 부인의 직업** _ 영국 극작가 조지 버나드 쇼가 1893년 발표한 희곡. 워런 부인은 매춘으로 돈을 벌어 대학 우등생인 딸의 학비를 대지만, 동업자 크로프츠 남작의 폭로로 그 사실을 알게 된 딸은 어머니와의 관계를 끊고 새로운 직업을 찾는다는 내용.

**마노**

고운 적갈색이나 흰색을 포함하는 광물.
장신구와 조각의 재료로 사용한다.

고롱은 다시 뜸을 들였다.

"로스 가족은 집으로 돌아왔어. 모리스 경이 한달음에 아래층으로 달려나와 그들을 맞았고, 녹색과 황금색이 어우러진 작은 상자를 보여주며 보물을 자랑했지. 제니스 양만이 아름다운 물건이라고 언급했을 뿐 나머지 식구들은 조금의 관심도 보이지 않았다네. 로스 부인은 그런 데 돈을 낭비하는 건 죄악이라고까지 했다니까. 그러자 모리스 경은 씩씩대면서 평화를 찾아 서재로 물러나겠다고 신경질적으로 말했지. 다른 사람들은 자기 침실로 향했어.

확인한 바로는 그들 중 두 사람은 잠을 이루지 못했지."

고롱은 몸을 숙이고 탁자를 가볍게 두드렸다. 이야기를 하는 데 너무 몰두한 나머지 커피는 차갑게 식어 있었다.

"허레이쇼, 그러니까 토비는 새벽 1시에 자리에서 일어나 닐 부인에게 전화를 걸었다는 사실을 인정했어. 예심 판사는 그 말을 듣고 외마디 감탄사를 지르더니 이렇게 말했지. '당신은 분명 불타는 사랑에 빠진 게로군요.' 그러자 허레이쇼는 얼굴빛이 변하면서 자신은 아무것에도 불타고 있지 않다며 판사의 말을 부인했다네. 사실 그를 의심할 증거는 없어. 하지만 뭔가 분위기가 이상하다는 건 분명해. 분명 뭔가 있어. 자네도 그렇게 생각하지 않나?"

"반드시 그런 건 아니라네."

고롱은 그를 향해 눈을 깜빡였다.

"그렇게 생각하지 않는다는 말인가?"

"당장은 그 부분에 대해서는 신경쓰지 말게나. 계속해보게."

"그렇다면 좋아. 허레이쇼는 아래층으로 내려와 전화를 건 다음 다시 침실로 돌아갔어. 집안은 어두웠지. 그는 아무 소리도 듣지 못했어. 아버지의 서재 문 아래에서 빛이 새어 나오는 걸 봤지만 모리스 경을 방해하지는 않았다네.

같은 시각, 로스 부인도 침대에서 뒤척이고 있었지. 사실 부인은 코담뱃갑을 구입한 일에 그렇게까지 화가 나지는 않았다네. 하지만 조금은 걱정이 됐지. 그래서 잠을 이룰 수 없었던 거야. 새벽 1시 15분에 부인은 자리에서 일어났어. 이 시각을 기억해두게나! 그러고는 남편의 서재로 향했지. 표면상으로는 잠자리에 들라고 권유하러 간 것이지만 사실은 장밋빛 마노 같은 비싼 물건을 산 일에 대해 살짝 설교를 늘어놓을 작정이었다고 나중에 고백하더군."

고롱은 마치 배우처럼 날카롭게 목소리를 높였다.

"여기서 끝!" 고롱이 갑자기 손가락을 튕겼다. "부인은 의자에 앉은 채 죽어 있는 남편을 발견했다네.

모리스 경은 부지깽이로 머리를 아홉 번 강타당했어. 부지깽이는 책상 반대편에 있는 벽난로 옆 쇠살대에 걸려 있었지. 그는 당시 난롯가에 등을 돌리고 앉아서 나중에 우리가 발견한 편지지에 그 코담뱃갑에 관해 상세히 기술하던 중이었어. 그런데 또 한 가지! 사고였든 계획적인 행동이었든, 마노 코담뱃갑도 부지깽이에 맞아 산산조각이 나버렸다네."

더멋은 휘파람을 불었다.

"노인의 생명을 앗은 것만으로는 충분치 않았던 거지. 그의 보물 역시 박살을 냈으니까. 다시 말하지만, 어쩌면 사고였을 가능성도 있긴 해."

더멋의 표정이 점점 더 심각해졌다.

"사람의 머리를 겨냥해 정확하게 내리치는 건 어려운 일이라네." 마침내 그가 입을 열어 대답했다. "그래서 책상에 놓인 코담뱃갑을 박살내고 만 거지. 하지만, 물론……."

"뭔가 할 말이 있나 보지, 박사?"

"아무것도 아니야. 계속하게."

고롱은 발끝으로 반쯤 일어선 다음 한 손을 귓가에 댔다. 마치 지혜로운 말을 들으려는 듯한 태도였다. 더멋에게 고정된 눈이 한층 더 튀어나왔다. 그러나 그는 다시 의자에 주저앉았다.

"이 범죄는……." 고롱은 잠시 말을 멈췄다. "굉장히 잔혹해. 게다가 무의미한 것도 같고. 얼핏 보기에는 미친놈의 소행처럼 보이지만……."

"말도 안 되는 소리." 더멋은 살짝 짜증을 내며 말했다. "그와는 반대로 굉장히 전형적인 양식의 범죄야."

"전형적이라고?"

"범죄 유형을 보면 그렇다는 거지. 방해해서 미안하네. 계속해보게."

"도둑맞은 물건은 없어. 외부에서 침입한 흔적도 없고. 집 구조를 잘 아는 놈이 범죄를 저지른 거야. 부지깽이가 벽난로 옆에 걸려 있다는 사실을 알고, 심지어 노인이 살짝 귀가 먹었다는 사실까지 알았어. 그래서 들키지 않고 그의 뒤로 접근할 수 있었던 거지. 로스 집안은 화목했다네. 거의 프랑스 사람이 다 됐지. 그건 확실해! 하지만 당시 그들은 당황한 나머지 겁에 질려버렸다네."

"그래서?"

"그래서 닐 부인을 찾으러 갔어. 그 가족은 닐 부인을 좋아하니까. 나중에 들은 바로는 모리스 경이 사망했다는 사실이 밝혀지자마자 허레이쇼와 제니스 두 사람 모두 그녀를 만나기 위해 부단히 애를 썼다고 하더군. 현장에 출동한 경찰이 경찰반장이 도착할 때까지 거주지를 떠나면 안 된다고 단호하게 말하며 그 둘을 제지했다고 하네. 그런데 제니스 양은 또다시 집을 빠져나갔다더군. 하지만 듣기로는 닐 부인을 만나지 못했던 모양이야.

마침내 반장이 도착했어. 다행이지 뭔가! 그가 로스 가족을 신문했지. 이 또한 다행이지 뭔가! 그들은 닐 부인을 불러달라고 부탁했다네. 경찰반장은 그녀를 데리러 경찰 한 명을 보냈어. 마침 심부름을 맡은 친구는 조금 전 열정적으로 임무를 완수했던 경찰이었지. 운 좋게도 손전등을 갖고 있었거든. 두 집은 서로 마주보고 있다네. 자네도 그 이야기를 들었는지 모르겠군. 혹시 신문을 봤나?"

"그래." 더멋이 시인했다.

고롱은 살집이 오른 팔꿈치를 탁자에 괴고는 소름 끼칠 정도로 얼굴을 일그러뜨렸다.

"그 경찰은 대문을 열고 길을 따라 현관으로 향했어. 그런데 닐 부인의 별장 현관 바로 앞에서 뭔가를 발견했다네."

"뭐였는데?" 고롱이 말을 끊자 귀를 기울이던 더멋이 재촉했다.

"분홍색 공단 끈이었어. 어쩌면 허리띠일 수도 있고. 여자들이 실내복이나 가운을 여밀 때 쓰는 것 말일세. 그리고 거기에 핏자국이 살짝 묻어 있었지."

"알겠네."

다시 침묵이 흘렀다.

"이 경찰은 교활한 친구였다네. 공단 끈을 주머니에 집어넣고는 아무 말도 안 했던 거야. 그가 초인종을 누르자 겁에 질린 여자 두 명이 나왔지. 여자들 이름은……." 고롱은 굉장히 작은 수첩을 꺼내 펼쳐 들고 자세히 들여다보았다. "닐 부인의 시중을 드는 하녀인 이베트 라투르. 그리고 요리사인 셀레스틴 부셰르였어.

두 여자는 어둠 속에서 그 친구에게 속삭였다네. 손가락을 입에 대고 조용히 하라면서 말이야. 그들은 아래층에 있는 어떤 방으로 그를 끌고 들어가서는 자신들이 목격한 사실을 이야기해줬다네.

이베트 라투르는 시끄러운 소리에 잠에서 깼어. 그래서 방에서 나왔는데, 닐 부인이 살금살금 집안으로 들어오는 광경을 목격했다고 진술했지. 이베트는 심지가 굳은 여인이지만 불안한 나머지 요리사 셀레스틴 부셰르를 깨웠다는 거야. 두 사람은 조심조심 닐 부인의 침실로 다가가 안을 엿보았다네. 닐 부인의 모습이 침실 거울에 비쳤지. 그녀는 드잡이라도 벌인 듯 숨을 헐떡거리면서 손과 얼굴에 묻은 피를 씻어내고 흰색 레이스 가운에 점점이 튄 핏자국을 스펀지로 지우느라 여념이 없었다는 거야. 그리고 가운에 허리끈은 사라져 있었다더군."

고롱은 재빨리 뒤를 흘끗 돌아보았다.

조금 전보다 많은 사람들이 동종 호텔 테라스를 지나가고 있었다. 아브뉘 드 라 포레 반대편에 있는 소나무 숲 너머로 지는 태양이 두 사람의 눈에 들어왔다.

더멋 킨로스는 견디기 힘들 정도로 생생히 그 장면을 머릿속에 떠올릴 수 있었다. 남몰래 하는 행동, 주인을 엿보는 하인들, 여러 개의 거울 속에 겹쳐 보이는 불안에 떠는 얼굴. 이는 흉악하고 어두운 면에서 비롯된 것으로 경찰의 전문 분야였다. 그러나 또한 마음속 어두운 면에서 비롯된 것이기도 했고, 그건 바로 킨로스의 전문 분야였다. 그는 지금 당장은 판단을 유보했다. 그저 이렇게 말했을 뿐이었다.

"그래서?"

"그래! 그 경찰은 두 하녀, 이베트와 셀레스틴에게 절대 이 이야기를 발설하지 않을 것을 다짐받았다네. 그러고는 대담하게 위층으로 올라가서 닐 부인의 침실 문을 두드렸지."

"부인이 자고 있었나?"

"반대였다네." 고롱은 감탄하는 듯한 한숨을 쉬며 말했다. "그녀는 외출복으로 갈아입고 있었어. 허레이쇼 로스에게는 그가 전화를 걸었을 때, 그러니까 몇 분 전에 두 번째로 전화를 걸어 그 비극적인 소식을 알려 왔을 때 일어났다고 설명했다는 거야. 경찰 호각 소리나 거리에서 고함치는 소리 때문에 일어난 게 아니라 말일세. 그런 소리는 전혀 못 들었다는 거야!

이보게, 세상에, 내가 그 연기를 직접 봤어야 하는데! 모리스 로스 경이 죽었다는 소식을 듣자 충격으로 눈물을 흘리는 모습이 정말 대단했다는군! 입을 벌리고 눈을 휘둥그렇게 뜬 건 어떻고! 마치 분홍색 장미 같은 천진한 태도였다는 거야. 옷장에 흰색 가운이 걸려 있었는데, 침실 안쪽의 욕실 거울에는 그때까지도 김이 서려 있었다네. 모리스 경의 피를 지우려 애를 썼던 게지."

더멋은 거북한 듯 고개를 저었다.

"그래서 그 경찰은? 무슨 조치를 취했지?"

"속으로는 웃음을 터뜨렸지만 겉으로 냉정한 표정을 유지한 채, 닐 부인에게 건너편 집으로 와서 지인들을 위로해줄 수 있겠느냐고 물었지. 그런 다음 자신은 잠시 후에 따라가겠다고 양해를 구했다더군."

"남아서 무슨 짓을 할 작정이었군?"

"맞아. 가운을 몰래 가져오려고 그랬던 거지."

"그래?"

"하녀 이베트에게는 이 이야기를 입 밖에 내지 말라고 겁을 주며 다짐받은 다음, 닐 부인이 나중에 가운을 찾으면 세탁소에 보냈다고 말하라고 시켰어. 그러고는 거짓말을 그럴듯하게 보이게 하려고 실제로 옷가지 몇 벌을 세탁소에 보내라고도 했지. 가운이 없어졌다고 닐 부인이 신경을 쓸까? 아냐! 몇 방울 튄 피는 지워버렸으니까. 물론 핏자국은 화학 검사를 통하면 언제라도 확인할 수 있지만 그녀가 그런 생각을 했을 리는 만무하지. 하지만 박사, 그 가운에서 가장 흥미로운 건 핏자국이 아니라네."

"아니라고?"

"아니야." 고롱은 탁자를 내리쳤다. "경찰의 감시하에 이베트 라투르가 가운을 샅샅이 조사해보았지. 그리고 그녀는 레이스 자락에 붙어 있는 작은 장밋빛 마노 조각을 발견했어."

경찰서장이 다시 말을 멈췄다. 이번만큼은 극적인 효과를 노려서가 아니었다. 이쯤에서 이야기를 마무리지어야 하는 것이 심히 유감스러웠기 때문이다.

"일주일 동안 끈질기게 복원한 결과, 가운에서 채취한 조각은 박살이 난 코담뱃갑에 정확히 들어맞았어. 이브 닐 부인이 부지깽이로 노인을 때려 죽일 때 상자의 파편이 날아가 그녀의 가운에 달라붙었던 거야. 정말 끔찍한 일일세. 하지만 이건 결정적인 증거라네. 자업

자득이야. 이로써 닐 부인의 대외적인 평판도 끝이 난 게지."

한동안 침묵이 흐르다가 더멋이 헛기침을 했다.

"닐 부인은 그 일들에 대해 뭐라고 해명했지?"

고롱은 그의 질문에 충격을 받은 것 같았다.

"미안하네. 깜빡했어. 아직 닐 부인에게는 이 사실을 언급하지 않았다고 했지?"

"박사, 이 나라에서는 말이지." 고롱이 점잔을 빼며 말했다. "게임에서 완전히 이기기 전에 우리 패를 꺼내는 건 현명한 행동이 아니야. 부인은 해명을 해야 할 테지. 하지만 체포된 다음 예심 판사 앞에 서서 해야 할 걸세."

더멋이 기억하기로 그런 조사는 피고인에게 굉장히 가혹하기 마련이었다. 신체적인 고문은 허용되지 않지만 온갖 종류의 '정신적인' 압박을 가하는 것은 합법이었다. 극도로 냉정하고 강인한 정신력을 지닌 여성이 아니고서야, 여러 사람에게서 질문 세례를 받으며 나중에 후회할 수도 있는 말을 한 마디도 하지 않기란 굉장히 어려운 일이었다.

"닐 부인에게 불리한 증거가 조금도 누설되지 않은 게 확실한가?"

"확실하다네, 친구."

"그 점은 축하해줘야겠군. 두 하녀는 어때? 이베트 라투르와 셀레스틴 부셰르 말일세. 두 사람이 떠벌리고 다니지는 않을까?"

"그런 일은 없어. 이미 대비를 해두었지. 셀레스틴은 충격을 받았다며 일을 그만두고 나갔어. 다른 하녀는 믿을 만한 사람이고. 여전히 입을 꼭 다물고 있다네." 고롱은 생각에 잠긴 듯 보였다. "그리고 아무리 봐도 닐 부인을 그다지 좋아하는 것 같지 않아."

"그래서?"

"한 가지는 확실해. 로스 일가는 하나같이 굉장히 훌륭한 사람들이야! 아무리 칭찬해도 부족할 걸세. 지금 거의 제정신이 아닐 텐데도 모든 질문에 성실하게 답변하고 있다네. 자네 표현대로 하면 '으연한 태도'를 고수한다고 해야 하나? 그리고 닐 부인에 대한 애정에도 변함이 없다네…….." 고롱은 대담하게도 영어로 말해보았다.

"그 가족이 그러지 않을 이유가 있나? 그들이 닐 부인을 살인범으로 의심하는 건 아니겠지?"

"말도 안 되는 소리!"

"그렇다면 누가 살인을 저질렀다고 생각하고 있나?"

고롱이 두 손을 내저었다. "누구라고 생각하느냐니? 당연히 강도 아니면 미치광이 소행이라고 볼 테지!"

"도둑맞은 물건은 없다면서?"

"도둑맞은 건 아무것도 없지." 고롱은 인정했다. "하지만 마노코담뱃갑 말고도 다른 물건을 건드린 흔적은 있어. 서재 문 왼편에 있던 유리 장식장 안에 그의 수집품 중에서도 보물이라고 할 만한 것이 있었다네. 바로 다이아몬드와 터키석으로 장식한 값비싼 목걸이지. 게다가 역사적인 내력도 있는 물건이야."

"그런데?"

"나중에 그 목걸이가 장식장 아래에 아무렇게나 떨어져 있는 걸 발견했다네. 피가 묻은 채로 말이야. 완전히 미친놈 아닌가!"

더멋 킨로스 박사는 아마도 영국에서 첫째가는 범죄 심리 전문 가일 것이었다. 그는 흥미롭다는 표정을 지으며 탁자 너머로 고롱 서장을 바라보았다.

"편리한 표현이로군."

"편리한 표현이라니, 무슨 말인가, 박사?"

"미친놈이라는 표현 말일세. 미친놈으로 추정되는 강도는 어떻게 그 집에 침입했을까?"

"다행히도 로스 가족은 그게 얼마나 중요한 사실인지 아직 깨닫지 못하고 있어."

"같은 질문인데, 닐 부인은 어떻게 그 집에 침입할 수 있었지?"

고롱은 한숨을 쉬었다.

"유감스럽지만 그게 최종 증거인 것 같군. 뤼 데 앙주에 있는 별장 네 채는 모두 같은 건축 회사가 지은 건물이야. 한 집의 열쇠는 다른 집에도 들어맞는다네."

고롱은 중요한 이야기를 꺼내려는 듯 다시 한번 주저하더니 탁자 위로 몸을 굽혔다.

"우리 귀중한 정보원인 이베트 라투르가 닐 부인의 잠옷 가슴 주머니에서 앞문 현관 열쇠를 찾아냈어. 자, 보게나! 자기 집 열쇠를 잠옷 주머니에 넣고 다닌다고? 도대체 왜? 잠자리에 들 준비를 마쳤는데 왜 그런 열쇠를 몸에 지니고 있는지 자네라면 타당한 이유를 댈 수 있겠나? 무죄를 입증할 이유 말일세. 그럴 리가. 이유는 하나밖에 없지. 닐 부인은 건너편 집에 침입하기 위해 열쇠를 갖고 있었던 거야. 이 사실이야말로 살인 사건이 일어났던 날 밤에 그녀가 보뇌르 별장을 방문했다는 마지막 결정적인 증거라네."

경찰은 이브 닐을 손에 넣었다. 의심의 여지가 없었다.

"그런데 부인의 동기는 뭔가?" 더멋은 저항을 시도했다.

고롱이 그에 대답해주었다.

해는 거리 저편 나무숲 위에 살짝 걸쳐 있었다. 하늘은 분홍색으로 물들었고 대기 속에는 부드럽고 기분을 들뜨게 만드는 온기가 가득했다. 프랑스의 햇빛은 스포트라이트처럼 눈이 부셨다. 환한 빛이 두 사람의 시선을 가리자 그들은 햇빛에 적응하려 눈을 깜빡였다. 고롱의 이마에 작은 땀방울이 송골송골 맺혔다.

더멋은 두 사람이 앉아 있던 탁자 옆 석조 난간 너머로 담배꽁초를 집어던지려고 자리에서 일어났다. 그러나 그는 꽁초를 던지지 못했다. 그의 손은 허공에서 멈춰버렸다.

테라스는 바깥 바닥보다 약 일 미터 가까이 높았고, 자갈이 깔린 바닥에는 테라스와 마찬가지로 군데군데 작은 탁자가 놓여 있었다. 난간과 맞닿은 한 탁자에 젊은 여자가 앉아 있었다. 칙칙한 검정 드레스와 검정 모자가 라 방들레트의 화사한 색채 속에 한층 두드러졌다. 그녀가 고개를 들자, 더멋과 그녀의 눈이 정면으로 마주쳤다.

예쁘장한 아가씨였고, 더멋이 보기에는 스물두셋 정도 된 것 같았다. 머리카락은 빨간색이었다. 그녀가 얼마나 오래 햇빛 아래 몸을 숨긴 채 앉아 있었는지 그로서는 알 도리가 없었다. 손도 대지 않은 칵테일이 앞에 놓여 있었다. 그녀의 뒤로 자동차들이 경적을 울리고 붕붕대며 아브뉘 드 라 포레를 지나갔다. 무개 마차의 종소리와 덜거덕하는 바퀴 소리가 한결 느긋하게 들려와, 아무 일도 없었다는 듯, 아무 일도 일어나지 않으리라는 듯 숨 가쁜 자동차 소리를 다독였다.

여자가 벌떡 일어났다. 그녀의 옆구리에 작은 오렌지색 탁자가 걸리자 칵테일 잔이 쨍그랑 소리를 내며 잔 받침 위로 엎어져 술이 사방으로 튀었다. 그녀는 핸드백과 속이 비치는 검정 장갑을 낚아챘다. 그러고는 오 프랑짜리 동전을 탁자에 던진 다음 몸을 돌려 거리로 튀쳐나갔다. 더멋은 그녀를 바라보며 서 있었다. 그녀의 눈에 떠오른 표정이 눈에 선했다.

고롱이 작은 목소리로 말했다.

"이런 공공장소에서 죄다 떠들어대다니, 천벌을 받아도 싸지! 빌어먹을!" 그는 욕설을 내뱉었다. "저 여자가 제니스 로스야."

007

"말도 안 되는 소리 그만하렴, 제니스." 헬레나가 그녀를 달랬다. "히스테리가 도진 것 같구나."

벤 삼촌은 몸을 굽혀 다과용 손수레 옆에 있는 킹 찰스 스패니얼종 개의 귀를 긁었다. 다소 놀라고 확연히 지친 표정을 지은 것만으로도 그로서는 할말을 다 한 셈이었다.

"히스테리가 아니라고요." 제니스의 낮고 빠른 목소리는 히스테리를 부릴 때와 크게 다르지 않았다. 그녀는 장갑을 벗었다. "그리고 꿈을 꾸는 것도, 지레짐작하거나 상상하는 것도 아니에요. 그러니까……." 그녀의 목소리가 높아졌다. 제니스는 이브를 흘끗 훔쳐보았지만 눈을 마주치려 하지는 않았다. "경찰이 이브 언니를 체포

115

하러 온다니까요!"

헬레나가 눈을 깜빡였다.

"왜 그런다니?"

"엄마, 당연히 언니가 범인이라고 생각해서죠!"

"어디서 말도 안 되는 소리를 주워듣고 왔구나." 헬레나는 한숨을 쉬었다. 그렇지만 놀라움과 의혹은 침묵 속에 가득 차올랐다.

그럴 리가 없어. 이브는 생각했다. 불가능한 일이었다. 꿈에서조차 일어나리라고 생각하지 못한 일이었다.

이브는 기계적으로 찻잔을 내려놓았다. 보뇌르 별장의 응접실은 윤이 나는 나무 바닥이 깔려 있었고 길고 널찍한 구조였다. 앞쪽에 난 창문은 뤼 데 앙주를 바라보고 있었고, 뒤쪽 잔디밭으로 난 창문으로는 커다란 정원을 따라 땅거미가 밀려들어오는 것이 보였다. 응접실에는 다과용 손수레와 커다란 눈으로 벤 삼촌을 좇는 텁수룩한 황갈색 개가 있었다. 벤 삼촌은 보통 체구에 다부진 체격으로, 반백이 된 짧은 머리카락에 말수는 적지만 항상 온화한 표정이었다. 헬레나는 통통한 체구에 싹싹한 성격이었으며 늘 쌕쌕거리는 숨소리를 달고 다녔다. 그녀는 새하얀 단발머리와는 대조적인 동그랗고 발그레한 얼굴에 방금 들은 말을 믿지 못하겠다는 듯한 어색한 미소를 띠고 있었다.

그리고 이야기를 하는 제니스는…….

제니스는 용기를 짜내기 위해 애를 쓰는 것 같았다. 그녀는 이브를 똑바로 바라보았다.

"저기요, 이브 언니." 제니스는 애처롭게 입을 열며 입술에 침을 발랐다. 입이 꽤 큰 편이지만 예쁜 얼굴을 망칠 정도는 아니었다. "물론 우리는 언니가 그러지 않았다는 걸 알아요."

제니스는 필사적으로 변명 비슷한 말을 늘어놓았다. 그러나 더는 이브를 바라보지 못했다.

"그런데 왜 경찰이……." 헬레나가 운을 띄웠다.

"이브에게 혐의를 두게 되었는지……." 벤 삼촌이 말을 받았다.

"아무래도 좋아요." 제니스가 벽난로 위에 걸린 거울에 시선을 고정한 채 말을 이었다. "언니는 그날 밤에 밖으로 나오지도 않았잖아요? 밖에 나갔다가 온몸이 피투성이가 된 채 돌아왔다는 말도 사실이 아니죠? 주머니에 이 집 열쇠를 갖고 있었다는 것도요? 가운에 반짝이는 코담뱃갑 조각을 묻혀 왔다는 것도…… 전부 사실이 아니죠?"

단란했던 응접실 분위기가 얼어붙었다. 커다란 개가 배가 고픈지 끙끙댔다. 헬레나 로스는 안경집을 찾아 천천히 더듬거리더니 테가 없는 코안경을 꺼내 쓰고 다시 사람들을 바라보았다. 여전히 입은 반쯤 벌린 채였다.

"정말이지, 제니스!" 그녀는 엄하게 말했다.

"경찰서장이 직접 말하는 걸 들었다니까요." 제니스는 항변했다. "정말이에요!" 사람들이 입을 열려고 하자 그녀는 재차 주장했다.

벤 필립스 삼촌은 무릎에 떨어진 빵 부스러기를 털어냈다. 그는 홀린 듯 건성으로 개의 귀를 살짝 잡아당겼다. 그러다가 언제나 가지고 다니는 파이프를 찾아 주머니에 손을 집어넣었다. 근심스러운 기색을 띠고 있던 이마와 온화한 옅은 푸른색 눈에 의심의 빛이 드러났지만, 그런 생각을 했다는 사실이 부끄러운 듯 금세 사라졌다.

"동종 호텔에 갔었어요. 한잔하려고요."

"제니스, 그런 곳에는 안 갔으면 좋겠구나……." 헬레나는 기계적으로 말했다.

"고롱 서장이 범죄 심리학 분야의 거물이라는 어떤 박사에게 말하는 걸 들었다고요. 영국인이었어요. 그러니까 고롱 말고 박사라는 사람요. 어디서 그 사람 사진을 본 적이 있었는데. 고롱이 글쎄 이브 언니가 그날 밤 피투성이가 된 채 코담뱃갑 조각을 붙이고 돌아왔다고 했다니까요."

제니스는 여전히 아무하고도 시선을 맞추지 않았다. 이야기를 처음 들었을 때의 충격은 사라졌다. 대신 공포가 밀려들었다.

"이베트와 셀레스틴이 목격자라고 했어요. 그리고 경찰은 언니의 가운도 갖고 있는데, 거기에 피가 묻었다고……."

이브 닐은 여전히 의자에 등을 기댄 채 몸이 굳어 있었다. 그녀는 제니스를 바라보았지만 눈에 들어오지 않았다. 이브는 웃음을 터뜨리고, 또 계속해서 그렇게 웃어넘기고 싶었다. 그렇게 해서 머릿속에서 울리는 불길하고 지독한 소음을 쫓아버리고 싶었다.

살인범으로 몰리다니! 자신에게 일어난 일만 아니라면 복부를 강타하는 듯한 충격은 나름 재미있는 일일 수도 있었다.

그러나 코담뱃갑 파편이 자신의 가운에 붙어 있다는 믿을 수 없는 사실은 전혀 재미있지 않았다. 계속해서 일어나는 불합리한 일들 중에서도 유독 이해할 수 없는 것이었다. 무슨 오해가 있는 게 아니라면, 그녀를 몰아붙이다가 살해하려 드는 악운이 존재하는 것 같았다. 이브는 경찰을 두려워할 필요가 전혀 없다고 자신에게 되뇌었다. 불쌍한 로스네 아버지를 살해했다는 말도 안 되는 기괴한 혐의는 쉽게 벗어날 수 있기 때문이었다. 언제라도 네드 애투드에 대한 이야기를 꺼내기만 하면 그가 자신의 진술을 뒷받침해줄 터였다.

이브는 누구도 살해하지 않았다는 사실을 증명할 수 있었다. 하지만 네드와 있었던 일을 설명해야……

"내 평생 이런 말도 안 되는 소리는 처음이에요!" 그녀가 부르짖었다. "제발, 적어도 숨을 고를 틈은 줘야 할 게 아닌가요!"

"사실이 아니죠, 예?" 제니스는 집요하게 물었다.

이브는 사나운 몸짓으로 되받았다.

"당연히 사실이 아니죠! 그건…….."

이브는 갑자기 할말이 떠오르지 않는 듯 우물쭈물했다. 목소리가 떨리고 있었다. 떨리는 목소리만으로도 그녀가 어떤 심정인지 짐작할 수 있었다.

"당연히 사실이 아니지." 벤 삼촌이 단호하게 말하며 헛기침을 했다.

"그렇다면 왜 말을 못 하는 거죠?" 제니스는 집요했다.

"나, 나는 잘 모르겠어요."

"뭔가 이야기를 하려고 했잖아요. 그러다가 입을 다물더니 눈빛마저 이상해졌어요. '그건'이라는 말을 했다는 건 사실은 뭔가 다른 사연이 있다는 뜻 아닌가요?"

(맙소사, 대체 무슨 말을 해야 하지?)

"어떤 것도 사실이 아니죠, 예?" 제니스는 몹시 흥분해서 물었다. "혹시 일부는 사실이고 일부는 아닌 건가요?"

"이 애가 하는 말도 일리가 있구나." 벤 삼촌이 재차 헛기침을 하고 다소 마지못한 태도로 말했다.

세 쌍의 눈이 이브를 향했다. 의심 한 점 품지 않은 다정한 눈이었다. 그러나 그녀는 잠시 동안 숨을 쉴 수가 없었다.

이브는 천천히 상황을 깨닫기 시작했지만 아직 확신할 수 있는 건 아무것도 없었다. 모든 상황이 거짓 아니면 오해일 뿐이었다. 게다가 마음속에서 활개치고 다니며 애태우고 겁주기를 반복하는 '코담뱃갑 파편'의 존재는 그보다 훨씬 심각했다. 하지만 그들 중 일부는 사실이었다. 경찰이 입증해낼 수도 있었다. 그 사실을 부인하는 것은 하등 도움이 되지 않았다.

"말씀해주세요." 이브는 침착한 태도를 유지하려 애쓰며 말했다. "정말로 하고많은 사람들 중에 제가…… 다른 사람도 아니고 아버님을…… 해치고 싶어 했으리라 생각하세요?"

"아니란다, 얘야. 당연히 아니지." 헬레나가 이브를 달랬다. 근시가 있는 그녀의 눈이 점점 애원하는 빛을 띠었다. "그냥 사실이 아니라고만 말해주렴. 그것만 알면 족하단다."

"언니." 제니스가 조용히 말했다. "오빠와 만나기 전에는 어떻게 살았어요?"

그것은 이브가 이 집에서 첫 번째로 받은 개인 신상에 관한 질문이었다.

"얘가 정말이지, 제니스!" 헬레나가 대신 항변하며, 이제껏 이브가 본 중에서 가장 호들갑스럽게 굴었다.

제니스는 개의치 않고 느닷없이 전략을 바꿔 부드러운 태도를 취했다. 그녀는 이브의 앞에 놓인, 천을 새로 덧댄 낮은 의자에 앉았다. 제니스의 얼굴은 빨강 머리를 가진 사람이 종종 그렇듯 거의 투명하게까지 보이는 새하얀 빛이었다. 그 얼굴은 이제 감정의 기복으로 인해 심술궂은 느낌이 드는 푸르스름한 색으로 변해 있었다. 제니스의 커다란 갈색 눈이 이브에게 고정되었다. 그 눈에 비친 감정에는 존경과 혐오가 뒤섞여 있었다.

"이 일로 언니를 비난한다고는 생각하지 마세요!" 그녀는 스물세 살짜리가 즉석에서 짜낸 위엄을 담아 말했다. "사실 난 그 점에 대해서는 언니를 존경해요. 언제나 그런걸요. 그저 경찰서장이 그 이야기를 했기 때문에 말을 꺼낼 뿐이에요. 그러니까 언니가 아빠를 해치고 싶어 할지도 모르는 이유 말이에요. 언니가 그런 짓을 저질렀다고 하는 게 아니에요. 알겠어요? 그런 생각조차 한 적 없어요. 그래도 이 이야기는 해야만 해요. 그저……."

벤 삼촌이 기침을 했다.

"우리 모두 마음을 넓게 가졌으면 좋겠구나." 헬레나가 말했다. "토비야 신경을 쓸 수밖에 없을 테고, 어쩌면 가엾은 모리스도……. 하지만 제니스, 너는 정말!"

제니스는 헬레나의 말을 무시했다.

"애투드라는 남자와 결혼한 적 있죠?"

"그래요. 물론 그랬었죠."

"그 남자가 라 방들레트에 돌아왔다는 사실도 알 테고요."

이브는 입술을 적셨다.

"그런가요?"

"그래요. 정확히 일주일 전, 동종 호텔 바에서 떠들어댔다고 해요. 언니가 아직 자기를 사랑한다는 말도 했다던데요. 우리 가족한테 언니에 대한 이야기를 모조리 해서라도 언니를 되찾고 말 거라고 하면서요."

이브는 꼼짝도 할 수 없었다. 순간 심장이 멈춘 듯하더니 다시 엄청나게 큰 소리로 쿵쾅거리는 것 같았다. 이 정도로 부당한 취급을 당하고 나니 아무 소리도 들리지 않았다.

제니스는 목을 길게 빼고 이리저리 돌렸다.

"아빠가…… 돌아가신 날 오후 일 기억나요?" 그녀는 계속해서 말을 이었다.

헬레나는 눈을 질끈 감아버렸다.

"아빠가 산책을 다녀왔을 때 이상할 정도로 조용하고 기분이 언짢아 보이지 않았나요? 그리고 우리와 함께 극장에 가지 않겠다고 했죠? 하지만 이유는 말하지 않았어요. 그러고는 고작 골동품상이 전화해서 코담뱃갑 이야기를 해준 것만으로 기분이 좋아졌잖아요? 게다가 우리가 극장으로 가기 전에 오빠에게 뭐라고 했죠? 오빠가 그때부터 이상하게 굴지 않았나요?"

"그런데?" 벤 삼촌은 조심스럽게 파이프에 담긴 담배를 살펴보며 다음 말을 유도했다.

"말도 안 되는 소리." 헬레나가 말했다. 그러나 그날 밤 이야기를 듣자 그녀의 눈에서 눈물이 흐르기 시작했다. 동그란 얼굴에서 웃음기는 물론 핏기마저 사라졌다. "토비가 그날 밤 그렇게 답답하게 굴었던 건 〈워런 부인의 직업〉이, 어, 그러니까…… 매춘에 대한 연극이었기 때문이야."

이브는 자세를 바로 했다.

"아빠는 동종 호텔 뒤편에 있는 동물원에서 오후 산책하는 걸 굉장히 좋아했어요. 애투드란 남자가 아빠의 뒤를 밟아서 무슨 이야기를 했다면……."

제니스는 말을 채 끝마치지 못했다. 그녀는 다른 사람은 쳐다보지도 않은 채 이브를 향해 고개를 끄덕였다.

"그래서 아빠는 얼굴이 그렇게 새하얗게 질려서 집에 돌아왔던 거예요. 그리고 오빠에게 뭔가 이야기를 했고요. 오빠는 아빠 말을 믿지 않았겠죠. 그저 모두 가정일 뿐이에요! 하지만 언니도 기억하다시피 오빠는 그날 밤 잠을 이루지 못했어요. 새벽 1시에 언니에게 전화를 걸었잖아요. 그때 아빠가 한 말을 언니에게 전했다면요? 그래서 언니가 우리 집으로 건너와 아빠와 말다툼을 벌이다가……."

"잠깐만 기다려요. 부탁이에요." 이브가 나직이 말했다.

그녀는 재차 입을 열기 전에 가쁜 숨을 진정시켰다.

"지금까지 내내 정말로 나에 대해 그런 생각을 했던 건가요?"

"아니다, 이브! 절대로 아니야!" 헬레나가 코안경을 더듬거리다 벗으며 외쳤다. "세상에 너 같은 사람이 또 있는 줄 아니! 세상에, 대체 왜 손수건은 필요할 때마다 보이지가 않는 거니? 그저 제니스가 핏자국이라든지 하는 아무도 모를 이야기를 했는데도, 네가 제대로 대답해주지도 않고 속 시원히 아니라고 하지도 않으니까……."

"맞아." 벤 삼촌이 말했다.

"그것만이 아니에요." 이브는 집요하게 말을 이었다. "전 정말로 알고 싶어요. 이렇게 여러 이야기가 오고 가는데 아직까지 하지 않은 말이 있나요? 〈워런 부인의 직업〉이 〈닐 부인의 직업〉이 아니냐는 말을 하고 싶은 건가요?"

헬레나는 충격에 빠졌다.

"아니다, 이브. 세상에, 절대로 아니야!"

"그러면 무슨 뜻이죠? 사람들이 저에 대해 무슨 이야기를 하는지 알아요. 적어도 예전에 어떤 이야기를 했는지는 알죠. 그건 사실이 아니에요. 하지만 그런 말을 너무 오래 듣다 보면, 차라리 그게 사실인 게 훨씬 낫겠다는 생각이 들어요!"

"그럼 살인은 어떤가요?" 제니스가 조용히 물었다.

제니스의 질문에는 어린아이 같은 단순함이 엿보였다. 더이상 그녀는 그럴듯하게 교양 있는 척하며 그 나이 또래의 즐거움을 경멸하는, 발랄하고 콧대 높은 소녀가 아니었다. 제니스는 두 팔로 무릎을 끌어안은 채 낮은 의자에 앉아 있었다. 반짝거리는 화장을 한 눈꺼풀이 갈색 눈 위로 깜빡였다. 입술을 떨고 있었다.

"언니도 알겠지만, 우리는 언니를 굉장히 이상적인 사람이라고 생각해서……." 제니스는 설명을 시도했다.

또다시 그녀의 몸짓이 말을 대신했다. 이브는 이 집안 사람들에게 마음을 썼기 때문에 한층 곤란한 상황에 빠졌다는 사실을 깨달았다.

"아직도 애투드라는 남자를 사랑하나요?" 제니스가 물었다.

"아니에요!"

"그렇다면 이번 주 내내 왜 그렇게 위선적으로 굴었죠? 우리한테 말하지 않은 사실이 있는 게 아닌가요?"

"없어요. 그런 건……."

"내가 보기엔 말이다." 벤 삼촌이 중얼거렸다. "이브가 어딘가 좀 아파 보이는구나. 하지만 우리 모두 그렇지." 그는 접는 칼을 꺼내 파이프 속을 긁다가 무겁고 지친 얼굴을 들었다. 그는 헬레나를 바라보았다. "기억나니, 돌리?"

"뭐가요?"

"내가 자동차 수리를 할 때 말이다. 손을 뻗다가 장갑 낀 손이 이브에게 살짝 닿았지. 작업용 갈색 가죽 장갑 말이다. 그런데 이브가 거의 기절할 뻔했단다. 그다지 깨끗한 장갑이 아니긴 했지."

이브는 두 손으로 눈을 가렸다.

"너에 대한 소문을 믿는 사람은 아무도 없단다." 헬레나는 다정하게 말했다. "하지만 이 문제는 좀 달라." 그녀는 잠시 숨을 쌕쌕 몰아쉬었다. "아직 제니스의 질문에 대답을 하지 않았잖니. 그날 밤에 집밖으로 나갔니?"

"예." 이브가 말했다.

"피를 묻히고 돌아온 것도 사실이니?"

"예. 조금요."

창가에 해질녘의 여운이 남아 있는 커다란 응접실에서는, 이제

졸린 듯 귀를 앞다리 사이로 늘어뜨리고 마룻바닥을 긁는 개가 쿵쿵거리는 소리밖에 들리지 않았다. 벤 삼촌이 파이프 속을 긁어내는 조그맣고 날카로운 소리조차 그친 채였다. 세 사람은 어두운색 옷을 입고 있었다. 여자들의 옷은 검정색이었고, 벤 삼촌은 짙은 회색이었다. 그들은 저마다 차이는 있었지만 충격과 불신의 눈빛으로 이브를 바라보았다.

"그런 식으로 보지 마세요!" 이브는 거의 고함치듯 말했다. "사실이 아니에요. 그건 아버님과는 아무런 상관이 없는 일이라고요. 저는 그분을 좋아했어요. 단순한 오해일 뿐이에요. 제 말을 믿기 어려우시겠지만 끔찍한 오해라고요."

제니스는 입술까지 핏기가 싹 가셨다. "그날 밤에 이곳에 왔나요?"

"아니에요. 맹세하지만 절대 안 왔어요."

"그렇다면 왜 여기, 이곳 열쇠가 언니의 잠옷 주머니에 있었던 거죠?"

"이 집 열쇠가 아니에요. 우리집 열쇠였어요. 이 집과는 아무 상관이 없다니까요! 그날 밤에 정말로 무슨 일이 있었는지 모두에게 말씀드리고 싶었어요. 그때부터 쭉 그러고 싶었어요. 감히 그럴 용기가 나지 않았을 뿐이에요."

"뭐라고?" 헬레나가 말했다. "왜 그러지 못했다는 거니?"

이브는 입을 채 열기 전에, 자신이 해야 하는 이야기가 유쾌하지 않은 모순 덩어리라는 사실을 깨달았다. 그러나 대다수의 사람들은 굉장히 재미있어할 것이었다. 만일 그녀의 운명을 관장하는 모순의 신이 여럿 존재한다면, 분명 양쪽으로 편을 가르고 있을 터였다. 그녀가 하는 말 한 마디 한 마디마다 뻔뻔스럽게 웃음을 터뜨리면서.

"그럴 용기가 나지 않았어요. 그때 네드 애투드가 제 침실에 있었으니까요."

아리스티드 고롱 서장과 더멋 킨로스 박사는 뤼 데 앙주를 향해 걸음을 옮기고 있었다. 땅딸막한 경찰서장이 좋아하는 속도보다는 조금 빠른 걸음이었다.

"운수대통했군!" 고롱이 씩씩댔다. "아주 악운이 터졌단 말이지! 제니스 그 꼬마가 분명 닐 부인한테 죄다 이야기했을 거야."

"나도 그럴 공산이 크다고 생각하네." 더멋이 동의를 표했다.

경찰서장은 자신의 둥그런 얼굴을 더욱 돋보이게 하는 중절모를 쓰고 손에는 등나무 지팡이를 들고 있었다. 그는 더멋의 긴 보폭에 맞춰 종종거리는 발걸음을 쾅쾅 내디디며 으르렁댔다.

"닐 부인과 이야기를 나눠본 다음 솔직한 인상을 들려달라고 했지? 지금 하는 게 나을 것 같군. 예심 판사가 엄청나게 화를 낼 걸세. 전화를 걸어봤지만 자리에 없더군. 이 소식을 들으면 어떻게 나올지 뻔해. 곧바로 샐러드 광주리를 보내서 닐 부인을 바이올린 속에 처넣겠지."

더멋은 눈을 깜빡였다.

"샐러드 광주리? 바이올린이라고?"

"아, 방금 한 말은 잊어버리게! 샐러드 광주리는……." 고롱이 말을 더듬었다. 그는 설명을 돕기 위해 자세히 손짓을 했지만, 무슨 뜻인지 알 수가 없었다.

"죄수 호송차Black Maria 말인가?" 더멋이 지레짐작으로 물었다.

"그거야! 바로 그거라네! 그 표현은 예전에 들어본 적이 있지. 그리고 바이올린은 영어로는 교도소나 우치장이라는 뜻일세."

"유치장일세. 발음하기 좀 어렵지."

"적어둬야겠군." 고롱은 아주 작은 수첩을 꺼내며 말했다. "하지만 내 영어 실력은 꽤 괜찮지 않나? 매일같이 로스 가족하고 대화를 했으니까."

"자네 영어 실력이야 상당하지. 하지만 제발 부탁이니 '인터뷰'라고 해야 할 때 '인터코스•'라고 하지는 말아주게."

고롱은 고개를 갸웃했다. "그게 같은 뜻이 아니었나?"

더멋은 인도 위에 멈춰 서서 저녁 어스름 사이로 펼쳐진, 사람 하나 없는 목가적인 시골 마을의 조용한 거리를 둘러보았다. 밤나무 몇 그루가 회색 돌담 위로 나뭇잎을 드리우고 있었다.

런던에 있는 동료들 중에서 지금의 킨로스 박사를 알아보는 사람은 별로 없을 터였다. 부분적으로는 그가 걸친 휴가용 복장, 그러니까 헐렁한 운동복과 편하지만 좋은 평판은 못 들을 모자 탓이었다. 라 방들레트에 머무른 이래로 더멋은 덜 피곤해 보였고, 그를 놓아주지 않던 일거리에서 벗어나 한층 나사가 빠진 것도 같았다. 그의 눈은 이전보다 반짝반짝 빛났고, 성형수술 흔적만 엿볼 수 있던 어두운 안색에 생기가 어렸다. 그러나 고롱에게서 살인 사건에 대한 세세한 이야기를 듣고 나자, 긴장이 풀린 느긋한 태도는 어느새 사라지고 말았다.

더멋이 눈살을 찌푸렸다.

"닐 부인의 집은 어디지?"

"바로 옆이라네." 고롱은 등나무 지팡이를 들어 왼편의 회색 돌담을 두드렸다. "그리고 물론 이 집은 길 하나를 사이에 두고 보뇌르 별장과 정면으로 마주보고 있지."

더멋은 고개를 돌려 반대편을 바라보았다.

때 묻은 붉은색 기와가 얹힌 정방형의 수수한 흰색 집이 보뇌르 별장이었다. 밖에서는 담장에 가려 1층 창문이 보이지 않았다. 2층에는 총 여섯 개의 창문이 있었는데, 그중 두 개는 한방에 나 있는 창문이었다. 더멋과 고롱은 가운데 두 개의 창문을 쳐다보았다. 이집에 있는 창문 중에서 이 두 개만 바닥까지 내려오는 긴 창이었고,

● **인터코스** _ intercourse. 교류. 소통이라는 의미 외에 '성행위'라는 뜻으로도 쓰인다.

창문 밖의 발코니 난간에는 금빛 줄 세공이 되어 있었다. 회색 철제 덧문은 굳게 닫힌 상태였다.

"저 서재 안을 살펴볼 수 있다면 굉장히 흥미로울 것 같군." 더멋이 말했다.

"이봐, 친구! 그거야 간단한 일이지." 고롱은 어깨 너머로 이브의 집을 가리켰다. 그의 불안감이 커져갔다. "하지만 먼저 닐 부인을 만나보는 게 어떤가?"

더멋은 그의 말에 별다른 관심을 보이지 않았다.

"밤에도 커튼을 걷고 서재에 틀어박히는 게 모리스 경의 버릇이라고 했지?"

"그랬던 것 같아. 무더운 날씨였으니까 말이야."

"그렇다면 분명히 살인범은 엄청난 위험을 감수해야 했겠지?"

"그게 무슨 뜻인가?"

"길 건너편 어떤 집에서든 2층 창문은 훤히 들여다보이니, 들킬 가능성이 높지 않을까?"

"아니, 내 생각은 좀 달라."

"어째서?"

고롱은 잘 차려입은 어깨를 으쓱했다.

"우리 도시의 휴가철은 거의 끝났다네. 아직까지 세를 주는 별장은 거의 없어. 거리 전체가 사람 하나 없이 조용하다는 사실을 눈치 못 챘나?"

"그렇다면?"

"닐 부인이 사는 집 양쪽 건물에는 확실히 사람이 살지 않아. 무엇이라도 봤을 가능성이 있는 사람은 그녀뿐이야. 부인이 살인범이 아니라는 희박한 가정을 한다고 쳐도, 여전히 우리에게는 도움이 안 돼. 부인은 창문마다 커튼을 꼭꼭 쳐놓고 살았던 것 같으니까. 자네라면 광적이라고 했을 정도라네."

더멋은 모자챙을 깊숙이 끌어내렸다.

"이봐 친구, 난 자네가 제시한 증거가 마음에 안 들어."

"아하?"

"예컨대 닐 부인의 동기가 말이 안 된다네. 내 가르쳐주지."

그러나 그는 더이상 말을 잇지 못했다. 고롱은 엄청난 흥미를 보이며 엿듣는 사람이 없는지 좌우를 살피고 있었다. 그러다가 불바르 뒤 카지노 방향에서 인도를 따라 두 사람 쪽으로 성큼성큼 다가오는 사람의 형체를 발견하자 더멋의 팔을 잡았다. 그러고는 그를 이끌고 이브의 별장을 둘러싼 돌담에 난 문으로 들어가더니 뒤에서 문을 닫았다.

"이봐." 고롱은 조용히 하라는 시늉을 하며 말했다. "저 사람이 허레이쇼 로스라네. 이리로 오는 건 분명 목적이 있어서일 테지. 틀림없이 저 친구도 닐 부인을 만나고 싶어 애가 닳았던 거야. 그녀한테서 뭔가 끄집어내려면 우리가 먼저 도착해야 하네."

"하지만……."

"부탁이니 제발 로스는 그만 쳐다보게! 아무리 멍청한 녀석이라도 눈치채고 말 거야. 어서 가서 초인종을 누르게나."

그러나 초인종을 누를 필요는 없었다. 두 사람이 현관으로 통하는 돌계단을 두 계단도 채 오르기 전에 면전에서 현관문이 불쑥 열렸다.

안에 있던 사람들도 두 사람을 보고 놀라기는 마찬가지였다. 어두컴컴한 실내에서 비명 같은 것이 흘러나왔다. 두 명의 여인이 문지방에 서 있었는데 그중 한 명은 문고리를 잡은 채였다.

더멋은 둘 중 한 사람은 이베트 라투르가 틀림없다고 생각했다. 그녀는 몸집이 크고 뚱뚱했으며 검은 머리카락에 강인해 보이는 인상이었지만, 자신을 내세우지 않는 태도가 배어 있어 마치 복도 장식의 일부처럼 보였다. 그녀의 얼굴에 일순간 놀란 표정이 떠올랐다가 사라지더니 곧 작고 검은 눈에 만족스러워하는 듯한 악의적인 감정이 깃들었다. 그러다가 이내 무표정을 되찾았다. 그러나 고롱의 눈썹이 머리 선까지 올라갈 정도로 그를 놀라게 한 것은 바로 이십 대로 보이는 다른 여자의 존재였다.

"아니?" 그는 얼른 모자를 벗어 들고, 허허롭게 들릴 정도로 목소리를 높였다. "저기, 저기, 저?"

"실례했습니다, 므시외." 이베트가 조용히 말했다.

"아닙니다, 전혀 아닙니다!"

"이쪽은 제 동생입니다." 이베트는 차분하게 말했다. "지금 돌아가려던 참이었어요."

"다음에 또 봐, 언니." 젊은 여자가 말했다.

"또 보자꾸나." 그녀는 진심 어린 애정을 담아 따뜻하게 말했다. "잘 가고, 엄마한테 안부 전해줘."

그녀는 미끄러지듯 현관 밖으로 나왔다.

두 사람이 가족이라는 사실은 분명해 보였지만 서로 닮은 곳은 없었다.

동생 쪽은 몸매가 날씬했고 옷을 고르는 취향도 남달랐으며 조용한 성격 같았다. 한마디로 표현하자면 우아했다. 그녀는 커다란 검은 눈으로 두 사람을 노골적으로 평가하며 입가에 뿌루퉁한 미소를 머금었다. 오직 프랑스 여자만이 표현할 수 있는 인생을 즐기는 듯한 분위기를 풍겼다. 사람을 조용히 피하려는 의도인지, 아니면 대놓고 무시하는 의도인지 알 수가 없었다. 그녀가 아래로 두 계단을 내려오자 (다소 지나친 듯한) 향수 냄새가 주변으로 퍼졌다.

"마드무아젤 프뤼." 고롱이 정중히 격식을 갖춰 말을 걸었다.

"예, 므시외." 그녀는 공손하게 답하고 무릎을 살짝 굽혀 인사했다. 그러더니 계단을 내려가버렸다.

"닐 부인을 만나러 왔습니다." 경찰서장은 이베트에게 말했다.

"고롱 서장님, 그러면 안타깝지만 맞은편 집으로 가셔야 할 것 같은데요. 닐 부인은 차를 마시러 로스 가족 댁에 갔습니다."

"고맙습니다, 부인."

"아닙니다, 서장님."

이베트는 아무것도 모르는 척 공손한 태도를 유지했다. 그러나 현관문을 닫기 직전, 그녀의 얼굴에는 일순간 더멋이 읽기 힘든 표정이 스쳐지나갔다. 비웃음일 수도 있었다. 고롱은 닫힌 문을 쳐다보며 지팡이 손잡이로 치아를 두드리다가 도로 모자를 썼다.

"뭐지?" 그가 중얼거렸다. "이봐 친구, 내 생각에는……."

"응?"

"방금 두 사람한테 뭔가 수상쩍은 구석이 있었어. 그런데 그게 뭔지 모르겠군."

"내 생각도 그렇다네." 더멋 역시 시인했다.

"저 둘이 뭔가 꾸미는 건 분명해. 냄새가 나. 경찰의 육감이랄까? 하지만 느낌만으로 섣불리 추측하는 일은 삼가야겠지."

"그 여자와는 아는 사이인가?"

"프뤼 양? 아, 물론이지."

"혹시 그녀가……."

"정숙한 여성인지 묻고 싶은 거지?" 고롱이 갑자기 싱긋 웃었다. "뭐, 자네 같은 영국인이 처음에 묻는 질문은 언제나 그거 아닌가!" 그러나 고롱은 신중하게 그 질문을 곱씹으며 머리를 한쪽으로 기울였다. "그래, 내가 아는 한은 충분히 정숙한 여성이야. 뤼 드라 아르프에서 꽃집을 하고 있지. 우리 친구 베유의 골동품 가게에서 그리 멀지 않다네."

"모리스 로스 경에게 코담뱃갑을 판 골동품상 말인가?"

"그래. 하지만 아직 값을 치르지 않았다니까." 경찰서장은 또다시 뜸을 들였다. "그건 아무런 도움이 안 된다네." 그는 꽤 무시무시한 표정을 지으며 불만을 토로했다. "왜 프뤼 양이 언니를 찾아왔는지, 아니면 대체 왜 그러면 안 되는지 그 이유를 따져볼 여유는 없다니까. 우리는 여기 닐 부인을 만나러 온 걸세. 길 건너 집으로 가서 닐 부인이 무슨 이야기를 하는지 직접 듣는 게 훨씬 간단할 것 같지 않나?"

두 사람은 금세 어떻게 할지 결정했다.

벽돌담 안쪽 보뇌르 별장의 앞뜰엔 잔디밭이 펼쳐져 있었다. 앞쪽 현관문은 닫혀 있었지만 현관 바로 오른편에 있는 긴 창문은 활짝 열려 있었다. 저녁 6시가 지나자 정원에 어둠이 깔리기 시작해 정원 너머로 보이는 응접실은 어슴푸레했다. 그러나 그 안은 마치 전류라도 흐르는 듯 격한 감정에 휩싸여 있었다. 고룽이 문을 밀어 젖히자 응접실에서 누군가의 목소리가 흘러나왔다. 젊은 여자가 영어로 이야기를 하고 있었다. 더멋은 제니스 로스의 목소리만 들어도 마치 직접 확인한 것처럼 그녀의 강한 성격을 짐작할 수 있었다.

"말해봐요!" 그녀의 목소리가 거세게 재촉했다.

"나, 난 그럴 수 없어요." 잠시 정적이 흐른 후 다른 여자의 목소리가 들렸다.

"그런 표정 짓지 마요!" 제니스가 사정했다. "오빠가 왔다고 입을 다물지 말라고요!"

"이것 봐." 무거운 남자의 목소리가 끼어들었다. 당황한 듯한 목소리였다. "대체 이게 다 무슨 일이지?"

"토비, 계속 당신에게 말하려 했어요!"

"오늘 직장에서 굉장히 피곤했다고. 그런데 집에 있는 여자들은 감사할 줄을 모른다니까. 멍청한 지점장 노인네는 무슨 일이든 제대로 하는 법이 없어. 나 장난칠 기분 아니야."

"장난이라고?" 제니스가 그의 말을 받아쳤다.

"그래, 장난이지! 날 그냥 가만히 놔두면 안 되겠어?"

"아빠가 살해당한 날 밤에 이브 언니가 집밖으로 나왔다가 피투성이가 되어 돌아갔는데도? 우리집 현관문 열쇠도 갖고 있었어. 코담뱃갑에서 떨어져 나온 마노 조각도 가운 레이스에 붙어 있었단 말이야."

고롱은 더멋을 손짓으로 이끌고 빳빳한 잔디밭을 조용히 지나 응접실 창문을 통해 안을 들여다보았다.

기다란 응접실은 들어찬 가구들로 어수선했다. 응접실 바닥은 희미하게 빛이 나서 마치 하늘보다 밝은 파리한 호수 같았다. 실내는 안락했다. 계속해서 사람들이 이용하던 곳이어서 그런지 재떨이를 비롯한 여러 물건이 집기 편한 자리에 놓여 있었다. 황갈색 개 한 마리가 다과용 손수레 옆에 잠들어 있었다. 안락의자에는 거친 황갈색 천이 씌워져 있었고, 벽난로 선반은 하얀 대리석이었으며, 보조 탁자에 놓인 동그란 꽃병에는 과꽃이 꽂혀 있어서 내려앉은 땅거미와는 다른 화사한 색채가 드러났다. 그러나 사람들이 입은 칙칙한 옷은 드리워진 그림자보다 더 어두워 보였다. 그보다 어두운 것은 응접실에 있는 사람들의 얼굴밖에 없었다.

더멋은 고롱의 묘사를 근거로 헬레나 로스를 금방 알아볼 수 있었다. 빈 파이프를 입에 물고 다과용 손수레 옆에 앉은 벤저민 필립스도 쉽게 알아보았다. 제니스는 창가에 등을 돌린 채 낮은 의자에 앉아 있었다.

이브 닐의 모습은 토비에게 가려 보이지 않았다. 수수한 회색 정장을 입은 토비는 팔에 딱 맞는 검정색 상장喪章을 소매에 두른 채 벽난로 옆에 서 있었다. 그는 다소 바보 같은 표정을 지으며 빛을 가리려는 듯 한 손을 들고 있었다.

토비는 상황 파악이 되지 않는 표정으로 제니스를 바라보다 어머니에게로 시선을 옮겼다. 그러다가 다시 제니스를 바라보았다. 짧은 콧수염마저도 이해할 수 없다는 표정을 짓는 것 같았다. 그의 목소리가 높아졌다.

"세상에, 대체 무슨 말을 하는 거야?"

"토비, 물론 해명을 듣고 있는 거란다." 헬레나가 머뭇거리며 말했다.

"해명이라니요?"

"그래, 모두 애투드라는 사람 탓이야. 이브의 남편 말이다."

"예?"

토비는 그 말을 제대로 이해할 수 없었음에도 이브의 남편이라는 단어를 듣자 깜짝 놀라고 말았다. 그는 한순간 말을 잇지 못하다가 저녁 공기 속으로 외마디 소리를 내뱉었다. 하지만 감정을 시원스럽게 터뜨리지 못하고 억누른 채였다. 그러나 주의를 기울이면 그가 얼마나 극심한 질투에 사로잡혀 있는지 쉽게 알 수 있었다.

"어머니." 토비는 입술에 침을 묻혔다. "그 인간은 더 이상 이브의 남편이 아니라고 말씀드렸잖아요."

"하지만 이브 언니의 말을 들어보면, 그 사람은 그렇게 생각 안 하는 것 같던데." 제니스가 끼어들었다. "그가 라 방들레트로 돌아왔어."

"그래. 나도 그가 왔다는 소식은 들었어." 토비는 기계적으로 대답했다. 그런 다음 눈가에 그늘을 만들고 있던 손을 치웠다. 그로서는 과격하다 할 수 있는 동작이었다.

"아빠가 살해당한 날 밤에 애투드가 언니의 집으로 쳐들어왔다는 거야." 제니스가 대꾸했다.

"쳐들어왔다고?"

"자기가 살던 집이니까 집 열쇠를 쭉 갖고 있었던 거지. 언니가 옷을 벗고 있을 때 위층으로 쳐들어왔대."

토비는 몸이 굳어버렸다.

어둠 속이라 자세히 보이지는 않았지만 그의 얼굴은 여전히 멍한 상태였다. 토비는 한 걸음 뒤로 물러서다가 벽난로 선반에 부딪혀 잠시 허공을 더듬고는 간신히 정신을 차렸다. 그는 이브를 보기 위해 고개를 돌리려다 그만두었다. 그보다는 좀더 나은 방법을 떠올린 것 같았다.

"계속해봐." 토비는 쉰 목소리로 말했다.

"이건 내 이야기가 아닌걸. 이브 언니한테 직접 물어봐. 언니, 언니가 계속해요! 오빠가 언니 걱정을 하잖아요! 오빠는 여기 없다고 생각하고 말해봐요."

라 방들레트 경찰서장 아리스티드 고롱은 낮은 소리로 사납게 으르렁대더니 깊은 한숨을 토했다. 그러고는 둥글고 특색 없는 얼굴을 가다듬어 상냥한 표정을 지었다. 그는 어깨를 펴고 모자를 벗었다. 힘차게 앞으로 걸음을 내딛자 윤이 나는 마룻바닥 위로 발소리가 울려 퍼졌다.

"저도 여기 없다고 생각하고 말씀하시죠, 닐 부인."

그로부터 십 분 후, 고롱은 의자에 앉아 무언가에 집중한 고양이처럼 몸을 앞으로 굽힌 모습으로 이브를 재촉하고 있었다. 그는 영어로 수식어를 잔뜩 붙여가며 신문을 개시했다. 그러나 흥분해서 스스로도 이해할 수 없는 문장 속에서 헤매다가 끝내 단념하고 프랑스어로 이어나가기로 마음을 바꿨다.

"그런가요, 부인?" 고롱은 손가락 하나를 들어 그녀를 조심스럽게 재촉하는 듯한 손짓을 하며 물었다. "그다음에는요?"

"더 무슨 말을 하란 말인가요?" 이브가 소리쳤다.

"애투드 씨가 열쇠로 문을 열고 몰래 위층으로 올라왔다고 하셨죠. 좋습니다! 그자가 당신을……." 그는 헛기침을 했다. "범하려고 했습니까?"

"그래요."

"물론 당신 의사에 반하는 일이었겠죠?"

"당연하죠!"

"그러시겠죠." 고롱은 그녀를 달랬다. "그래서요, 부인?"

"저는 그 사람에게 품위를 지켜 소란 피우지 말고 돌아가달라고 애원했어요. 모리스 경이 길 건너편 서재에 계셨으니까요."

"그래서요?"

"그 사람이 커튼을 걷었어요. 모리스 경이 아직 서재에 앉아 있는지 확인하려고요. 그래서 저는 불을 끄고……."

"불을 끄셨다고요?"

"그래요, 당연하잖아요!"

고롱이 얼굴을 찌푸렸다. "무례를 용서해주시기 바랍니다, 부인. 하지만 애투드 씨의 열의를 꺾기에는 확실히 이상한 방법 아닌가요?"

"모리스 경이 아는 걸 원치 않았다고 말씀드렸잖아요!"

고롱은 이 말의 의미를 곰곰이 생각해보았다.

"그러니까 부인이 그를 완강하게 거부했던 이유는 다른 사람에게 들킬까 두려워서……."

"아니, 아니에요! 아니라니까요!"

긴 응접실에 드리워진 땅거미가 더욱 짙어갔다. 로스 가족은 밀

랍 인형처럼 꼼짝도 하지 않고 앉거나 서 있었다. 그들의 얼굴에는 표정이 거의 드러나지 않았다. 적어도 속내를 짐작할 수 있는 표정은 눈에 띄지 않았다. 토비는 여전히 벽난로 앞에 서 있긴 했지만, 지금은 난로를 향해 돌아선 채 존재하지도 않는 불꽃을 향해 무의식적으로 손을 뻗고 있었다.

경찰서장은 으르대거나 협박하지 않았다. 그는 여전히 근심스러운 표정이었다. 프랑스 남자인 고롱은 그저 이 당황스러운 상황을 이해하려 애를 쓰고 있을 뿐이었다.

"애투드라는 남자가 두려웠습니까?"

"예, 굉장히요."

"그런데 왜 모리스 경에게 소리를 질러 도움을 청하지 않았습니까? 그렇게 가까운 곳에 있었는데 말입니다."

"말씀드렸잖아요. 그럴 수가 없었어요!"

"당시 모리스 경은 무엇을 하고 있었죠?"

"자리에 앉아 계셨어요." 이브는 참기 힘들 정도로 생생하게 각인되어버린 그때의 광경을 떠올리며 대답했다. "책상 앞에서 돋보기를 쥐고 뭔가를 들여다보며 앉아 계셨어요. 그런데……."

"뭡니까, 부인?"

이브는 '다른 사람이 그분과 함께 있었어요'라고 말을 할 생각이었다. 그러나 그 말이 암시하는 바를 생각하니, 로스 가족 앞에서 차마 입이 떨어지지 않았다. 그녀의 머릿속에서 노인의 입술이 움직이던 모습과 그가 들고 있던 돋보기, 그리고 그의 뒤에 떠올랐던 그림자가 생생하게 되살아났다.

"코담뱃갑이었어요." 이브는 대신 이렇게 말했다. "그분은 그 물건을 살펴보고 계셨죠."

"그때가 몇 시였습니까, 부인?"

"기, 기억나지 않아요!"

"그다음은요?"

"네드가 갑자기 다가왔어요. 저는 그를 뿌리치려고 애를 썼죠. 하인들을 깨워서는 안 된다고 애원하면서요." 그녀는 조금의 거짓도 섞지 않고 진실만을 쏟아냈다. 그러나 사람들은 마지막 말을 듣자 살짝 얼굴빛이 변했다. "이해 못 하시겠어요? 전 하인들도 이런 건 모르길 바랐어요. 그때 전화벨이 울렸죠."

"아!" 고롱이 만족스럽다는 듯 말했다. "그렇다면 시간을 특정 짓기가 쉬워지겠군요." 그는 목을 빼고 주위를 둘러보았다. "로스 씨, 당신이 닐 부인에게 전화했을 때가 1시 정각이었죠?"

토비는 고개를 끄덕였지만 고롱의 질문을 듣고 있던 게 아니었다. 그는 무심한 태도로 이브에게 말했다.

"그렇다면 나와 통화를 하는 내내 그 남자가 당신 방에 있었군요?"

"당신한테 숨긴 건 정말 미안해요!"

"그래요." 제니스는 낮은 의자에 앉아 미동도 없이 동의를 표했다. "계속 숨기고 있었군요."

"옆에 서 있었다니." 토비가 중얼거렸다. "아니면 앉아 있었나? 어쩌면 설마……." 그는 몸을 떨었다. "당신 목소리는 굉장히 침착했는데. 마치 그 빌어먹을 일이 일어나지 않은 것처럼. 한밤중에 잠에서 막 깨어 내 생각으로 머리가 꽉 차 있는 것처럼 굴다니."

"계속 말씀해주시겠습니까?" 고롱이 그의 말을 가로막았다.

"그 후에 저는 그에게 나가달라고 부탁했어요. 하지만 여전히 떠나려고 하지 않았어요. 제가 실수를 저지르는 걸 가만히 보고 있을 수 없다면서요."

"실수라니, 그게 무슨 뜻입니까, 닐 부인?"

"그는 제가 토비와 결혼해선 안 된다고 생각했어요. 그리고 창문으로 몸을 내밀고 건너편의 모리스 경에게 소리를 질러 자기가 제 침실에 있다는 사실을 알리면, 사람들이 사실과 달리 저를 부정한 여자라 여길 거라고 했죠. 네드는 그런 생각에 빠지면 완전히 미친 사람처럼 굴어요. 그가 창가로 향했어요. 저는 그를 쫓았죠. 그런데 창밖을 내다보니……."

이브는 손바닥을 위로 들어 보였다. 더멋 킨로스나 아리스티드 고롱처럼 분위기 변화에 민감한 사람이라면 누구라도, 그녀의 이 행동 뒤에 뒤따르는 침묵은 틀림없이 불길하리라는 사실을 짐작할 수 있었다.

응접실에서는 갖가지 작은 소리만이 들려왔다. 헬레나 로스는 가슴에 손을 얹고 가볍게 기침을 했다. 벤저민 필립스는 신중하게 파이프를 채우고 성냥불을 켰다. 성냥불은 뭔가 할말이 있다는 듯 거친 소리를 내며 피어올랐다. 제니스는 여전히 미동도 하지 않았지만, 커다랗고 천진한 갈색 눈에서 이 분위기가 무엇을 뜻하는지 천천히 깨닫는 듯한 기색이 엿보였다. 그러나 정작 입을 연 사람은 토비였다.

"창밖을 내다봤군요?" 그가 추궁하듯 물었다.

이브는 강하게 고개를 끄덕였다.

"언제였죠?"

"그 직후에⋯⋯."

이브는 그 이상 이야기할 필요가 없었다. 속삭이는 듯한 목소리가 여기저기서 그녀에게 날아들었기 때문이다. 마치 습격을 당하거나 유령이라도 불러낼까 봐 감히 크게 말할 엄두를 못 내는 것 같았다.

"뭘 보진 못했지?" 헬레나가 운을 띄웠다.

"누구라도?" 제니스가 대답을 유도했다.

"뭐라도?" 벤 삼촌이 중얼거리듯 말했다.

구석 자리에 조용히 앉아 있는 더멋을 주목하는 사람은 아무도 없었다. 그는 주먹으로 턱을 괴고 이브 닐에게서 절대로 눈을 떼지 않고 있었다. 그녀가 주저주저하며 꺼내는 납득할 수 없는 이야기의 기저에 어떤 의미가 깔려 있는지 알아내기 위해 더멋은 골치가 아플 정도로 집중하는 중이었다.

이브 닐의 정신 분석 항목에는 다음의 내용을 기입할 수 있었다. 갑상선 기능이 활발한 유형. 상상력이 풍부함. 암시에 걸리기 쉬움. 온화하고 너그러운 성격이며 그 때문에 손해를 볼 수도 있음. 자신에게 친절한 사람에게 매우 충직함. 그렇다. 이 여성은 그래야 할 이유만 충분하다면 능히 살인을 저지르고도 남을 사람이었다. 그리고 여기까지 생각하자, 그녀에 대한 이러한 생각이, 자신이 지난 이십 년간 감정 주변에 만들어놓은 강력한 보호막을 찌르고 그에 부딪쳐 오는 것을 알아차렸다.

그는 황갈색 천을 씌운 커다란 안락의자에 앉은 이브를 주시했다. 그녀가 의자 팔걸이를 손가락으로 꽉 쥐었다가 놓는 모습도 지켜보았다. 그녀의 여린 얼굴과 긴장으로 살짝 떨리는 목, 꼭 다문 입술도 놓치지 않았다. 그녀의 이마에 잡힌 가느다란 주름을 보니 절망적인 질문에 애써 평정을 유지하려는 것 같았다. 더멋은 토비를 보고 있던 그녀의 회색 눈이 제니스에게로 옮겨갔다가, 다음에는 헬레나와 벤 삼촌에게로, 그다음 다시 토비에게로 돌아가는 모습을 지켜보았다.

이 여자는 거짓말을 할 작정이로군. 더멋은 생각했다.

"아니에요!" 이브가 부르짖었다. 결심을 굳힌 듯 그녀의 몸이 경직되었다. "우리는 아무도 못 봤어요. 아무것도요."

"'우리'라니." 토비가 한 손으로 벽난로 선반을 내리치며 말했다. "'우리'는 아무것도 못 봤다고!"

고롱이 눈짓으로 그의 입을 다물게 했다.

"하지만 부인은 뭔가 목격하신 것 같은데요." 고롱은 치명적인 붙임성을 발휘하며 그녀를 몰아붙였다. "모리스 경은 사망한 상태였나요?"

"그래요!"

"그의 모습을 똑똑히 보셨습니까?"

"그래요!"

"그렇다면 부인은 어떻게 그때가 그가 살해당한 '직후'라는 사실을 아셨죠?"

"정확히 그런 뜻으로 한 말은 아니에요." 이브는 잠시 주저하다가 대답했다. 그녀의 회색 눈은 이제 고롱을 똑바로 쳐다보고 있었다. 그녀의 가슴이 천천히 솟아올랐다가 가라앉았다. "그때가 틀림없다고 추측했을 뿐이랍니다."

"말씀 계속하시죠." 고롱은 허공에서 손가락을 튕기며 나직이 말했다.

"가여운 로스 부인이 서재로 들어와 비명을 지르기 시작했어요. 제가 네드에게 나가달라고 한 건 바로 그때였고요. 지금 한 이야기는 사실이에요."

"아하? 그렇다면 그전에 말씀하신 건 사실이 아니었나요?"

"사실이라니까요! 그렇다고 말씀드렸잖아요! 그러니까 상황이 너무 심각해져서, 그도 이제 돌아가야겠다고 생각한 게 바로 그때였다는 뜻이에요. 저는 그가 떠나기 전에 열쇠를 돌려받아서 잠옷 주머니에 집어넣었어요. 네드가 아래로 내려가다가······." 여기까지 이야기를 하던 이브는 자신이 털어놓아야 하는 내용이 기괴하다 못해 거의 부조리하기까지 하다는 사실을 깨달은 것 같았다.

"그 사람이 아래로 내려가다가 계단에서 미끄러져서 코를 다쳤어요."

"코를 말입니까?" 고롱이 되물었다.

"그래요. 피가 났어요. 제가 그 사람한테 손을 대서 제 손에 피가 묻고 옷에도 튀었던 거예요. 여러분이 그렇게 법석을 떠는 피는 사실 네드 애투드의 피예요."

"정말입니까, 부인?"

"제게 확인하실 필요는 없잖아요! 네드에게 물어보세요! 사람은 좀 덜됐을지 몰라도 제가 이렇게 곤란한 상황에 처했는데 모른 척하진 않을 거예요. 그 사람이 제가 한 말을 확인해줄 거예요."

"그가 그렇게 해줄까요, 부인?"

이브는 재차 강하게 고개를 끄덕였다. 그런 다음 재빠르게 자신을 둘러싼 사람들에게 애원하고 간청하는 듯한 눈빛을 보냈다. 더멋 킨로스의 판단으로 이 여자는 연막을 치고 있었다. 기묘하면서도 지독한 느낌이 들었다. 그는 평생 동안 한 번도 이런 느낌을 받아본 적이 없었다. 그러나 머릿속에서 냉정하게 추론한 바에 따르면, 중간에 머뭇거렸던 순간을 제외하면 이브는 사실을 말하고 있었다.

"애투드 씨 말입니다만." 경찰서장이 말을 이었다. "그가 계단에서 미끄러져 코를 다쳤다고 말씀하셨죠. 다른 데는 다치지 않았습니까?"

"다른 데라니요? 무슨 말씀이신지 모르겠어요."

"예를 들어 머리를 다치지는 않았나요?"

이브는 얼굴을 찌푸렸다. "잘 모르겠어요. 그랬다 한들 놀랄 일은 아니지만요. 높고 가파른 계단이라 굉장히 호되게 굴러떨어졌거든요. 너무 어두워서 어디를 어떻게 다쳤는지 보이지 않았어요. 하지만 적어도 코피를 흘린 건 확실해요."

고롱은 그런 대답을 예상했다는 듯 희미한 미소를 보였다.

"계속하시죠, 부인."

"저는 뒷문으로 그를 내보……."

"왜 뒷문이었습니까?"

"거리엔 경찰이 가득했으니까요. 네드는 뒷문으로 떠났어요. 그러고 나서였어요. 저희 집 뒷문 현관에는 자동 자물쇠가 달려 있어요. 제가 현관 밖에 서 있는 동안 바람이 불어 문이 닫히는 바람에 안으로 들어갈 수 없게 된 거예요."

잠시 침묵이 흐르는 사이, 로스 가족은 저마다 흥미로운 시선을 교환했다. 이윽고 헬레나 로스가 조심스러운 말투로 이의를 제기했다. 목소리는 여전히 쌕쌕거렸다.

"분명히, 얘야, 네가 잘못 안 게 아니니?" 그녀가 따져 물었다. "바람 때문에 문이 잠겼다고? 정확히 기억하는 거니?"

"그날 밤 내내 바람 한 점 불지 않았는데요." 제니스가 끼어들었다. "극장에서 그 이야기를 했잖아요."

"아, 알아요."

"그렇다면 설마!" 헬레나가 말했다.

"저도 같은 생각을 했어요. 시간이 지나고 나서 진짜 원인이 뭔지 고민해보다가, 누군가 고의적으로 문을 잠갔을지도 모른다는 생각이 떠올랐죠."

"어허?" 고롱이 말했다. "누가 말입니까?"

"이베트요. 제 하녀 말이에요." 이브는 의자에 앉은 채 주먹을 불끈 쥐고 온몸을 떨었다. "그녀는 왜 그렇게 저를 싫어할까요?"

고롱은 눈썹을 한층 더 치켜세웠다.

"정리 좀 해보겠습니다, 부인. 이베트 라투르가 고의적으로 안에서 문을 잠가서 당신을 못 들어오게 했다고 의심하는 겁니까?"

"제가 무슨 말을 하는지도 모를까 봐요! 저도 무엇 때문이었는지 알아내려고 기를 쓰고 있다고요."

"우리도 그렇습니다, 부인. 이 흥미로운 이야기를 계속해보도록 하죠. 그래서 뒤뜰에 계셨다고요?"

"이해 못 하시겠어요? 문이 잠겨 있었어요! 안으로 들어갈 수가 없었어요."

"들어갈 수 없었다고요? 맙소사! 그저 문을 두드리거나 초인종을 누르기만 하면 되지 않습니까?"

"하인들을 깨우는 일만큼은 하고 싶지 않았어요. 이베트를 깨우는 상상만으로도 참을 수가……."

"그렇다면 그녀가 깨어 있다가, 어떤 이유에서인지는 몰라도 부인을 집에 들어오지 못하게 하려고 문을 잠갔다는 거군요." 고롱은 연민이 섞인 허허로운 소리를 냈다. "마음 상하지 않으셨으면 좋겠습니다. 저는 부인을 속이거나 함정에 빠뜨리려는 게 아닙니다. 이런 표현을 써도 될지 모르겠지만, 증언한 사실을 규명해보려는 것뿐입니다."

"하지만 말씀드린 게 전부예요!"

"전부라고요?"

"잠옷 주머니에 앞문 현관 열쇠가 있다는 사실이 기억났어요. 그래서 몰래 앞뜰로 돌아가 안으로 들어갈 수 있었죠. 그러다가 허리끈을 잃어버린 거예요. 어디서 떨어뜨렸는지도 모르겠어요. 나중에서야…… 그러니까 가운을 빨면서 비로소 알아차렸으니까요."

"아하!"

"분명 허리끈도 찾아내셨을 테죠?"

"그렇습니다, 부인. 다른 이야기를 해서 죄송합니다만, 방금 하신 이야기로는 설명할 수 없는 사소한 문제가 하나 있습니다. 부인의 가운 레이스에 붙어 있던 마노 조각 말입니다."

이브는 조용히 입을 열었다.

"저는 전혀 모르는 일이에요. 부디 제 말을 믿어주셔야 해요."
그녀는 두 손으로 눈을 가렸다가 손을 뗐다. 그러더니 듣는 사람을
매혹시킬 만큼 신실한 태도로 열정적으로 말했다. "그 이야기는 처
음 들었어요! 맹세하건대 집으로 돌아왔을 때 그런 건 붙어 있지 않
았어요. 말씀드렸다시피 세탁하려고 가운을 벗었으니까요. 누군가
나중에 그걸 붙여놓았다고밖에는 생각할 수 없어요."

"붙여놓았다고요." 고롱의 대답은 의견이라기보다는 질문에 가
까웠다.

이브는 웃기 시작했다. 그녀는 수상쩍은 눈초리로 사람들 얼굴
을 하나씩 바라보았다.

"절 살인범이라고 생각하시는 건 아니죠?"

"솔직히 말씀드리자면 부인, 그런 터무니없는 생각은 진작 해봤
었지요."

"저는…… 모르시겠어요? 제 말이 사실이라는 걸 전부 증명할
수 있어요!"

"어떻게 말입니까, 부인?" 경찰서장은 질문을 던지며, 깔끔하게
다듬은 손톱으로 의자 옆에 놓인 탁자를 두드리기 시작했다.

이브는 다른 사람들에게 호소했다.

"죄송해요. 네드가 제 방에 있었다는 걸 알리고 싶지 않아서 여

러분에게 사실을 말씀드리지 못했어요!"

"그 점은 이해할 수 있어요." 제니스의 목소리에는 아무런 감정도 실려 있지 않았다.

"하지만 이건⋯⋯." 이브는 두 팔을 활짝 벌렸다. "이건 너무나 얼토당토않은 소리라서 무슨 말을 해야 할지도 모르겠어요. 마치 한밤중에 잠자리에서 불려 나와 알지도 못하는 사람을 살해했다고 추궁당하는 기분이에요. 만일 제 이야기를 증명할 수 있다는 사실을 몰랐다면, 저는 무서워서 죽어버렸을 거예요."

"괴로우시겠지만 이 질문은 다시 드려야겠습니다." 고롱이 말했다. "어떻게 증명하실 생각입니까?"

"당연히 네드 애투드가 증언해줄 테니까요!"

"아." 경찰서장이 말했다.

그는 굉장히 계획적으로 움직였다. 우선 코트 옷깃을 세워 단춧구멍에 꽂힌 하얀 장미 향기를 들이마셨다. 눈은 마룻바닥 중간쯤에 못박힌 채였다. 그다음에는 대수롭지 않다는 듯한 손짓을 했다. 그러나 무겁게 찌푸린 그의 얼굴에는 그 어떤 감정도 드러나지 않았다.

"말씀해보시죠, 부인. 이 이야기를 지어내는 데 일주일이 꼬박 걸렸나요?"

"아무것도 지어내지 않았어요! 이런 이야기는 오늘 처음 들었다고요. 전 사실대로 말씀드렸어요!"

고롱은 눈을 치켜떴다.

"부인, 혹시 이번 주에 애투드 씨를 한 번이라도 봤습니까?"

"물론 한 번도 없어요!"

"아직도 그 사람을 사랑해요, 이브 언니?" 제니스가 낮은 목소리로 물었다. "그 남자를 아직 사랑하느냐고요?"

"아니, 얘야. 당연히 아니고말고." 헬레나가 달래듯 말을 받았다.

"정말 감사드려요." 그리고 이브는 토비를 바라보았다. "당신에게 이 말까지 해야 할까요? 난 죽을 정도로 그를 혐오해요. 평생 이처럼 누군가를 경멸해본 적이 없어요. 다시는 눈도 마주치고 싶지 않을 정도라고요."

"부인께서 그를 다시 만날 것 같진 않습니다." 고롱이 부드럽게 말했다.

사람들은 모두 고개를 돌려 경찰서장을 바라보았다. 시선을 떨어뜨리고 마룻바닥을 탐색하던 고롱이 눈을 치켜떴다.

"애투드 씨가 부인의 이야기를 입증해주고 싶다 한들, 그럴 수 없는 상태라는 걸 확실히 아시지 않습니까?" 고롱의 목소리가 날카로워졌다. "애투드 씨가 뇌진탕으로 쓰러져 동종 호텔에 누워 있다는 사실을 모르시진 않을 테지요?"

이브가 깊숙이 앉아 있던 의자를 박차고 벌떡 일어서기까지는 약 십 초 정도가 걸렸다. 그녀는 경찰서장을 되쏘아보았다. 더멋은 이브가 회색 실크 블라우스와 검정 스커트 차림이라는 사실을 비로소 눈치챘다. 그 옷차림은 분홍빛 혈색이 도는 새하얀 피부와 대조를 이뤘다. 그러나 그녀의 몸속에 뻗은 모든 신경 다발과 그녀의 머릿속에 떠오르는 모든 생각에 주의를 집중하고 있던 더멋은 새로운 감정이 흘러나오는 것을 느꼈다.

지금까지 이브는 자신에게 씌워진 혐의는 빈약하고 모순적인 농담에 지나지 않는다고 생각했다. 그러나 이제는 갑자기 다른 생각이 들기 시작했다. 모든 상황이 어떤 방향으로 이어지고 있는지 알아차린 것이었다. 그렇게 될 리가 없었던 일이 실제로 일어나고 있었다. 이브는 경찰서장의 단조로운 손짓과 온화한 말 속에서 치명적인 위험이 흘러나와 자신의 목전에까지 도달했다는 사실을 깨달았다.

"뇌진탕이라면……." 그녀가 입을 열었다.

고롱은 고개를 끄덕였다.

"일주일 전, 새벽 1시 30분이었습니다. 애투드 씨는 동종 호텔 로비로 걸어 들어왔습니다. 엘리베이터를 타고 방으로 올라가던 도중에 쓰러지고 말았죠."

이브는 두 손으로 관자놀이를 감쌌다.

"제 집에서 나가려다 일어난 일이었어요! 굉장히 어두웠다고요. 앞이 보이지 않았어요. 머리를 부딪힌 건 분명……." 그녀는 잠시 말을 멈췄다가 덧붙였다. "불쌍한 네드!"

토비 로스는 주먹으로 벽난로 선반을 내리쳤다.

정중한 고롱의 얼굴 위로 희미하게 빈정대는 미소가 비집고 올라왔다.

"불행하게도 애투드 씨는 도로에서 자동차에 치여 연석에 머리를 부딪혔다고 설명할 때까지는 의식이 있었습니다. 그게 그의 마지막 말이었죠."

고롱은 손가락으로 허공에 가볍게 선을 그었다. 마치 중요한 대목에 조심스럽게 밑줄을 치는 듯한 모습이었다.

"이제 애투드 씨가 어떤 증언도 하기 힘들 거라는 사실을 이해하시겠지요? 회복하기 어려울 것 같더군요."

고롱은 확신이 없어 보였다.

"어쩌면 부인에게 말씀을 드리지 말았어야 했는지도 모릅니다. 예. 제가 경솔하게 굴었죠. 경찰은 보통 용의자를 체포하기 전에는 솔직하게 이야기해주지 않으니까요."

"체포하신다고요?" 이브가 비명을 질렀다.

"그렇게 되리라 경고할 수밖에 없군요, 부인."

감정이 극도로 고조되었다. 다른 사람들도 더 이상 프랑스어로 대화를 나누고 있을 수만은 없었다.

"그럴 수는 없어요." 헬레나가 눈물을 흘리며 쌕쌕거렸다. 그녀는 아랫입술을 반항적으로 삐죽 내밀었다. "영국 국민에게 그런 짓을 할 수는 없어요. 불쌍한 모리스는 영사님과 절친한 사이였어요. 마찬가지로 이브도…….”

“그 설명으로는 충분하지 않아요!” 제니스가 당황해서 외쳤다. “코담뱃갑에서 떨어져나온 조각 말이에요. 그리고 애투드 씨가 두려웠다면 왜 소리를 질러 도움을 청하지 않았죠? 나라면 그렇게 했을 거예요.”

토비는 우울한 표정으로 벽난로 앞의 철망을 걷어찼다.

“내가 전화했을 때 그 남자가 방안에 함께 있었다는 건 아무리 해도 이해가 안 돼.”

벤 삼촌은 아무 말도 하지 않았다. 워낙 말수가 적은 사람이었다. 육체노동을 하던 사람이어서 자동차를 수리하거나 나무를 깎아 장난감 배를 만들거나 기술자 뺨치게 도배를 하는 일 등이 그의 전문 분야였다. 그는 여전히 다과용 손수레 옆에 남아 파이프 담배를 피우고 있었다. 이따금 이브에게 희미한 응원의 미소를 보내기도 했지만 대부분의 시간 동안은 온화한 눈에 걱정스러운 빛을 담은 채 계속해서 고개를 저을 뿐이었다.

“그래서.” 고롱은 영어로 말을 이었다. “이브 닐 부인을 체포하는 문제 말입니다만…….”

“잠깐만 기다리게.” 더멋이 말했다.

더멋이 입을 열자 다들 깜짝 놀라고 말았다.

사람들은 지금까지 그의 모습을 보지 못하고 있었다. 적어도 그가 피아노 옆 어두운 구석에 앉아 있다는 사실은 알아차리지 못했다. 이제 이브의 시선은 완전히 그에게 매달려 있었다. 더멋은 얼굴 반쪽이 사라진 채 살아가야 한다는 사실을 알게 되었을 때 얻은 해묵은 공포와 강한 자의식 때문에 잠시 저릿한 느낌을 받았다. 그것은 불운한 시절의 유산이었다. 정신적인 고통이야말로 세상에서 가장 견디기 힘든 고통임을 깨달아 이 직업을 택했던 시절의 유산이었다.

고롱은 벌떡 일어섰다.

"이런, 맙소사!" 그는 연극 대사를 낭독하는 듯한 투로 말했다. "잊고 있었군! 이봐, 친구! 부디 내 결례를 용서하게나. 내가 흥분한 나머지……."

이쯤에서 서장은 손을 뻗어 더멋을 가리켰다.

"영국에서 온 제 친구, 킨로스 박사를 소개하겠습니다. 이분들이 내가 자네에게 말했던 분들이라네. 이쪽은 로스 부인이시고, 차례대로 부인의 오라버니와 따님, 아드님일세. 그리고 이쪽이 닐 부인이라네. 처음 뵙겠습니다, 안녕하십니까? 자, 인사는 다 했다고 칩시다."

토비 로스는 몸이 얼어붙어버린 듯했다.

"영국분이십니까?" 그가 물었다.

"그렇습니다." 더멋은 미소를 지었다. "영국인이지요. 하지만 그 때문에 걱정하실 필요는 없습니다."

"전 당신이 고롱 서장님의 부하라고 생각했습니다." 토비는 불만에 가득찬 목소리로 말했다. "빌어먹을, 우리는 대화를 나누던 중이었는데요." 그는 주변을 둘러보았다. "속내를 터놓고 말입니다."

"아니, 그게 중요해?" 제니스가 말했다.

"대단히 죄송합니다." 더멋이 사과했다. "제가 이곳에 함부로 온 것은……."

"제가 부탁했습니다." 고롱이 설명했다. "사적으로 킨로스 박사는 런던 빔폴 스트리트에 개업한 뛰어난 의사입니다. 그러나 공적으로는, 제가 아는 한 세 명의 강력 범죄자를 체포한 경력이 있지요. 그중 한 번은 코트 단추가 잘못 채워져 있었기 때문이고, 또 한 번은 범인의 말버릇 때문이었습니다. 아시겠지만 박사는 심리적인 문제를 다룹니다. 그래서 제가 여기에 와달라고……."

더멋은 이브를 똑바로 바라보았다.

"제 친구 고롱 서장이 당신에게 불리한 증거의 신빙성에 대해 다소 의구심을 품고 있기 때문입니다, 닐 부인."

"이봐, 친구!" 경찰서장은 화가 나 책망하듯 외쳤다.

"그게 아니었나?"

"꼭 그런 건 아니라네." 고롱은 사뭇 불길한 투로 대답했다. "더이상은 말이지."

"하지만 제가 여기 온 진짜 이유는, 그리고 도움이 되길 바라는 이유는 제가 예전에 남편분을 만나뵌 적이……."

"모리스와 아는 사이인가요?" 더멋이 헬레나를 바라보자 그녀가 외쳤다.

"그렇습니다. 제가 형무소 일을 하던 때였습니다. 남편분께서는 형무소 환경 개선에 지대한 관심을 보여주셨지요."

헬레나는 고개를 설레설레 흔들었다. 그녀는 예상하지 못한 손님의 방문이 당혹스러웠지만 의자에서 벌떡 일어나 환영 인사를 건네려 했다. 그러나 요 일주일 동안 일어난 일은 확실히 그녀에게 너무 부담스러웠다. 그리고 늘 그랬듯이 모리스의 이름만 들으면 눈물이 흘러나왔던 것이다.

"모리스는 단순히 관심을 가진 수준 이상이었어요. 형무소에 수감된 사람들, 그러니까 재소자를 상대로 연구를 하곤 해서 그들에 관해 모르는 게 없었어요. 그들은 그이에 대해 알지 못했지만요. 아시다시피 그이는 그 사람들에게 도움을 주면서도 아무런 대가를 바라지 않았으니까요." 헬레나의 말투에는 점차 심통이 섞이기 시작했다. "이것참, 내가 무슨 말을 하고 있담? 그런 생각을 품어봤자 아무런 도움도 못 되는데. 그렇지 않나요?"

"킨로스 박사님." 제니스가 작지만 또렷한 목소리로 말을 걸었다.

"예?"

"경찰이 정말 이브 언니를 체포할 작정인가요?"

"그러지 않기를 바랍니다." 더멋은 차분히 대답했다.

"그러지 않기를 바라신다고요? 왜죠?"

"그렇게 되면 저는 여기서 랜디드노*까지 가는 내내 제 오랜 친구와 싸워야 하기 때문이지요."

"이브 언니가 하는 말을 들으셨잖아요. 저희가 어떻게 생각하는지는 신경쓰지 마시고, 박사님은 어떻게 생각하세요? 그 말을 믿으시나요?"

"그렇습니다."

고롱의 얼굴은 정중하게 화를 낸다는 것이 무엇인지 보여주고 있었다. 그러나 그는 아무 말도 하지 않았다. 근심 걱정 없어 보이는 더멋의 분위기는 주변으로 뻗어나가 사람들의 신경 다발을 끌어내어, 자신도 모르게 좀더 편안한 기분이 들도록 만들었다.

"마음 편하게 들을 이야기는 아니군요. 우리는 전혀 그럴 수가 없습니다." 토비가 말했다.

"물론 그러시겠죠. 하지만 닐 부인 역시 매우 난처하실 거란 생각은 안 드십니까?" 더멋이 물었다.

"결국 알지도 못하는 사람을 끌어들이고 말았군. 빌어먹을!" 토비가 말했다.

"죄송합니다. 그럼 저는 물러나겠습니다."

토비는 극심한 갈등을 겪는 것처럼 보였다. "가주셨으면 해서 드린 말씀은 아닙니다." 그가 으르렁댔다. 사근사근하던 얼굴은 이제 의혹과 불안에 시달리는 듯했다. "모든 일이 너무 갑작스럽게 일어나서 그렇습니다! 일터에서 돌아온 남자가 겪어야 할 일은 아니잖습니까? 그런데 방금 생각났는데, 예전에 당신과 만났다는 친구를 알고 있습니다. 혹시…….”

더멋은 가급적 이브 쪽은 바라보지 않으려 노력했다.

그녀는 도움이 필요했다. 두려움과 불안함 때문에 속이 메스꺼우면서도 의자 옆에 서서 두 손을 쥐고 토비를 시야에서 놓치지 않으려 애를 썼다. 심리학자가 아니더라도 그녀가 바라는 건 그에게서 안심이 되는 말을 듣는 것뿐임을 쉽게 알 수 있었다. 그러나 이브는 그런 말을 듣지 못했다. 그 모습을 보자, 더멋 킨로스는 알 수 없는 분노가 끓어올랐다.

“제가 솔직하게 말하길 바라십니까?” 더멋이 물었다.

토비는 마음 깊은 곳에서는 그러지 않았을지 몰라도, 겉으로는 고개를 끄덕였다.

“흠.” 더멋이 미소를 지었다. “결정을 내리셔야 할 것 같군요.”

“결정을 내리다니요?”

“그렇습니다. 닐 부인은 부정한 행동을 했을까요, 아니면 살인을 저질렀을까요? 아시다시피 둘 다 유죄일 수는 없으니까요.”

토비는 입을 떡 벌렸다가 다물었다.

더멋은 사람들을 차례로 돌아보며, 토비에게 말을 걸었을 때와 마찬가지로 무겁고 인내심 있는 어조로 이야기를 계속했다.

“그 점을 잊고 계셨던 것 같군요. 처음에는 부인에게 전화를 걸었을 때 애투드와 한방에 있었다는 사실을 생각만 해도 견딜 수 없다고 말씀하셨습니다. 그다음에는 코담뱃갑에서 떨어져나온 조각이 어떻게 부인의 가운에 달라붙게 되었는지 설명을 요구하셨죠. 당신이 그녀의 친구라면, 양쪽 모두에 대한 해명을 바라는 것은 닐 부인에게 너무 가혹한 일 같습니다.

그러니 결정을 내리셔야 합니다, 로스 씨. 저로서는 타당한 동기를 발견할 수 없습니다만, 만약 닐 부인이 당신의 아버지를 살해하기 위해 이 집으로 숨어들었다면 애투드가 그녀의 침실에서 그녀와 함께 있었을 리 없습니다. 그렇다면 부정에 대한 이야기에 충격을 받을 이유는 없을 겁니다. 그리고 만약 애투드가 함께 침실에 있었다면, 이는 분명 닐 부인은 이곳에 와서 당신의 아버지를 살해하지 않았다는 뜻입니다." 그는 잠시 말을 멈췄다. "어느 쪽을 택하시겠습니까, 로스 씨?"

더멋의 우아하고 정중한 말투가 화살처럼 날아와 토비에게 꽂혔다. 그의 말을 듣자 사람들은 모두 지금이 어떤 상황인지 깨달을 수 있었다.

"박사, 잠시 둘이서만 이야기를 나눴으면 하는데." 고롱은 크지만 흔들림 없는 목소리로 말했다.

"그러게나."

"부인께서 괜찮으시다면……." 고롱은 고개를 돌려 헬레나를 바라보며 한층 더 큰 목소리로 말했다. "킨로스 박사와 잠시 현관에서 이야기를 나눠도 되겠습니까?"

그는 대답을 기다리지 않았다. 고롱은 더멋의 팔을 단호하게 붙잡고 학교 선생님처럼 응접실을 가로질러 성큼성큼 걸어갔다. 그는 복도로 통하는 문을 열고 더멋에게 앞장서라는 손짓을 한 다음 응접실에 남아 있는 사람들에게 짧게 목례를 하고 밖으로 나갔다.

복도는 어두컴컴했다. 고롱이 전등 스위치를 올리자 빨간 양탄자가 깔린 돌계단 위로 회색 타일을 붙인 아치형 입구가 환하게 빛났다. 경찰서장은 씨근거리며 모자와 지팡이를 현관 옷걸이에 걸었다. 그는 영어로 하는 대화를 따라가는 데 다소 곤란을 겪었기 때문에, 문이 닫힌 것을 확인하자마자 더멋에게 성난 프랑스어로 퍼부어댔다.

"이봐, 친구. 실망이 이만저만 아닐세!"

"진심으로 사과하겠네."

"자네는 날 배신했어. 자네를 여기 데려온 이유는 도움을 얻으려는 거였어. 그런데 세상에, 무슨 짓인가? 왜 그런 행동을 했는지 말해주겠나?"

"그 여자는 무죄일세."

고롱은 빠른 걸음으로 복도를 서성거렸다. 그러다가 걸음을 멈추고 프랑스인 특유의 도무지 이해가 가지 않는다는 표정으로 더멋을 바라보았다.

"그건 머리로 생각한 건가, 아니면 가슴에서 나온 건가?" 그는 점잖게 물었다.

(누가 이 친구가 틀렸다고 말해줘!)

"말해보게나! 난 적어도 자네만큼은 닐 부인의 매력에 휘둘리지 않고 과학적 사실을 전도할 거라고 생각했다네. 과학적 사실이라는 말은 자네가 쓴 표현 아니었나? 이 여자는 공공의 적이란 말일세!"

"내가 말했을 텐데. 나는……."

고롱은 측은한 얼굴로 그를 바라보았다.

"이보게, 박사. 난 탐정이 아니야. 아니, 아니, 아니란 말이야! 하지만 지지폼폼*에 대해서는 좀 달라. 어둠 속에서 삼 킬로미터나 떨어져 있어도 지지폼폼은 대번에 알아볼 수 있다고."

더멋이 그의 눈을 바라보았다. "내 명예를 걸고 맹세하건대, 난 그녀가 유죄가 아니라고 생각하네." 그는 진실하게 받아쳤다.

"그녀의 이야기를 믿는다는 말인가?"

"뭐 틀린 점이라도 있나?"

"이보게, 박사! 지금 나한테 묻는 건가?"

"그렇다네. 애투드라는 남자는 계단에서 굴러떨어져 머리를 부딪혔어. 정신과 전문의로서 하는 말이네만, 닐 부인의 묘사는 확실히 그녀다웠지. 게다가 머리엔 상처 하나 없이 코에서 피를 흘리는 건 뇌진탕의 가장 확실한 증상이라네. 애투드는 일어나면서 자신이 크게 다치지 않았다고 생각했겠지. 그래서 호텔까지 걸어갔다가 그곳에서 쓰러졌을 테고. 이 또한 뇌진탕을 일으켰을 때의 전형적인 특징이지."

"'전형적인'이라는 것 말인데……." 고롱은 골똘히 생각에 잠긴 듯했다. 그러나 그에 대해서는 더이상 생각하지 않기로 했다.

"자네 말은, 애투드가 거짓말을 했다는 뜻인데?"

"안 될 것도 없지. 그는 자신이 위험한 상태임을 깨달았네. 그리고 닐 부인이나 뤼 데 앙주에서 일어난 사건과 자신이 절대 연관되어서는 안 된다는 걸 알 정도의 지각은 있었지. 그녀가 용의자로 의심받으리라는 사실을 애투드가 어떻게 알았겠나? 도대체 누가 그걸 예측할 수 있었겠어? 그래서 그는 엉겁결에 차에 치였다는 이야기를 꾸며낸 걸세."

고롱은 얼굴을 찌푸렸다.

"물론 모리스 로스 경의 혈액 표본과 닐 부인의 허리띠, 가운에서 채취한 혈액은 비교해봤을 테지?"

"당연하지. 양쪽 다 같은 혈액형이었다네."

"무엇이었나?"

"O형이었어."

더멋은 눈썹을 치켜세웠다. "그리 좋은 소식은 아니군, 그렇지? 가장 흔한 혈액형이니까. 유럽인의 사십일 퍼센트가 여기에 속하지. 애투드의 혈액도 검사해봤나?"

"당연히 안 했지! 그걸 왜 했겠나? 닐 부인이 한 이야기는 지금 처음 들었단 말일세!"

"그렇다면 검사해보게. 만약 다른 혈액형으로 판명된다면 그 이야기는 자동적으로 거짓이라는 게 입증되지 않겠나?"

"아!"

"반면 그자 역시 O형이라면, 적어도 닐 부인이 말한 내용을 소극적으로나마 확인시켜주는 셈이지. 어떤 경우든 정의를 위해서, 그 여자를 감옥에 처넣고 보다 우아한 방식으로 고문하기 전에 미리 시험해봐야 하지 않겠나?"

고롱은 다시 복도를 서성거리기 시작했다.

"나로서는 닐 부인이 애투드가 자동차 사고를 당했다는 소식을 듣고 이야기를 끼워 맞췄다고 생각하고 싶네. 그자 역시 상사병에 걸렸다는 걸 명심하도록 하게! 만약 애투드가 깨어나면 그녀가 무슨 말을 하든 그 말이 옳다고 증언할 걸세."

더멋은 마음속으로는 그의 말이 지독하리만큼 그럴듯함을 인정해야 했다. 자신의 주장이 옳다고 맹세까지 했지만, 만약 자신이 틀렸다면? 모든 것이 이브 닐이 남긴 충격적인 인상 탓이었다. 더멋은 이제 그녀의 존재감을 머릿속에서 지울 수가 없었다.

드러난 물적 증거에 의한 추론과는 대조적인 그의 판단과 본능 및 인간의 행동 논리에 비추어 볼 때, 그는 자신의 판단이 절대 틀릴 리 없다는 강한 확신을 가지고 있었다. 그리고 자신이 그러한 공격과 계략에 일일이 맞서 싸우지 않는다면 경찰은 이 여자를 살인 혐의로 피고석에 세울 터였다.

"동기는?" 그는 넌지시 말했다. "극히 작은 동기라도 알아낸 게 있나?"

"동기 따윈 집어치워!"

"자, 자! 그런 태도는 자네답지 않아. 그녀는 왜 모리스 로스 경을 살해했을까?"

"아까 오후에 말하지 않았나." 고롱이 되받았다. "그래, 아직은 가설에 불과해. 하지만 말이 되는 이야기야. 모리스 경은 살해당한 날 오후에 닐 부인에게 불리한 극악무도한 이야기를 들었을 거야."

"그러니까 무슨 이야기를 들었을까?"

"어떻게 그런 것까지 일일이 알 수 있겠나?"

"그렇다면 왜 그런 주장을 하지?"

"박사, 조용히 내 말을 듣게! 다들 말했다시피 노인은 집에 돌아왔을 때 심기가 불편했어. 그리고 허레이쇼, 그러니까 토비와 이야기를 나눴지. 두 사람 모두 감정이 격해진 상태였어. 새벽 1시에 허레이쇼는 닐 부인에게 전화를 걸어 아버지에게 들은 이야기를 한 걸세. 닐 부인 역시 감정이 격해져서 이 집으로 건너왔고, 모리스 경과 이 문제에 대해 논쟁을 벌이다가……."

"아, 그렇다면 자네 역시 두 가지 일이 전부 일어났다고 믿고 싶은 건가?" 더멋이 끼어들었다.

고롱은 그를 향해 눈을 깜빡였다.

"뭐라고?"

"절대로, 그런 일은 일어나지 않았다는 사실을 깨닫게 될 걸세.

언쟁 같은 건 없었다네. 고성도 오가지 않았고 의견 대립도 없었어. 자네 이론에 따르면, 살인범은 귀먹은 노인 뒤로 조용히 다가가서 그가 사랑스러운 코담뱃갑에 정신없이 빠져 있는 사이에 아무런 경고도 없이 내리친 거야. 내 말이 맞지?"

고롱은 머뭇거렸다. "사실상⋯⋯."

"좋아. 자네는 닐 부인이 범행을 저질렀다고 했어. 그녀가 왜 그랬을까? 모리스 경이 그녀에 대해 뭔가를 알아냈고, 그 사실을 알게 된 토비가 그녀에게 전화를 걸어 알려줬기 때문이지?"

"어느 정도는 사실일⋯⋯."

"생각해보게. 내가 한밤중에 자네한테 전화해서 이렇게 말했다고 쳐. '고롱, 예심 판사가 말하기를 자네가 독일 스파이라는 사실이 들통나서 총살당할 거라더군.' 그러면 자네는 내가 이미 아는 사실이 새어 나갈까 두려워서 그 즉시 예심 판사를 죽이러 갈 텐가? 마찬가지라네! 닐 부인에게 불리한 무언가가 존재한다면, 그에 대한 한마디 해명 없이 건너편 집으로 몰래 숨어들어 약혼자의 아버지를 살해할 것 같은가?"

"여자들 속내는 헤아리기 힘들어." 고롱은 중요한 이야기를 한다는 투로 말했다.

"그런 행동을 할 정도는 아닐 텐데?"

고롱은 이번에는 보폭으로 복도의 길이를 측정하며 천천히 오래 거닐었다. 그는 고개를 떨어뜨린 채 씩씩거렸다. 몇 번인가 이야기를 꺼내려고 하다가 스스로 자제했다. 마침내 그는 격분해서 두 팔을 벌렸다.

"이봐, 친구, 증거를 거스르면서까지 나를 설득하려 드는 건가!"

"그 증거에 여러 의혹이 있는데도?"

"증거란 의혹이 있을 때도 있는 거라네." 경찰서장은 어쩔 수 없이 인정했다.

"여전히 이브 닐을 체포할 작정인가?"

고롱은 깜짝 놀라고 말았다. "당연하지! 예심 판사가 그렇게 명령할 거야. 의문의 여지가 없어." 그의 눈은 가소롭다는 듯 빛나고 있었다. "물론 친애하는 박사 나리께서 몇 시간 내로 그녀의 무죄를 입증한다면 모르겠지만. 말해보게. 무죄를 증명할 이론이라도 있나?"

"어느 정도는 있지."

"그게 뭔가?"

더멋은 다시 한번 그의 눈을 똑바로 바라보았다.

"나는 거의 확신하고 있다네. 이 단란한 로스 가족 중 누군가가 살인을 저질렀을 걸세."

라 방들레트의 경찰서장을 놀라게 하려면 웬만한 것으로는 부족했다. 그러나 이 말에는 깜짝 놀라고 말았다. 박사를 바라보는 그의 눈이 튀어나올 것만 같았다. 고롱은 잠시 아무 말도 잇지 못하다가 약간의 몸짓만으로도 놀라운 의견에 대한 충분한 반응이 된다는 듯, 미심쩍은 태도로 닫혀 있는 응접실 문을 손가락으로 가리켰다.

　　"그래. 그 뜻이라네." 더멋이 말했다.

　　고롱은 헛기침을 했다.

　　"범행이 일어난 장소를 보고 싶다고 했지. 서재를 보여줄 테니 따라오게나. 그러니 그때까지는……." 그는 조용히 하라는 동작을 미친 사람처럼 과장되게 해 보였다. "아무 말도 하지 말게!"

고롱은 재빨리 움직이더니 앞장서서 위층으로 향하는 계단을 올랐다. 더멋은 그의 신음 소리를 들을 수 있었다.

2층 복도 역시 어두웠기 때문에 고롱은 전등 스위치를 올렸다. 그러고는 정면에 있는 서재 문을 가리켰다. 흰색 페인트칠이 된 이 커다란 문은 수수께끼로 통하는 관문이었다. 어쩌면 공포로 통하는 관문일 수도 있었다. 더멋은 마음을 다잡으며 금속 문손잡이를 안으로 밀었다.

문 너머로 땅거미에 흐릿해진 형체가 보였다. 바닥에 깔린 붙박이 양탄자는 프랑스 저택에서는 보기 드문 것이었다. 상당히 두꺼운 양탄자로, 문 아랫부분에 빈틈없이 밀착되어 있어서 문이 열릴 때마다 양탄자 긁히는 소리가 났다. 더멋은 이 사실을 유념하면서 문 왼쪽으로 손을 뻗어 스위치를 더듬었다.

전등 스위치는 두 개가 세로로 붙어 있었다. 그가 첫 번째 스위치를 올리자 넓고 평평한 책상에 놓인 녹색 유리 갓 전등에 불이 들어왔다. 두 번째 스위치를 올리자 중앙 천장에 달린 샹들리에의 각진 발광체가 반짝이더니 유리 성 같은 모습으로 눈부시게 빛났다.

더멋은 하얗게 빛나는 나무판을 덧댄 정방형의 방을 둘러보았다. 바로 맞은편으로 긴 창문이 두 개 있었다. 창문의 철제 덧문은 닫혀 있었다. 그의 왼쪽 벽에는 새하얗고 무거운 대리석 벽난로 선반이 보였다. 오른쪽으로는 책상이 벽에 접해 있었고, 그 앞에 놓인 회전의자는 밖으로 약간 빠져나온 상태였다. 서재 중앙에는 금박으로 치장한 작은 둥근 탁자와, 역시 금박으로 장식하고 두꺼운 비단을 덧댄 의자들이 회색 양탄자와 대조적으로 화려한 모습을 뽐내고 있었다. 벽면에는 책장 한두 개가 튀어나온 것을 제외하면, 앞면이 유리로 된 골동품 장식장들이 샹들리에 불빛을 반사하며 반짝반짝 빛나고 있었다. 다른 때였다면 그는 이 수집품들에 꽤 흥미를 보였을 터였다.

방안은 환기가 되지 않아 답답했다. 세제 냄새가 죽음의 냄새처럼 강하게 풍겼다.

더멋은 책상 쪽으로 걸어갔다.

그랬다. 이곳이 세제를 다량으로 사용한 지점이었다. 마치 녹슨 것처럼 갈색으로 변한 오래된 핏자국은 이제 책상 위에 놓아둔 압지와 모리스 경이 죽기 직전 기록을 남기던 편지지에서만 찾아볼 수 있었다.

박살난 코담뱃갑의 흔적은 남아 있지 않았다. 돋보기와 보석 감정용 렌즈, 펜, 잉크를 비롯한 여러 문방구가 녹색 전등 빛을 받으며 압지 위에 아무렇게나 뒹굴고 있었다. 더멋은 편지지를 흘끗 바라보았다. 그 옆에 모리스의 손에서 떨어진 금장 만년필이 있었다. 편지지에는 단정한 장식 서체로 '나폴레옹 1세가 소유했던 시계형 코담뱃갑'이라는 표제가 크게 적혀 있었다. 그중 '코담뱃갑'이라는 단어만 유독 큰 대문자였다. 그 아래에 작지만 꼼꼼한 초서체로 다음과 같은 설명이 있었다.

이 코담뱃갑은 나폴레옹의 장인인 오스트리아 황제가 나폴레옹의 아들 로마 왕의 탄생을 기념하여 1811년 3월 20일 보나파르트에게 선사했다. 전체 지름은 5.7센티미터. 몸통 둘레에는 금박이 입혀져 있다. 시계 부분의 모조 용두 역시 금이다. 숫자판과 시곗바늘은 작은 다이아몬드로 제작되었다. 보나파르트 가문의 문장 'N'이 한가운데에…….

글이 끝난 지점에 두 개의 핏방울 자국이 있었다.

더멋은 휘파람을 불었다. "이 물건, 가치가 엄청났겠는데!"

"가치? 내가 말 안 했던가?" 경찰서장은 거의 소리를 지르듯 말했다.

"그런데 부서져버리고 말았군."

"보다시피, 특이한 모양이라는 이야기도 했었지." 고롱이 가리켰다. "그 글을 읽어보면 꼭 시계처럼 생겼다는 사실을 알 수 있을 걸세."

"어떤 시계 말인가?"

"그냥 보통 시계 말일세!" 고롱은 자신의 회중시계를 꺼내 들어 올렸다. "사실은 이 집 가족이 말해줬어. 모리스 경이 코담뱃갑을 처음 보여줬을 때 다들 그게 시계라고 생각했다지. 뚜껑도 똑같은 식으로 이렇게 열리고 말이야. 책상 표면에 난 자국을 보겠나? 살인범이 미쳐 날뛰다 낸 자국이라네."

더멋은 편지지를 내려놓았다.

경찰서장이 의혹에 휩싸인 채 고통스러워하며 그를 바라보는
동안, 더멋은 몸을 돌려 건너편 대리석 벽난로 선반 옆에 있는 난로
용 철구가 걸린 쇠살대를 바라보았다. 선반 위에는 나폴레옹 황제
의 옆모습을 새긴 커다란 청동 메달이 걸려 있었다. 범죄에 사용된
부지깽이는 이제 쇠살대에서 찾아볼 수 없었다. 더멋은 눈대중으로
거리를 재보았다. 그의 머릿속에서 어떤 생각이 반쯤 형태를 이루
며 쨍그랑 소리를 냈다. 고롱이 제시한 증거에 적어도 한 가지 모순
점이 발견되었던 것이다.

"혹시 로스 가족 중에 시력이 나빠 고생하는 사람이 있나?"

"이런, 맙소사!" 고롱은 고함을 지르며 두 손을 내저었다. "로스
가족이라니! 언제나 로스 가족 이야기뿐인가! 이보게." 그는 한층
더 우울한 목소리로 말했다. "여긴 우리 둘뿐이라네. 아무도 듣는
사람이 없어. 왜 그렇게 그들 중 한 명이 노인을 살해했다고 확신하
는지 말해주지 않을 텐가?"

"고집스러워 보이겠지만 한 번 더 묻겠네. 로스 가족 중에 시력
이 나빠 고생하는 사람이 있나?"

"이보게, 박사. 그걸 내가 어떻게 알겠나?"

"알아보는 건 어렵지 않지?"

"그렇군!" 고롱은 말을 더 잇지 않고 주저했다. 그러다가 눈을

**톨레도 검**

스페인 중부 도시 톨레도의 특산품.

가늘게 뜨고는 부지깽이를 내리치는 동작을 취하며 말했다. "사람 머리를 부지깽이로 맞히기 힘들 정도로 살인범의 시력이 나쁘다는 뜻인가?"

"아마도."

더멋은 천천히 방안을 돌아보며 유리 장식장을 들여다보았다. 어떤 전시품은 단독으로 화려하게 진열되어 있었고 어떤 전시품에는 작은 초서체로 설명이 적힌 조그마한 카드가 달려 있었다. 그는 보석 수집에 대해 그리 잘 알지 못했지만, 이 수집품들은 누가 봐도 소수의 진짜배기에 다수의 흥미로운 쓰레기가 뒤죽박죽 섞여 있음을 알 수 있었다.

자기, 부채, 성유물함, 진귀한 시계가 하나둘 정도, 받침대 위에 놓인 톨레도산ᴬ 양날 검과 검집, 뉴게이트 교도소•가 철거될 때 입수했을 유물(금방이라도 부서질 듯한 골동품 중에서도 특히 우중충하고 형편없는 물건이었다) 등이었다. 더멋은 책꽂이에 꽂힌 서적 대부분이 보석 감정 기술에 관한 책이라는 점에 주목했다.

"이야기를 계속해야지?" 고롱이 집요하게 물었다.

"자네가 언급한 증거 중에서 미심쩍은 게 하나 더 있네. 도난당한 물건은 없지만 다이아몬드와 터키석으로 만든 목걸이가 장식장 아래에서 발견되었다고 했지. 피가 약간 묻은 채 아래에 떨어져 있었다고 말이야."

고롱은 고개를 끄덕이며 문 바로 왼쪽에 있는 땅딸막한 유리 장

---

식장을 두드렸다. 다른 장식장과 마찬가지로 이 역시 잠겨 있지 않았다. 고롱이 손가락을 놀리자 장식장 앞면이 부드럽게 열렸다. 안쪽 선반 역시 유리였다. 전시품이 더 잘 보이도록 비스듬하게 기울여 놓은 검푸른 벨벳을 배경으로, 중앙 상석을 차지한 목걸이는 눈부신 샹들리에 빛을 받아 휘황찬란하게 타오르는 듯했다.

"세척한 다음 돌려놓은 걸세. 전하는 이야기로는 마리 앙투아네트 왕비의 총애를 받던 랑발 부인\*이 라 포르스 교도소 앞마당에서 군중에게 난도질당할 때 이 목걸이를 걸고 있었다는군. 모리스 경은 섬뜩한 사연의 물건에 별난 취향이 있었던 것 같지 않나?"

"그런 취향을 가진 사람도 있기 마련이지."

고롱은 싱긋 웃었다. "자네라면 그 옆의 것도 알아봤을 테지?"

더멋은 목걸이 왼쪽에 놓인 물건을 흘끗 바라봤다. "작은 바퀴가 달린 오르골처럼 보이는군."

"작은 바퀴가 달린 오르골이라네. 사실 유리 선반 위에 오르골을 두는 건 좋은 생각이 아닐 텐데. 범행이 일어나고 다음날, 시체를 아직 의자에 앉혀둔 채 방안을 조사하던 경찰반장이 장식장 문을 열었지. 그러다 이 오르골을 건드려서 바닥에 떨어뜨리고 말았다네."

고롱은 재차 오르골을 가리켰다. 꽤 무거운 나무상자로, 거무튀튀하게 변한 옆면의 주석 위에는 색 바랜 그림이 그려져 있었다. 더멋은 그것이 남북전쟁을 묘사한 그림임을 알아차렸다.

"오르골은 옆으로 떨어졌어. 그러자 뚜껑이 열리면서 〈존 브라

운의 시체**〉가 흘러나왔지. 이 곡을 들어본 적 있겠지?" 경찰서장
은 휘파람으로 곡의 몇 소절을 불었다. "그 효과가 정말 대단했다
네. 허레이쇼 로스가 뛰어들어오더니 자기 아버지의 수집품에는 손
을 대지 말라며 노발대발했지. 벤저민 필립스의 말로는 최근 누군
가가 오르골을 작동시켰을 거라고 하더군. 그 사람은 기계 만지는
일에 소질이 있는데, 불과 며칠 전에 오르골을 수리하고 태엽을 끝
까지 감아두었다는 걸세. 하지만 당시에는 음악이 한두 소절 흐르
더니 태엽이 다 풀려버렸거든. 그런데 고작 그 정도 일로 그런 소동
이 벌어지다니, 믿을 수 있겠나?"

"그래, 그럴 수 있을 것 같군. 아까 자네에게도 말했지만, 이 사
건은 전형적인 양식의 범죄라네."

"아! 그런 말을 했었지." 고롱은 즉시 관심을 보였다. "자네가
이유도 말해준다면 훨씬 흥미로울 텐데."

"이 사건이 가족 내에서 일어난 범죄이기 때문이지. 벽난로 앞
에 까는 깔개 위에 앉은 것처럼 아늑하고 편안한 살인 사건은 대부
분 가족 내에서 발생한다네."

고롱은 떨리는 손으로 이마에 십자를 그었다. 그는 영감을 구하
려는 듯 더멋을 흘끗 보았다.

"박사, 진지하게 하는 말인가?"

더멋은 서재 가운데 놓인 탁자 끝에 앉아 있었다. 그는 손으로
풍성한 검은 머리카락을 한쪽으로 쓸어넘겼다. 검은 눈이 격렬하게

---

● **랑발 부인** _ 프랑스 혁명 당시 성난 파리 시민들은 왕비의 측근인 그녀를 잡아 비참하게 죽인 다음 목을 창에 꿰어
왕비가 갇혀 있던 탑의 창문에 내걸었다.
●● **존 브라운의 시체** _ 미국의 노예 폐지론자 존 브라운을 기리며 만든 군대 행진곡.

타오르다가 차츰 초점을 되찾는 것처럼 보였다.

"죽이기 위해선 한 번으로도 충분했을 텐데, 아홉 번이나 타격을 가했어. 이런 식으로 생각해보게. 자네는 이렇게 말했지. '꿩장히 잔혹해. 게다가 무의미한 것도 같고. 얼핏 보기에는 미친놈의 소행처럼 보이지만.' 그러니까 자네는 이런 무자비한 짓을 할 사람은 가족 중에는 없을 거라고 지레짐작한 나머지 이 조용한 가족 관계는 외면해버린 걸세.

범죄의 역사를 살펴봐도 그건 옳지 않아. 이 사람들이 영국인이니 하는 말이지만, 영국인 특유의 범죄라고 볼 수는 없어. 냉정하면서도 뚜렷한 동기를 가진 일반적인 살인범들은 이처럼 잔혹한 짓을 저지르지 않는다네. 그럴 이유가 있겠나? 목적을 깔끔하게 달성하려면 가능한 한 깔끔하게 일을 처리해야 하는 법이니까.

함께 지내는 가정에서는 억눌러야 하는 갈등이 항상 존재하기 마련이고, 그러다 보니 분위기는 점점 견디기 힘든 방향으로 치닫게 되지. 그러다가 갈등이 절정에 이르면 갑자기 보통 사람들은 믿을 수 없을 정도로 폭력적인 형태로 폭발하는 거야. 가족 내에서 고조되는 감정은 사람의 마음을 마비시키는 동기가 된다네.

좋은 집안에서 자라 누구보다 가정에 충실한 여자가 고작 가족 간의 사소한 다툼 때문에 새어머니에 이어 친아버지를 손도끼로 수차례 내리쳐 살해한 일을 믿을 수 있겠나? 아내와 말다툼 한번 한 적 없는 중년의 보험 중개인이 부지깽이로 아내의 머리를 박살냈다는 이야기는? 열여섯 살 난 조용한 소녀가 그저 새어머니의 존재가 짜증난다는 이유로 갓 태어난 남동생의 목을 베어버린 일은 어떻고? 믿지 못하겠나? 충분한 동기가 없기 때문에? 하지만 이런 사건은 다반사로 일어나고 있다네."

"괴물처럼 잔악무도한 인간들이겠지."

"그와는 반대로 자네나 나와 다를 바 없는 보통 사람들이라네. 그리고 닐 부인의 경우에는……."

"아! 거기엔 대체 무슨 이유가 있지?"

"닐 부인은 뭔가를 본 걸세." 더멋은 고롱에게서 시선을 떼지 않은 채 대답했다. "그게 뭐냐고 묻지는 말게! 부인은 이 집안 식구 중 누군가가 관련되었다는 사실을 아는 거야."

"그렇다면 도대체 왜, 그 이야기를 하지 않는 걸까?"

"정확히 누구인지는 모르는 것 같아."

고롱은 빈정대는 듯한 미소를 지으며 고개를 저었다.

"박사, 그게 맞는 설명인지 모르겠네. 자네의 심리학도 대단한 도움이 될 것 같지는 않군."

더멋은 노란색 메릴랜드 담배를 꺼냈다. 그는 휴대용 라이터로 담배 한 개비에 불을 붙이고, 찰칵 소리를 내며 뚜껑을 닫아 불을 끈 다음 고롱을 바라보았다. 그의 눈을 보니 경찰서장은 왠지 불안해졌다. 더멋은 웃고 있었고, 웃음 속에 드러난 즐거운 감정은 자신의 가설이 입증되었다는 만족감에서 비롯된 것이었기 때문이다.

그는 담배를 한 모금 빨아들이더니 밝은 조명 아래로 연기를 내뿜었다.

"자네가 직접 말해준 증거에 따르면, 로스 가족 중 한 사람이 고의적으로 지루하고 빤한 거짓말을 하고 있다네." 그는 마치 최면을 거는 듯한 낮고 침착한 목소리로 이렇게 말한 다음, 잠시 입을 다물었다. "내가 그 거짓말이 어떤 것인지 이야기하기 전에 한 번 더 생각해보겠나?"

고롱은 입술에 침을 발랐다.

그러나 그는 대답할 시간이 없었다. 복도로 통하는 문이 벌컥 열렸기 때문이다. 사실 더멋은 진상을 가르쳐주려고 벌써 문을 가리키던 참이었다. 제니스 로스가 손으로 눈을 가린 채 안쪽을 들여다보고 있었다.

그녀는 아직도 방안에 들어오기가 겁이 나는 것이 분명했다. 빈 회전의자를 어린아이처럼 흘끗 쳐다보다가, 서재에서 풍기는 기분 나쁜 세제 냄새를 맡고는 몸이 경직된 것 같았다. 그녀는 조용히 안으로 들어와 문을 닫았다. 의자에 등을 돌리고 서 있으니 흰색 벽을 배경으로 검정색 드레스의 윤곽이 뚜렷하게 보였다. 제니스는 더멋에게 영어로 말을 걸었다.

"두 분이 어디로 갔는지 찾을 수가 없었어요." 그녀는 힐난하듯 말했다. "처음에는 복도로 나가더니 그다음에는 짠하고 사라졌잖아요!" 그녀는 마술 공연에서 사라지는 동작을 재연해 보였다.

"그런데요, 마드무아젤?" 고롱이 그녀가 하려던 말을 재촉했다.

제니스는 그를 무시하고 더멋에게 직접 말을 걸었다. 그런 행동을 하기 위해 용기를 쥐어짜내는 모습이었다. 그러나 한동안 입을 열지 못하고 그의 얼굴만 탐색하듯 바라보다가, 마침내 젊은이 특유의 단순 명쾌함을 발휘하여 이야기를 시작했다.

"저희가 이브 언니에게 끔찍하게 굴었다고 생각하시죠?"

더멋은 제니스를 향해 미소 지었다.

"당신은 그녀를 훌륭하게 지지해줬다고 생각합니다, 로스 양."

더멋은 마음을 다스리려는 노력에도 불구하고 누군가가 내뱉은 표현을 떠올릴 때마다 입술이 굳고 불꽃같은 분노가 타오름을 깨달았다. "반면 오라버니께서는……."

"오빠를 이해 못 하시는군요!"

제니스는 소리를 지르며 발을 굴렀다.

"그럴지도 모릅니다."

"오빠는 언니를 사랑해요. 그저 단순한 사람이라 도덕관념에서도 외골수일 뿐이에요."

"상크타 심플리키타스●!"

"그건 '거룩한 단순함이여'라는 뜻 아닌가요?" 제니스는 단도직입적으로 물었다. 그녀는 더멋을 쳐다보았다. 필사적으로 평소의 가벼운 태도를 유지하려 애썼지만 성공하지는 못했다. "상관없어요. 하지만 역시 저희 입장에서 이 일을 봐주셨으면 싶네요. 어쨌

---

● **상크타 심플리키타스** _ 체코의 종교 개혁가 얀 후스가 이단 혐의로 화형에 처해질 때 한 신앙심 깊은 노파가 불이 잘 타도록 장작을 더하는 모습을 보고 그가 한탄하며 남긴 말.

든⋯⋯." 그녀는 회전의자를 가리켰다.

"돌아가신 분은 제 아버지니까요." 제니스는 말을 이었다. "저희로서는 달리 생각할 도리가 없잖아요. 그리고 그렇게 갑자기 비난할 거리가 생각났다 한들, '당연히 그건 사실이 아닙니다. 굳이 귀찮게 설명할 필요가 있습니까?' 같은 말씀은 하지 말아주세요. 인간이라면 그런 식으로 말을 해서는 안 되잖아요."

공정하게 따지자면, 더멋은 그녀의 말이 맞는다는 사실을 인정하지 않을 수 없었다. 그는 제니스를 향해 미소를 지었다. 그런 그의 행동이 그녀에게 용기를 준 것 같았다.

"그래서 질문을 하나 드리고 싶은 거예요." 제니스는 말을 이었다. "이건 비밀이에요. 확실히 비밀로 해주실 거죠?"

"물론입니다!" 고롱은 더멋이 대답하기도 전에 매끄럽게 끼어들었다. "어⋯⋯ 닐 부인은 지금 어디 있나요?"

제니스의 얼굴이 흐려졌다.

"오빠와 결판을 내는 중이에요. 엄마랑 벤 삼촌은 사려 깊게도 자리를 피해주셨고요. 드리고 싶은 질문이 있어요." 제니스는 말을 잇지 못하고 주저했지만, 숨을 고르면서도 더멋에게서 시선을 떼지 않았다. "조금 전에 엄마와 함께 아빠가 그⋯⋯ 형무소 일에 관심을 가졌다는 이야기를 나누셨죠?"

무슨 이유에서인지 '형무소 일'이라는 단어에서 추한 감정이 느껴졌다.

"그런데요?" 더멋이 말했다.

"그걸 들으니까 생각이 났어요. 사건이 벌어진 날 오후에 아빠가 꽤 이상해 보였다는 이야기는 많이 들으셨죠? 산책에서 돌아왔을 때 기분이 어땠다든가, 극장에 가지 않으려 했다든가, 유령처럼 창백해져서 손까지 떨고 있었다든가 하는 것 말이에요. 아까 이야기를 하시는 동안, 아빠가 예전에 딱 한 번 그런 모습을 보인 일이 떠올랐어요."

"예?"

"팔 년 전이었어요. 피니스테레라고 하는 겉만 번지르르한 노인이 찾아와서 어떤 사업 거래에 아빠를 꼬드겨 사기를 친 적이 있어요. 자세한 내용은 모르겠어요. 그때는 나이도 그리 많지 않았고 사업에는 별로 관심이 없었거든요. 사실 지금도 크게 다르진 않지만요. 하지만 엄청난 소동이 벌어졌던 건 기억해요."

한쪽 손을 귓가에 댄 채 이야기를 듣고 있던 고롱은 어리둥절해졌다.

"아주 흥미로운 이야기일지도 모르겠군요." 경찰서장이 말했다. "하지만 솔직히 말해서, 저는 좀……."

"기다려주세요!" 제니스는 더멋에게 간청했다. "아빠는 사람 얼굴을 잘 기억하지 못했어요. 하지만 가끔 기대도 안 할 때 불현듯 떠올리는 경우가 있었죠. 피니스테레라는 사람이 자신은 이 사기극에 법적인 책임이 없다고 떠들어댔을 때 아빠는 갑자기 그가 누군지 생각났던 거예요.

피니스테레는 사실 매콩클린이라는 이름의 재소자였고, 가석방으로 풀려났다가 도망친 사람이었어요. 매콩클린은 아빠를 전혀 몰랐지만 아빠는 그 사건에 관심을 가진 적이 있었거든요. 적어도 그자의 정체를 알아차릴 정도로는요. 그런데 바로 그가 별안간 나타났던 거예요.

진짜 이름이 매콩클린이었든 피니스테레였든, 그 사람은 정체가 들통났다는 사실을 알아차리자 눈물을 흘리면서 제발 경찰에 넘기지 말아달라고 애걸했어요. 돈을 돌려주겠다면서요. 자기 아내와 자식들 이야기도 했죠. 다시 감옥으로 보내지만 않는다면 무슨 일이든, 어떤 일이라도 하겠다고 간청했어요. 엄마 말로는 아빠가 유령처럼 창백해져서 위층으로 올라가 화장실에서 속을 게워냈다는 거예요. 아빠는 범죄자를 유치장에 집어넣는 걸 정말로 싫어했으니까요. 하지만 그렇다고 해서 그런 일을 하지 않는 분은 아니었어요. 아빠는 변명의 여지가 없는 짓을 저질렀다면 가족이라 할지라도 감옥에 보냈을 거예요."

제니스는 잠시 말을 멈췄다.

단조로운 말투로 빠르게 이야기를 하느라 입술이 바짝 말라 있었다. 그녀는 장식장 사이에서 여전히 아버지의 존재를 느낄 수 있다는 듯 계속해서 서재를 두리번거렸다.

"그래서 아빠는 피니스테레에게 이렇게 말했어요. '자네에게 이십사 시간의 여유를 줄 테니 모습을 감추게. 그 시간이 지나면 자네가 도망쳤든 도망치지 않았든 상관없이, 자네가 어디에서 새 인생을 꾸렸는지 자네의 새 이름이 무엇인지는 물론이고, 자네의 새로운 인생에 대한 모든 사실을 런던 경찰청에 알리겠네.' 그리고 정말로 그렇게 하셨어요. 피니스테레는 감옥에서 죽었죠. 엄마 말로는 그날 이후로 며칠 동안 식사도 제대로 못 하셨대요. 짐작하시겠지만 아빠는 그 사람을 좋아했던 거예요."

제니스는 마지막 말에 확신을 담아 의미심장하게 말했다.

"절 새끼 고양이처럼 보지 말아주셨으면 하네요. 전 그런 애가 아니에요. 아니에요, 아니라고요! 그런 식으로 들릴 수는 있겠지만 일부러 그러는 건 아니에요. 하지만 그 일이 생각나지 않았다고 거짓말을 하는 것도 좋은 행동은 아니잖아요." 그녀는 재차 더멋의 눈을 바라보았다. "이브 닐이 감옥에 수감된 적이 있다고 생각하세요?"

아래층 응접실에는 이브와 토비 둘만 남아 있었다. 샛노란 갓을 씌운 커다란 전등만이 저 멀리 구석 자리에서 빛나고 있었다. 두 사람 중 누구도 서로의 얼굴을 들여다보고 싶어 하지 않았다.

이브는 핸드백을 찾고 있었지만 지금처럼 혼란스러운 정신 상태로는 그마저도 쉽지 않았다. 그녀는 방향을 잃은 채 같은 곳을 계속해서 살펴보며 응접실을 헤매고 다녔다. 그러다 문가로 다가서는 듯하자 토비가 재빨리 달려가 문을 가로막고 섰다.

"어딜 가는 겁니까?" 그가 따지듯 물었다.

"핸드백을 찾으려고요." 이브는 무턱대고 말했다. "그런 다음 집에 가야죠. 문에서 비켜주겠어요?"

"이 일에 대해 자세히 이야기를 해야 하지 않겠습니까!"

"무슨 이야기를 말인가요?"

"경찰이 당신을……."

"당신도 들었겠지만, 경찰이 날 체포하러 올 거예요. 그러니 어서 집에 가서 짐을 꾸리는 게 낫지 않겠어요? 경찰에서 허락해주면 좋겠는데요."

당황스러운 표정이 토비의 얼굴을 스치고 지나갔다. 그는 한 손을 들어 이마를 문질렀다. 정의는 실현되어야 했다. 그는 턱을 쳐들고 어떤 감정의 대가를 치르든 옳은 일을 해야 한다는 확고한 투지를 발휘하여 그토록 순교자적이고 영웅적으로 행동하려 했던 것이 얼마나 남의 시선을 의식하는 행동이었는지 미처 깨닫지 못하고 있었다.

"내가 언제나 당신 곁에 있으리란 걸 알잖아요. 한순간도 떠날 거란 생각은 하지 말아요!"

"고마워요."

토비는 비꼬는 말투를 알아차리지 못한 채 조용히 바닥에 시선을 고정했다. 어떤 생각이 떠올랐던 것이다.

"무슨 일이 있어도 당신이 체포되도록 놓아두지는 않겠어요. 이건 엄청난 일이에요. 하지만 경찰이 정말로 그럴 생각인지는 의심스럽군요. 어쩌면 그냥 엄포일지도 모르죠. 어쨌든 오늘밤 영국 영사를 만나보겠습니다. 하지만 당신도 알다시피 만약 경찰이 당신을 체포하기라도 하면 은행에서 좋아하지 않을 거예요."

"그런 일로 좋아하는 사람은 없기를 바라요."

"당신은 지금이 어떤 상황인지 이해를 못 하고 있어요, 이브. 혹슨 은행은 영국에서 가장 유서 깊은 금융 기관 중 하나란 말입니다. 전에도 종종 말했지만 카이사르의 아내 같은 추문은 곤란해요. 우리 처지를 보호하려는 나를 비난해서는 안 된다고요."

이브는 신경이 곤두서는 느낌을 힘들게 억눌렀다.

"내가 당신 아버지를 살해했다고 생각하나요, 토비?"

그녀는 토비처럼 둔감한 사람이 그토록 약삭빠른 모습을 보인다는 사실에 놀라고 말았다. 그는 이제껏 그녀가 알던 토비 로스가 아니었다. 훨씬 깊은 곳에 감춰져 있던 본색이 일순간 드러난 것이었다.

"당신은 아무도 죽이지 않았어요." 토비가 쏘아붙였다. 그러나 그의 안색은 어두웠다. "빌어먹을 당신 하녀가 모든 일을 꾸민 겁니다. 그게 아니면 내 성을 갈겠어요. 그 여자는⋯⋯."

"그녀에 대해서 뭘 아는데요, 토비?"

"아무것도." 토비는 깊은 한숨을 쉬었다. "하지만 이번 일은 내게 좀 부당한 것 같군요." 그의 목소리에 짜증스러운 기색이 짙어졌다. "우리 사이는 정말 잘되어 갔고 그토록 즐거운 일뿐이었는데, 당신은 애투드라는 남자와 다시 만나고 있었다니."

"정말 그렇게 생각하는 거예요?"

토비는 괴로움에 휩싸여 있었다.

"내가 달리 뭘 믿을 수 있겠어요? 제발, 이제 솔직해지는 게 어때요! 잘 들어요. 제니스가 항상 놀려대지만 난 그렇게 꽉 막힌 사람이 아니에요. 사실 꽤 열린 생각을 가졌다고 자부하고 있다고요. 난 당신이 나를 만나기 전에 어떻게 살았는지 알지도 못하고 또 알고 싶지도 않아요. 모든 걸 용서하고 잊어줄 수 있다니까요."

이브는 갑자기 행동을 멈추고 조용히 그를 바라보았다.

"하지만 빌어먹을!" 토비는 격한 어조로 말을 이었다. "남자라면 확실한 이상이 있는 법이에요. 그래요, 이상! 그리고 남자가 결혼할 때는, 상대가 그 이상에 부끄럽지 않기를 기대한단 말입니다!"

이브는 드디어 핸드백을 찾았다. 가방은 눈에 잘 띄는 탁자 위에 그 모습을 훤히 드러낸 채 놓여 있었다. 그녀는 왜 이제껏 수차례나 가방을 못 보고 지나쳤는지 의아했다. 이브는 가방을 집어 들어 딸깍 소리와 함께 열고는 무의식적으로 안을 들여다보았다. 그런 다음 문 쪽으로 향했다.

"제발 비켜줘요. 나가고 싶어요."

"이봐요. 지금은 가면 안 된단 말입니다! 경찰이나 기자 같은 사람과 마주친다고 생각해봐요. 지금 당신 상태로는 무슨 말을 하게 될지 모른다니까요."

"그러면 혹슨 은행에서 좋아하지 않겠죠?"

"뭐, 그건 문제가 안 된다고 말해도 소용없겠죠. 우린 현실적으로 이 일에 대처해야 해요, 이브. 당신 같은 여자들은 이해 못 하겠지만."

"저기, 이제 곧 저녁 식사 시간이에요."

"그래도 난 심지어…… 그래요, 난 심지어 이럴 수도 있다고요! 한 가지만 확실하다면 혹슨 은행 따위는 어찌되든 상관없단 말입니다. 나는 이제껏 당신에게 정직했으니 당신도 날 정직하게 대해주겠어요? 애투드랑 다시 어울려 지낸 겁니까?"

"아니에요."

"못 믿겠어요."

"그렇다면 왜 똑같은 질문을 몇 번씩이나 하는 거죠? 제발 길 좀 비켜주지 않겠어요?"

"아, 기꺼이 그렇게 해드리죠." 토비는 격분한 심정을 품위 있게 표현하며 팔짱을 꼈다. "당신이 그걸 바란다면야."

그는 거리를 두는 듯한 태도로, 지나치게 세심하고 신중한 동작으로 옆으로 비켜섰다. 뒤이어 거만하게 턱을 쳐들었다. 이브는 주저했다. 그녀는 그를 사랑했던 것이다. 언젠가 그를 달랠 수 있을 때가 올 터였다. 하지만 지금은 너무도 극적인 나머지 더욱 진심으로 보이는 그의 극심한 괴로움도 그녀를 흔들 수가 없었다. 이브는 재빨리 토비를 지나쳐 현관으로 나가, 그의 뒤에서 문을 닫았다.

현관 조명이 밝게 켜져 있어서 일순간 앞이 보이지 않았다. 불빛에 눈이 익숙해지자 벤 삼촌이 헛기침을 하며 다가오는 모습이 보였다.

"저런! 가려는 거니?" 그가 말했다.

(또 같은 일을 겪을 순 없어! 제발, 하느님. 그럴 수는 없어요!)

벤 삼촌은 쑥스러워하고 있었다. 그녀에게 조용히 다가와 다른 사람 눈에 띄지 않게 그녀를 격려해주려 했던 것이다. 그는 한 손으로 반백이 된 머리를 긁었다. 다른 손에는 구겨진 편지 봉투를 들고 있었다. 마치 그 봉투를 어찌해야 할지 모르는 듯한 태도였다.

"어…… 잊어버릴 뻔했구나. 네게 온 편지란다."

"제게요?"

벤 삼촌은 앞문 현관을 향해 고갯짓을 했다. "십 분 전에 우편함에 있는 걸 발견했단다. 직접 넣은 게 분명해. 네 이름이 적혀 있구나." 그의 온화한 옅은 푸른색 눈이 그녀를 바라보았다. "혹시 중요한 거니?"

이브는 이 편지가 중요한지 아닌지는 아무래도 상관없었다. 그녀는 편지를 받아 봉투 위에 적힌 자신의 이름을 흘끗 본 후 핸드백에 쑤셔넣었다. 벤 삼촌은 빈 파이프를 물고 소리를 내며 빨아댔다. 그는 다시 한번 입을 열 용기를 짜내려 분투하는 것 같았다.

"이 집에서 내 의견은 별로 중요하지 않다만, 나는 네 편이란다." 그는 무뚝뚝하게 말했다.

"감사합니다."

"언제나 그렇단다!" 벤 삼촌이 이렇게 말했지만, 이브는 그가 손을 뻗어 자신의 손을 잡으려 하자 본능적으로 움찔하고 말았다. 그러자 천천히 움직이던 노인은 그녀에게 얼굴이라도 맞은 듯 딱딱하게 굳어버렸다. "뭐가 잘못됐니, 애야?"

"아니에요. 죄송해요!"

"그 장갑을 꼈을 때 같구나, 응?"

"무슨 장갑요?"

"너도 알잖니." 벤 삼촌은 온화한 눈으로 그녀를 바라보며 말했다. "내가 차 수리를 할 때 갈색 장갑을 꼈었지. 왜 그 장갑을 낀 모습을 싫어했는지 궁금할 따름이란다."

이브는 몸을 돌려 뛰기 시작했다.

거리로 나서자 밖은 막 어두워진 참이었다. 달콤한 구월의 저녁 날씨는 봄날보다도 상쾌했다. 흰색 가로등이 호두나무 사이에서 흐릿하게 타올랐다. 숨 막히는 보뇌르 별장을 나서니 비로소 살 것만 같았다. 그러나 그녀에게 이렇게 자유로운 시간은 얼마 남지 않은 듯 보였다.

갈색 장갑. 갈색 장갑이라. 갈색 장갑이었어.

이브는 대문을 빠져나와 담벼락 그늘 아래에 멈춰 섰다. 의뭉스러운 말소리와 탐색하는 시선에서 벗어나 마치 상자 속처럼 어두운 곳에 혼자 있고 싶었다.

넌 바보야. 그때 왜 밖으로 나와서 뭘 봤는지 이야기하지 않았지? 왜 그 집에서 갈색 장갑을 낀 사람이 겉만 번지르르한 위선자라고 말하지 않았어? 말할 수가 없었어. 목구멍에서 이야기를 끄집어낼 수가 없었어. 하지만 왜 그러지 못했을까? 그 집안 사람들에 대한 의리 때문에? 그렇게 고자질하면 나한테서 더 등을 돌리게 될까 두려워서? 아니면 그저 토비에 대한 의리 때문에? 적어도 그의 잘못은 솔직하고 단순한 성격 때문이었으니까.

하지만 그들 중 누구에게도 의리를 지켜야 할 정도로 빚을 지지는 않았어, 이브 닐. 단 일 그램도. 특히 지금으로서는.

무엇보다 이브의 마음을 아프게 하는 것은 바로 범인이 흘리는 악어의 눈물이었다. 그 가족 모두에게 죄가 있다고는 할 수 없었다. 단 한 사람을 제외하면 모두 그녀처럼 충격을 받아 어리둥절해하고 있을 것이다. 그러나 자신을 비난하는 눈빛을 보낸 사람들 중에, 샐러드를 뒤섞는 것처럼 손쉽게 살인을 저지를 수 있는 사람이 있었다.

그들은 모두 이브를 흔한 매춘부처럼 취급하고도 자비롭게 죄를 용서해주겠노라며 어처구니없이 너그러운 척 굴었다. 바로 여기에 문제의 본질이 있었다. 이 점이 이브의 마음 깊은 곳에서 분노를 불러일으키고 있었다.

어쩌면 그리 심한 태도는 아니었을지 모른다. 그들 역시 속이 상했을 테니. 그들에게는 그럴 권리가 있었다. 그러나 이브는 그런 시혜를 베푸는 듯한 태도를 무엇보다도 싫어했다.

이러다 어떻게 될까?

감옥에 가겠지, 분명.

그런 꼴을 당할 수는 없어! 그런 일이 일어나선 안 돼!

우연이었건 의도적이었건 그녀를 신사다운 품위로 따뜻하게 대해준 사람은 단 두 명뿐이었다. 한 사람은 경멸해 마지않는 난봉꾼 네드 애투드였다. 그는 한 번도 자신이 신사라고 주장한 적은 없지만 그녀를 보호해야겠다는 생각에 쓰러지는 와중에도 거짓말을 한 사람이었다. 다른 한 사람은 그 의사였다. 이름은 기억나지 않았다. 아무리 애를 써도 어떻게 생겼는지조차 기억해낼 수 없었다. 그러나 로스 가족의 위선적인 모습을 혐오스럽게 바라보던 표정과 반짝이는 검은 두 눈은 기억이 났다. 로스네 집 응접실에서 그가 비꼬는 듯한 말투로 입을 열자, 칼날 같은 지성이 거품을 꺼뜨리고 가식적인 태도를 무너뜨리던 모습도 기억이 났다.

그런데 네드가 솔직하게 사실을 말한다 한들 과연 경찰이 네드 애투드를 믿어줄까?

네드는 아팠다. 다쳐서 의식이 없었다. "회복하기 어려울 것 같더군요." 이브는 자신에게 닥친 위험 때문에 네드에 대한 일을 잊고 있었다. 로스 가족 모두를 기만하고 네드에게 달려가는 무모한 짓을 한다면, 과연 그에게 도움이 될 수 있을까? 지금 이 순간에는 전화를 거는 일은 고사하고 편지조차 쓸 수가…….

편지가 있었다.

이브는 뤼 데 앙주에 드리워진 시원한 그늘에 서서 손가락으로 핸드백을 움켜쥐었다. 그리고 가방을 연 다음 그 안의 구겨진 편지 봉투를 응시했다.

그녀는 단호한 걸음걸이로 뤼 데 앙주를 가로질러 집 대문에서 그리 멀리 떨어지지 않은 가로등 아래에 멈춰 섰다. 이브는 회색 봉투를 살펴보았다. 입구가 봉해진 봉투 위에 자신의 이름이 프랑스식 필체로 작게 적혀 있었다. 직접 편지를 가져와 그녀가 살지도 않는 집 우편함에 넣어둔 것이었다. 보통 편지라면 특별하거나 해로울 일은 없었다. 그러나 그녀는 봉투를 개봉하면서 심장이 느릿느릿 무겁게 뛰고 목구멍에 뜨거운 것이 차오르는 느낌을 받았다. 편지지에는 프랑스어로 짧은 글이 적혀 있었는데 보내는 사람의 이름은 없었다.

지금 부인이 겪는 상황을 타개할 방법을 알고 싶으시다면, 저녁 10시 이후 언제라도 뤼 드 라 아르프 17번지를 방문해주십시오. 문은 열려 있습니다. 주저하지 말고 들어오십시오.

머리 위에서 나뭇잎들이 서로 부딪치며 속삭였다. 잿빛 편지지 위로 나뭇잎의 그림자가 휘날렸다.

이브는 눈을 치켜떴다. 그녀는 자신의 집 바로 앞에 서 있었다. 요리사가 떠나서 이베트 라투르가 대신 저녁을 준비하며 그녀를 기다리는 곳이었다. 그녀는 편지지를 접어 다시 핸드백 안에 집어넣었다.

주저하던 이브는 간신히 초인종을 눌렀다. 평소와 다를 바 없이 무표정한 얼굴로 집안일을 능숙하게 처리하는 이베트가 안에서 문을 열어주었다.

"식사 준비가 되었습니다. 삼십 분 전부터 되어 있었습니다만."

"저녁 생각 없어."

"식사를 좀 하셔야 할 텐데요. 기력을 차리고 계셔야지요."

"왜지?"

그녀는 이베트의 옆을 스쳐지나 계단으로 향하던 중이었다. 아래층 복도는 온갖 시계와 거울이 가득해서 빛나는 작은 보석 상자 같았다. 그녀가 몸을 돌려 질문을 던진 것은 계단에 다다른 직후였다. 이브는 이때까지 이 집안에 자신과 이베트 단둘만 있다는 사실을 이토록 뼈저리게 느낀 적이 없었다.

"왜냐고 물었는데?" 이브는 질문을 반복했다.

"세상에, 부인." 이베트는 기대하지도 않았던 온순한 감탄사를 내지르며 그녀의 도전을 피했다. 이베트는 눈을 크게 치떴다. 그러더니 레슬링 선수를 연상시키는 강인한 두 손을 허리춤에 얹었다. "누구든 살기 위해선 건강을 챙겨야 하지 않겠어요?"

"모리스 로스 경이 살해당한 날 밤에 왜 문을 잠그고 나를 못 들어오게 한 거지?"

이제 시계 초침 소리까지 또렷하게 들릴 정도였다.

"부인?"

"내 말 들었잖아!"

"말씀은 똑똑히 들었습니다. 하지만 무슨 뜻인지 이해를 못 하겠는데요."

"나에 대해 경찰에게 무슨 이야기를 했지?" 이브가 따져 물었다. 그녀는 심장이 쪼그라들고 두 뺨이 타오르기 시작하는 것을 느꼈다.

"부인?"

"내 하얀 레이스 가운은 왜 세탁소에서 안 돌아오는 거야?"

"오, 부인! 저도 모르겠어요. 가끔 세탁소에서 한없이 시간을 끌곤 하잖아요? 그런데 저녁 식사는 언제 하시겠어요?"

그녀의 도전은 땅에 떨어져서 모리스 로스 경의 도자기 접시가 깨지듯 산산조각이 났다.

"저녁 먹을 생각 없다고 했잖아." 이브는 위층으로 올라가는 계단을 디디며 말했다. "내 방으로 갈래."

"샌드위치라도 만들어드릴까요?"

"하고 싶으면 그렇게 해. 그리고 커피도."

"알겠습니다, 부인. 오늘밤에 또 외출하실 건가요?"

"어쩌면. 잘 모르겠어."

이브는 달음박질로 계단을 올랐다.

침실에는 두꺼운 다마스크 커튼이 드리워져 있고 화장대 위의 전등이 켜져 있었다. 이브는 문을 닫았다. 숨이 가빴다. 가슴속 심장이 작게 고동치는 곳에 커다란 구멍이 뚫린 기분이었다. 무릎이 휘청거렸고 뺨에 몰렸던 피가 이제 머리로 쏠리는 것 같았다. 그녀는 안락의자 위에 쓰러지듯 앉아 진정하려고 애를 썼다.

뤼 드 라 아르프 17번지, 뤼 드 라 아르프 17번지, 뤼 드 라 아르프 17번지.

침실에는 시계가 없었다. 그녀는 미끄러지듯 복도로 나가 손님용 침실에서 시계를 하나 가져왔다. 시계는 마치 폭탄처럼 위협적인 소리로 똑딱거렸다. 이브는 시계를 서랍장 위에 올려둔 다음, 욕실로 가서 얼굴과 손을 씻었다. 욕실에서 나오자 샌드위치 접시와 커피가 든 찻주전자가 보조 탁자 위에 깔끔하게 놓여 있었다. 아무것도 먹을 수 없었지만 커피를 조금 마시고 담배는 수도 없이 피워 댔다. 그사이 시곗바늘이 8시 30분에서 9시, 9시 30분에서 10시를 차례로 가리키며 움직였다.

이브는 파리에서 살인 사건 재판을 방청한 경험이 있었다. 네드가 재미있는 여흥이 되리라고 생각해서 그녀를 데려갔던 것이다. 당시에 그녀는 천둥 같은 고함 소리에 깜짝 놀라고 말았다. 턱받이에 납작한 모자 차림을 한 몇몇 재판관들이 담당 검사 못지않게 피고인에게 어서 자백하라고 을러대며 호통을 쳤기 때문이다.

그 광경은 낯설고 불편했지만 우스꽝스러워 보이기도 했다. 그러나 땟국에 전 얼굴을 하고 재판정에 끌려 나와 까맣게 때가 낀 손으로 피고석 가장자리를 붙잡고 그들을 향해 마주 소리를 지르는 불쌍한 피고인에게는 전혀 우스운 일이 아니었다. 그가 법정으로 나오자 콜타르 냄새가 풍기는 통로 쪽 문이 닫히더니 철컹하는 소리와 함께 자물쇠 두 개가 채워졌다. 콜타르 냄새가 이브에게까지 훅 끼쳐 왔다. 그 냄새야말로 앞으로 무슨 일이 벌어질지 알려주는 선고와도 같았다. 이브는 당시 광경을 회상하는 데 푹 빠져 있어서 아래쪽 거리에서 나는 소음은 거의 듣지 못했다.

그러나 초인종이 울리는 소리는 들을 수 있었다.

사람들이 아래층에서 이야기를 나누고 있었다. 계단의 양탄자를 밟고 올라오는 발소리가 점점 가까워졌다. 이베트가 어느 때보다도 빨리 계단을 뛰어 올라왔던 것이다. 그녀는 침실 문을 두드렸다. 이베트의 태도는 여전히 공손했다.

"아래층에 경찰이 잔뜩 와 있답니다, 부인." 그녀의 어조에서는 일이 잘 처리된 것을 노골적으로 만족해하는, 굉장히 기뻐하는 감정밖에 느껴지지 않았다. 그 말을 들으니 이브는 입이 바짝 말랐다. "부인께서 곧 내려가신다고 말씀드릴까요?"

이베트가 말을 마친 다음에도 그 목소리는 이브의 귀에 몇 초가량 남아 계속 울려 퍼졌다.

"그분들을 1층 응접실로 안내해드려." 이브 자신도 의식하지 못하는 사이에 목소리가 흘러나왔다. "금방 내려갈 테니까."

"알겠습니다, 부인."

이브는 일어나서 문을 닫았다. 그러고는 옷장으로 가 짧은 모피 숄을 꺼내 목에 둘렀다. 핸드백을 열어 돈이 있는 것을 확인했다. 그런 다음 전등을 끄고 살금살금 복도로 나섰다.

그녀는 헐거워진 양탄자 고정쇠를 피해 아무도 듣지 못하도록 가볍게 발을 내디디며 아래층으로 내려갔다. 이브는 이베트의 행동거지를 일일이 떠올릴 수 있다는 듯 그녀의 행보를 계산했다. 이제 사람들의 말소리는 1층 응접실에서 들려오고 있었다. 살짝 열린 응접실 문틈으로 이베트가 등을 돌린 채 경찰들을 환대하며 손을 번쩍 드는 모습이 보였다. 어떤 경찰의 한쪽 눈과 콧수염이 얼핏 보였지만 들킨 것 같지는 않았다. 이 초 후 그녀는 어두운 식당을 지나 훨씬 더 어두운 주방으로 들어섰다.

이브는 지난번처럼 뒤쪽 현관문의 자동 자물쇠를 풀었다. 그러나 이번에는 스스로 문을 닫았다. 그녀는 계단을 올라 이슬에 젖은 뒤뜰로 나갔다. 해변에 서 있는 등대 불빛이 그녀의 머리 위를 선회했다. 이브는 재빨리 뒷문으로 빠져나가 도로로 나섰다. 삼 분 후에는 어둑하지만 장엄한 불바르 뒤 카지노에서 택시를 잡아탔다. 그 사이에 어느 집 정원에 묶인 개가 그녀를 발견하고 광분했던 것을 제외하면 아무 일도 일어나지 않았다.

"뤼 드 라 아르프 17번지로 가주세요."

"여기인가요?"

"그렇습니다, 부인. 뤼 드 라 아르프 17번지입니다." 택시 기사
가 말했다.

"가정집인가요?"

"아닙니다, 부인. 상점이죠. 꽃가게입니다."

이 거리에서 라 방들레트의 부유한 사람들을 발견하기란 좀처
럼 힘들었다. 다시 말해 산책로와 해안 지구에서 가깝다는 뜻이었
다. 라 방들레트에서 돈을 쓰고 가는 영국 졸부들은 대부분 이 지
역을 멸시했다. 이곳이 웨스턴이나 페인턴, 포크스턴* 같은 지역과
똑같아 보였기 때문이다. 사실이 그렇기도 했다.

●　　**웨스턴, 페인턴, 포크스턴** _ 모두 영국의 대중적인 휴양지.

낮에는 벌집 같은 회색빛 작은 골목들에 장난감 모래삽, 양동이, 바람개비가 들어찬 다채로운 기념품 상점과 노란색 코닥 사진 간판, 그리고 가족을 대상으로 하는 점잖은 술집이 북적거렸다. 그러나 밤이 오면, 특히 가을이 깊어지면서부터는 대부분의 거리가 불빛 하나 없이 축축하게 변했다. 택시는 높은 건물들 사이를 돌아 뤼 드 라 아르프 안으로 빨려들어가듯 움직였다. 조명이 꺼진 한 상점 앞에 택시가 멈추자 이브는 내리기 싫다 못해 공포심마저 느꼈다.

이브는 뒷좌석에 앉아 반쯤 열린 택시 문에 손을 얹은 채로 미터기에 흐릿하게 비친 택시 기사의 얼굴을 보았다.

"꼬, 꽃가게라고요?" 그녀가 재차 물었다.

"그렇습니다, 부인." 택시 기사는 어두침침한 상점 쇼윈도 위로 간신히 보이는 흰색 에나멜 글자를 가리켰다. "'천국의 정원. 각종 화초 주문받습니다.' 보시다시피 지금 영업은 끝났습니다만." 그는 친절하게 덧붙였다.

"그렇군요."

"다른 곳으로 가고 싶으신가요?"

"아뇨, 여기가 좋아요." 이브는 택시에서 내렸다. 그러나 그녀는 계속 망설였다. "혹시 가게 주인이 누구인지 아시나요?"

"아! 주인 말인가요? 아니요." 택시 기사는 곰곰이 기억을 더듬어본 다음 대답했다. "이 집 주인은 모릅니다. 하지만 가게 일을 맡아 하는 사람은 아주 잘 알죠. 마드무아젤 라투르예요. 보통은 간단히 마드무아젤 프뤼라고 부른답니다. 굉장히 고상한 젊은 숙녀지요."

"라투르라고요?"

"그렇습니다, 부인. 어디 몸이라도 불편하신가요?"

"아니에요! 그 아가씨한테 이베트 라투르라는 친척이 있지 않나요? 언니나 고모일지도 모르는데요."

택시 기사는 물끄러미 그녀를 바라보았다.

"제가 꺼낸 얘기지만 그것까지 알아내라니 너무 무리한 요구이십니다! 말씀드리지 못해 안타까울 따름이네요. 제가 아는 거라곤 이 가게가 아주 깔끔하고 그 아가씨처럼 어여쁘다는 사실뿐이랍니다." (이때 이브는 택시 기사가 어둠 속에서 자신을 흥미로운 눈으로 바라본다는 느낌을 받았다.) "용무 보시는 동안 여기서 기다릴까요?"

"아니에요. 아니, 그렇게 해주세요! 그게 낫겠네요."

이브는 다른 질문을 하려고 입을 열었다가 생각을 바꿨다. 그녀는 별안간 몸을 돌리더니 서둘러 포장도로를 건너 가게로 향했다.

뒤에 남은 택시 기사는 무표정한 얼굴로 생각에 잠겼다.

맙소사, 하지만 꽤 예쁜 여자로군. 분명 영국인이겠지! 프뤼 양이 저 부인의 애인과 놀아나서 복수라도 하러 온 걸까? 그렇다면 마르셀 영감, 입 닥치고 재빨리 여기서 튀는 게 낫지 않겠어? 황산을 끼얹을지도 모르잖아. 하지만 생각해보면 영국인들은 황산을 뿌리는 짓 같은 건 별로 안 하는 듯해. 그래도 저번에 어떤 남자가 술에 취했을 때 부인이 한소리하는 걸 보니 영국인들 성질도 이만저만 아니던데. 그래, 무슨 큰일이야 있겠어. 그래봤자 나름 유쾌하고 재미있는 소동 정도 일으키겠지. 게다가 못 받은 택시비가 팔 프랑 사십 상팀이나 된다고.

이브에게는 그렇게 간단한 일일 것 같지 않았다.

그녀는 가게 앞에서 잠시 걸음을 멈췄다. 문 옆의 쇼윈도는 깨끗하고 반짝반짝했지만 안쪽은 보이지 않았다. 달 끄트머리가 어두운 옥상 위로 모습을 드러냈지만 유리창은 달빛을 반사해 불투명한 빛을 낼 뿐이었다.

'저녁 10시 이후 언제라도. 문은 열려 있습니다. 주저하지 말고 들어오십시오.'

손잡이를 돌려보던 이브는 문이 잠겨 있지 않다는 사실을 알아차렸다. 그녀는 문 위에 달린 방울이 딸랑거릴 거라는 기대를 하며 문을 활짝 열었다. 그러나 아무 소리도 들리지 않았다. 여전히 조용하고 어두웠다. 그녀는 문을 활짝 열어둔 채 가게 안으로 들어갔다. 아무 소리도 들리지 않았다는 사실이 뜻하는 바가 굉장히 겁이 났지만 바깥에 있는 택시 기사의 존재에 그나마 안심이 되었다.

여전히 아무 소리도 들리지 않았다.

차갑고 축축하고 향기로운 공기가 밀려들어 그녀가 지나간 자리 위에 내려앉았다. 그다지 큰 가게는 아닌 것 같았다. 창문 안쪽에는 천을 씌워놓은 새장이 낮은 천장에 쇠사슬로 매달려 있었다. 달빛 끄트머리가 바닥에 길게 드리워져 있었지만 눈에 보이는 것은 실내를 장식한 꽃들의 희끄무레한 형체와 벽에 걸린 장례 화환의 그림자뿐이었다.

이브는 계산대와 금전 등록기를 지나 마치 물속에 빠진 것처럼 축축한 공기에 희석된 여러 가지 꽃향기를 뚫고 앞으로 나아갔다. 그러다 가게 뒤편에서 가느다랗게 새어 나오는 노란 불빛을 발견했다. 뒷방으로 통하는 문을 가로막고 있는 두꺼운 칸막이 커튼 아래 바닥에서 비치는 빛이었다.

"거기 누구시죠?" 누군가가 프랑스어로 말했다.

이브는 앞으로 걸어가 커튼을 걷었다.

그녀의 눈에 들어온 광경은 가정적이라고밖에는 표현할 수가 없었다. 가정적인 분위기가 샘솟는 곳이었다. 이브는 작고 아늑한 거실 안을 들여다보았다. 벽지 취향은 유감스러웠지만 가정의 숨결이 배어 나왔다.

벽난로 위 선반은 거울 주위로 여러 개의 칸막이 선반이 둘러싼 형태였고, 난로 안에는 프랑스인이 '포탄'이라고 부르는 둥근 조개탄이 빨갛게 타오르고 있었다. 장식이 달린 갓을 씌운 전등은 탁자 한가운데에 놓여 있었다. 인형이 가득한 소파도 있었다. 피아노 위에는 액자에 끼워진 가족사진이 걸려 있었다.

프뤼 본인은 차분하면서도 상냥한 모습으로 전등 옆 안락의자에 앉아 있었다. 이브는 그녀를 한 번도 본 적이 없었지만 고롱이나 더멋 킨로스였다면 대번에 그녀를 알아보았을 터였다. 고상한 옷차림을 한 프뤼는 놀라울 정도로 침착한 태도를 유지하고 있었다. 그녀는 크고 얌전한 검은 눈을 들어 이브를 쳐다보았다. 옆에 놓인 탁자 위에 반짇고리가 있었다. 마침 고무 밴드가 달린 분홍색 가터벨트의 솔기를 수선하느라 이로 실을 끊는 데 열중하고 있었던 것이다. 그런 모습보다 더 안락하고 가정적이고 실내화를 신은 듯 편안한 광경은 아마 없을 터였다.

맞은편에는 토비 로스가 앉아 있었다.

프뤼는 바늘과 가터벨트를 내려놓고 자리에서 일어섰다.

"아, 부인! 제 편지를 받으셨나 봐요? 잘됐네요. 어서 들어오세요." 그녀는 활기차게 말했다.

긴 침묵이 흘렀다.

말하기조차 유감스러운 일이었지만, 이브는 충동적으로 그의 면전에 대고 웃음을 터뜨리고 싶었다. 그러나 이건 우스운 상황이 아니었다. 전혀 우습지가 않았다.

토비는 뻣뻣한 자세로 앉아 있었다. 그는 이브에게 매혹된 듯 그녀를 바라보며 눈을 떼지 못했다. 그러다 안면에 검붉은 빛이 떠오르고 얼굴 전체로 번지더니 급기야 폭발할 것 같은 모습이 되었다. 만약 토비 로스가 어느 정도로 양심의 가책을 느끼는지 알고 싶다면 그의 표정에 새겨진, 보기에도 고통스러울 정도의 주름들을 일일이 바라보는 것만으로도 충분했다. 남자라면 누구라도 그 표정에 안쓰러운 감정을 느낄 터였다.

이브는 마음속으로 생각했다. 이제 어느 때라도 미친듯이 화를 낼 수 있어. 하지만 당장은 아니야. 그래선 안 돼.

"다, 당신이 편지를 썼나요?" 자신도 모르는 사이에 목소리가 흘러나왔다.

"제가 괜한 짓을 했어요!" 프뤼는 불안해하는 미소를 지으며 진심으로 걱정스럽다는 투로 대답했다. "하지만 부인, 현실적으로 그럴 수밖에 없었어요."

그녀는 토비에게 다가가 그의 이마에 스스럼없이 키스를 했다.

"불쌍한 토비, 저희 둘은 굉장히 오랫동안 친밀한 관계였답니다. 하지만 이이가 제 마음을 알아줄 것 같지 않았어요. 그래서 이제는 솔직하게 말해야 한다고 생각했죠. 아시겠어요?"

"아무렴, 그렇고말고요."

프뤼의 예쁜 얼굴에 다시 침착하고 자신만만한 표정이 떠올랐다.

"저기, 부인, 전 행실 나쁜 여자는 아니에요! 좋은 집안에서 자란 착한 소녀라고요." 프뤼는 피아노 위에 걸린 사진을 가리켰다. "저쪽이 저희 아빠세요. 저쪽은 엄마고요. 저건 아르센 삼촌이고요. 저쪽은 언니인 이베트예요. 가끔은 나약해진 나머지 비뚤어지고 싶을 때도 있었지만…… 그래요! 그건 자신을 인간적이라고 생각하는 여자라면 누구나 누릴 수 있는 특권 아닌가요?"

이브는 토비를 바라보았다.

토비는 자리에서 일어나려다 다시 주저앉았다.

"이건 아셔야 해요! 로스 씨는 고결한 의도로 저를 만났고, 또 저와 결혼할 생각이었어요. 최소한 저는 순진하게 그렇게 생각했죠. 그런데 당신이랑 약혼을 한다는 소식이 들리지 뭐예요. 안 돼요, 안 돼, 안 된다니까!" 그녀의 목소리는 비난이 섞이며 점점 크게 울렸다. "대답해봐요! 그게 공정한가요? 그게 올바른 일이에요? 그게 명예로운 일이냐고요?"

그녀는 어깨를 으쓱했다.

"저는 남자란 족속을 잘 알아요! 하지만 이베트 언니는 불같이 화를 냈죠. 어떻게든 이 결혼을 깨버리고 저를 로스 씨에게 안겨주겠다고 했어요."

"이게 모두 사실인가요?"

이브는 이제 많은 것들이 이해되기 시작했다.

"전 그런 사람이 아니에요. 남자 꽁무니를 쫓아다니진 않는다고요. 전 상관없어요! 토비의 마음이 식었다고 해도 바다에 고기는 많으니까요. 하지만 이건 옳지 않죠. 제가 낭비한 시간과 제 마음을 다치게 한 일에 대해서는 조금이나마 보상을 받아야겠어요. 부인도 여자이시니까 제 말에 동의하실 테죠. 그렇죠?"

토비는 가까스로 입을 열었다.

"당신이 편지를 썼다고?" 그는 멍한 목소리로 입을 열었다.

프뤼는 그에게 건성으로 다정한 미소를 지어주었지만, 그 외에는 아무런 관심도 보이지 않았다. 진짜 볼일은 이브에게 있었기 때문이다.

"저는 이이에게 보상을 해달라고 간절히 부탁했어요. 그러면 우리 사이를 끝내겠다고 했죠. 저는 로스 씨가 잘되기를 바라요. 결혼도 축하해줄 생각이에요. 하지만 이이는 돈이 없다면서 계속해서 핑계를 늘어놓았죠."

프뤼가 바라보는 태도에서 그녀가 어떤 생각을 하고 있는지 드러났다.

"그러다가 로스 씨 아버님께서 돌아가셨어요. 굉장히 슬펐죠." 프뤼는 진심으로 근심하는 것처럼 보였다. "그리고 저는 조의를 표할 때 말고는 거의 일주일 동안 이이를 괴롭히지 않았어요. 게다가 아버님의 유산을 상속받게 될 테니 이제 보상금을 후하게 치러줄 수 있다고 했거든요. 하지만 이걸 아셔야 해요! 바로 어제, 이이가 아버님의 사업이 어려움에 처해 있어서 돈이 그리 없다고 털어놓더라고요. 게다가 이웃의 골동품상인 베유 씨도 망가진 코담뱃갑 가격을 치러달라고 강경하게 나선다고 하네요. 그 가격이 믿기 힘들게도 무려 칠십오만 프랑이나 된다지 뭐예요."

"이 편지는……." 토비가 입을 열었다.

프뤼는 계속해서 이브 쪽을 향해 말했다.

"그래요, 제가 그 편지를 썼어요." 프뤼는 순순히 시인했다. "이베트 언니는 편지를 썼다는 사실을 몰라요. 이건 제가 생각한 일이에요."

"왜 편지를 썼죠?" 이브가 물었다.

"부인, 그걸 질문이라고 하시는 건가요?"

"질문이라고 하는 거예요."

"분별 있는 분이라면 벌써 짐작하셨을 텐데요." 프뤼는 책망하듯 입을 부루퉁하게 내밀며 말했다. 그러더니 토비에게 다가가 그의 머리카락을 어루만졌다. "저는 불쌍한 토비를 사랑하지만……."

논의 선상에 오른 신사는 자리에서 벌떡 일어섰다.

"세상에, 전 부자가 아니에요. 부인도 인정하시겠지만……." 프뤼는 발끝으로 서서 벽난로 위 거울에 비친 자신의 모습을 만족스럽다는 듯이 바라보았다. "그래도 꽤 괜찮은 여자라고 생각해요. 그렇지 않나요?"

"확실히 그렇군요."

"좋아요! 부인은 부유하시지요. 어쨌든 사람들은 그렇다고 하더라고요. 분별 있는 분이시라면, 그리고 품위 있는 분이시라면 구구절절 설명하지 않아도 제가 무슨 말을 하는지 이해하시겠죠?"

"난 아직도……."

"부인께서는 제 가여운 토비와 결혼하고 싶어 하시잖아요. 이이를 잃는 건 슬픈 일이지만, 부인도 아시다시피 전 괜찮은 여자니까요. 저는 독립심이 강하답니다. 아무도 귀찮게 하지 않아요. 하지만 이런 상황이라면, 자, 현실적으로 대처해야 하지 않겠어요? 그러니 부인께서 작은 보상이라도 합의해주신다면, 어떤 문제라도 조정할 수 있다고 약속드릴게요."

다시 긴 침묵이 흘렀다.

"왜 웃으려고 하실까?" 프뤼는 사뭇 달라진 날카로운 목소리로 따져 물었다.

"미안해요. 웃은 게 아니에요. 이건, 정말이지…… 앉아도 될까요?"

"그럼요! 제가 예의 없게 굴었네요! 자, 이 의자에 앉으세요. 토비가 가장 좋아하는 의자랍니다."

토비의 얼굴은 당혹감과 수치심 때문에 진홍색으로 물들었다가 이내 제 안색을 되찾았다. 이제 더는 죄책감에 달아오르거나 십오 라운드를 다 뛰고 난 권투 선수의 멍한 눈빛이 아니어서, 등을 두드리며 '이제 끝났네, 친구'라고 말해주고 싶은 생각은 들지 않았다.

토비는 여전히 굳은 채였다. 그러나 그 자신의 아집과 독선 탓에 분노 또한 치밀어올랐다. 좋든 나쁘든 인간의 본성이란 여전한 법이다. 토비는 분명 당혹스러운 상황에 처해 있었다. 그래서 그러한 탓을 다른 사람에게 돌리려고 했다. 아마 누구라 해도 상관없을 터였다.

"나가." 그가 프뤼에게 말했다.

"뭐라고?"

"나가라고 했어!"

"혹시 잊은 거예요?" 이브가 끼어들었다. 차가운 말투가 즉각적인 효과를 발휘해서 토비는 눈을 깜빡였다. "여기가 라투르 양의 집인 걸 잊지는 않았겠죠?"

"누구 집이든 상관없어요. 그러니까 내 말은……."

토비는 과격한 동작으로 머리카락에 손가락을 집어넣고는 세게 움켜쥐며 자신을 추스르려 애썼다. 그는 몸가짐을 바로 하며 숨을 거칠게 몰아쉬었다.

"제발 자리 좀 비켜줘." 이번에는 부탁이었다. "어서. 가. 부인과 할 이야기가 있어."

프뤼는 불안한 기색을 보이더니 한숨을 깊게 쉬고는 동정하는 태도로 말했다.

"분명 부인도 어떤 식으로 보상해야 할지 의논하고 싶으실 테니까요."

"그런 이야기도 해야겠죠." 이브가 동의했다.

"저는 분별 있는 여자예요. 절 믿으세요. 부인께서 모든 걸 받아들이는 아량을 베푸신다면 굉장히 기쁠 거예요. 사실 조금 걱정했다는 사실을 고백해야겠네요. 이제 나가볼게요. 그래도 위층에 있어야겠어요. 저를 부르고 싶으시면 저기 긴 빗자루로 천장을 두드리세요. 금방 내려올 테니. 이따 봬어요, 부인. 이따 봐, 토비."

프뤼는 탁자에 널린 가터벨트와 바느질 도구를 모아 들고 곧장 거실 뒤편의 문으로 향했다. 활기찬 태도로 다소 동정심을 섞어 고개를 끄덕였는데, 그런 모습은 그녀의 눈과 입술, 치아의 아름다움을 더욱 빛나게 했다. 그녀는 꽃향기를 헤치며 미끄러지듯 움직여 밖으로 나가서는 조심스럽게 문을 닫았다.

이브는 걸음을 옮겨 탁자 옆에 있는 안락의자로 가서 앉았다. 그리고 아무 말도 하지 않았다.

토비는 안절부절못했다. 그는 그녀에게서 물러나 벽난로 선반에 팔꿈치를 괴었다. 꽃가게 뒤편에 위치한 조용한 방안에 천둥 번개가 몰려온 듯한 분위기가 자리 잡아서, 토비 로스보다 훨씬 둔감한 사람이라 해도 감지할 수 있을 정도였다.

지금 이브에게 주어진 것과 같은 기회를 얻는 여성은 흔치 않았다. 그녀를 억눌렀던 모든 고통과 고뇌에 대한 보상을 큰 소리로 요구할 수 있는 기회가 생긴 것이었다. 공명정대한 제삼자라면 두 사람이 아늑한 방안에 함께 있는 모습을 보고, 그녀에게 기쁨의 환호성을 지르며 그에게 덤벼들어 사정없이 해치워버리라고 강력히 권했을 터였다. 그러나 제삼자가 보기에는 쉬운 일일는지 몰라도 이브에게는 아니었다.

침묵이 계속해서 이어졌다. 토비는 여전히 벽난로 선반에 팔꿈치를 괸 채 콧수염을 비틀고 옷깃을 귀밑까지 세우고는, 이따금 이브를 재빨리 곁눈질하며 그녀가 이 상황을 어떻게 받아들이는지 눈치를 볼 따름이었다.

이브는 딱 한 마디만 했다.

"그래서요?"

"저기, 젠장, 정말 미안해요." 토비는 진심 어린 태도로 불쑥 입을 열었다.

"그런가요?"

"내 말은, 당신이 이런 걸 알게 해서 미안해요."

"아. 은행까지 이 사실을 알게 될까 봐 겁내는 게 아니고요?"

토비는 잠시 생각에 잠겼다.

"아니, 그건 괜찮아요." 그는 장담했다. 그녀를 돌아보는 얼굴에는 강한 안도감이 내려앉아 있었다. "저기, 당신이 걱정하던 일이 그거였나요?"

"아마도요."

"아닙니다. 그쪽은 확실히 아무 문제 없다고 약속드리죠." 토비는 진지하게 말했다. "물론 그 생각도 해봤습니다. 하지만 당신이 이 문제를 공개적인 추문으로 삼지 않는 한 괜찮아요. 공개적인 추문을 피하는 게 중요한 겁니다. 그 외에 당신 사생활은 마음대로 누려도 좋아요. 우리 둘뿐이니 하는 말이지만……." 그는 좌우를 두리번거렸다. "우리 지점장 뒤푸르 씨는 매춘부를 사러 불로뉴까지 간다니까요. 정말이에요! 사무실에서는 모르는 사람이 없지요. 당연하지만 지금 말한 건 절대 비밀입니다."

"당연하시겠죠."

토비의 얼굴이 훨씬 더 빨개졌다.

"이브, 난 당신이 이해심 많은 사람이라는 게 얼마나 좋은지 모릅니다." 그는 불쑥 말했다.

"어머?"

"그래요." 토비는 그녀의 눈을 피하며 말했다. "이건 우리가 이야기를 나눌 만할 일이 아니에요. 명심해요. 훌륭한 숙녀분과, 무엇보다 당신과 이야기를 나누고 싶은 일도 아니고요. 하지만 우리 둘 사이의 장벽이 허물어졌으니…… 뭐, 어쩔 수가 없죠."

"그래요. 장벽이 허물어졌어요, 그렇죠?"

"대부분의 여자들은 히스테리를 일으켰을 테죠. 솔직하게 털어놓겠습니다. 당신은 지난 몇 주 동안 무슨 일이 있었는지 모를 겁니다. 아버지께서 돌아가시기도 전부터 벌어진 일입니다. 어쩌면 내가 평소처럼 밝고 명랑하게 굴지 않았다는 걸 눈치챘을지도 모르겠군요. 위층에 있는 저 조그만 암캐 같은 년 때문이지요." 이브의 몸이 딱딱하게 굳었다. "정말입니다. 저 여자는 내 평생 최악의 골칫거리라고요. 내가 무슨 꼴을 당했는지 상상도 못 할 겁니다."

"나한테 하려던 말은 그게 전부인가요?"

이브는 천천히 물었다.

토비는 눈을 깜빡였다.

"전부라니요?"

이제껏 이브 닐은 올바른 행동거지로 처신하는 부류에 속하여 살아왔다. 하지만 동시에 그녀는 랭커셔의 룸할트에서 방적 공장을 운영한 고故 조 닐의 딸이기도 했다. 자신의 아버지와 마찬가지로 그녀에게도 무한정 참아줄 수 있는 일이 있는 반면, 조금도 참아줄 수 없는 일도 있었다.

프뤼의 의자에 깊이 파묻힌 채 앉아 있으니 방안은 마치 옅은 안개가 낀 것처럼 보였다. 벽난로 선반 위 거울에 토비의 뒷모습이 비쳤고, 곱슬머리 사이로 육 펜스짜리 은화 크기로 머리가 빠진 흔적이 보였다. 왜 그런지는 모르겠지만, 그녀의 분노에 화룡점정을 찍은 것은 바로 그 뒤통수였다.

이브는 자세를 바로 고쳐 앉았다.

"당신이 구제불능의 후안무치한 인간이라는 생각은 안 들던가요?"

토비는 이런 폭언을 듣자 잠시 동안 자신의 귀를 믿지 못하는 것 같았다.

"내게는 하루 종일 도덕 운운하며 설교를 늘어놓고 자신은 갤러해드 경*이라도 되는 양 거만한 태도로 이상과 원칙을 떠들어댔으면서, 나와 만나는 내내 이 여자애를 한쪽에 숨겨뒀다는 게 우습다는 생각은 들지 않나요?"

토비는 소름이 끼칠 정도로 충격을 받았다.

"정말이지, 이브! 정말!" 그는 신경질적으로 빠르게 주변을 두리번거리기 시작했다. 마치 뒤푸르 지점장과 얼굴을 마주칠까 두려운 듯했다.

"그래요, 정말이지! 계속 떠들어봐요!"

"당신에게 그런 말을 들을 줄은 생각도 못 했습니다."

"그런 말! 그러면 당신 행동은 어때요?"

"뭐, 그게 어떻다는 겁니까?" 토비는 거세게 반박했다.

"그렇다면 당신도 내가 한 일을 모두 '용서하고 잊어줄' 수 있겠네요? 당연히 그렇게 해줄 거라고 믿겠어요. 유라이어 히프** 같은 인간! 당신 이상은 어디에 팔아먹었나요? 그런데도 순수하고 독실한 척, 소박한 청년인 양 굴어요?"

토비는 단순히 냉정을 잃은 것에서 그치지 않고 심한 충격을 받아 동요하고 있었다. 그는 자신의 어머니처럼 근시가 있는 듯 이브를 향해 눈을 깜빡였다.

"그건 전혀 다른 문제예요." 그는 어린아이에게 당연한 일을 설명해야 한다는 듯 답답해하는 말투로 항변했다.

"아, 그런가요?"

"예, 그렇지요."

"어떻게요?"

토비는 악전고투하고 있었다. 마치 행성이 움직이는 원리나 우주의 구조를 한두 마디로 설명해야 하는 사람 같았다.

"이봐요, 이브! 남자란 가끔…… 소위 충동에 휩싸일 때가 있기 마련입니다."

"여자에게는 충동이 없다는 뜻인가요?"

"아하? 그렇다면 그 사실을 인정하는 건가요?"

토비가 톡 쏘아붙였다.

"뭘 인정해요?"

"결국 비열한 애투드와 놀아난 사실을 인정하는 것 아닙니까?"

"난 절대 그런 말은 안 했어요! 내 말은, 여자도……."

"아, 그렇지 않아요." 토비는 신조차 넘어서는, 형언할 수 없는 지혜를 가진 사람처럼 고개를 흔들었다. "정숙한 여자라면 그런 짓은 하지 않아요. 남자와 여자는 다른 법입니다. 그런 짓을 저지른 여자는 더이상 숙녀라고 할 수 없죠. 이상화할 가치가 없는 여자란 말입니다. 그래서 당신에게 깜짝 놀랐던 겁니다.

조금 더 솔직하게 말해도 괜찮겠죠, 이브? 당신을 상처 입히는

● **갤러해드 경** _ 아서 왕 전설에 등장하는 원탁의 기사 중 하나로 고결한 인물의 대명사.
●● **유라이어 히프** _ 찰스 디킨스의 소설 『데이비드 코퍼필드』에 등장하는 위선적인 악인.

일은 절대 없을 겁니다. 하지만 이것만은 알아둬요. 솔직히 마음을 털어놓지 않고는 견딜 수가 없군요. 오늘밤은 당신을 다시 보게 되는 날인 것 같습니다. 마치 내게는……."

그는 말을 더 잇지 못했지만 이브가 그의 말을 가로막은 것은 아니었다.

그녀는 냉정한 시선으로 난롯불에 너무 가까이 선 토비의 모습을 바라보고 있었다. 그가 입은 회색 정장 바지의 종아리 부분이 불에 그슬려 연기가 피어올랐다. 자세라도 바꾼다면 옷이 살갗에 닿아 굉장히 따가울 터였다. 그러나 그런 생각을 한들 그녀의 마음이 동요되지는 않았다.

대화를 방해한 사람은 프뤼였다. 그녀는 짧게 노크한 다음 안으로 들어와 서둘러 탁자 쪽으로 오더니 안절부절못하며 변명하듯 말했다.

"저기, 실패를 찾으러 왔어요. 하나를 두고 갔나 봐요." 프뤼가 반짇고리를 뒤지는 사이 토비는 눌어붙은 바지가 종아리에 닿아 고통스러워하며 펄쩍 뛰었다. 그런 모습을 보는 이브의 마음도 덩달아 사라반드 춤을 추는 것 같았다.

"토비." 프뤼가 입을 열었다. "그리고 부인, 말씀 소리를 조금만 낮춰주실 수 있을까요? 저희 집은 이웃 사이에서도 점잖다는 평을 듣는데, 이웃분들이 놀라실 거예요."

"우리가 소리를 지르고 있었나요?"

"굉장히 큰 소리를 내셨지요. 저야 영어를 모르니 무슨 뜻인지 못 알아들었지만요. 화기애애하게 들리진 않던데요." 그녀는 빨간 색 실이 감긴 실패를 들더니 전등에 비춰 보았다. "보상 건으로 이 견이 있는 건 아니길 바랄게요."

"아니, 있어요."

"부인?"

"당신 애인을 돈으로 빼앗는 짓은 안 할게요." 이브는 이렇게 말 하면서 아직 결정을 내리지 못했던 상황을 매듭지으며 토비에게도 확실히 못을 박았다. 토비의 입장에서 보자면 그 역시 일이 이렇게 까지 흘러와버린 것에 대해 그녀만큼이나 화가 나 있었다.

"내가 제안을 하나 하죠." 고ᴙ 조 닐의 딸이 계속 말을 이었다. "당신이 언니 이베트를 설득해서 모리스 로스 경이 살해당한 날 밤 에 문을 잠가 나를 못 들어가게 한 사실을 경찰에게 털어놓게 한다 면 당신에게 그 보상의 두 배를 주겠어요."

프뤼의 얼굴이 다소 창백해졌다. 분홍빛으로 칠한 입술과 검정 속눈썹이 붙은 눈이 더욱 생생하게 두드러져 보였다.

"전 언니가 무슨 일을 했는지 몰라요!"

"예컨대 내가 체포당하게 하려고 갖은 애를 썼다는 사실을 모른 다고요? 이건 짐작이지만, 그렇게 되면 여기 로스 씨가 당신과 결 혼하리라는 희망을 품는 게 아닌가요?"

"부인!" 프뤼가 외쳤다.

(이 여자는 확실히 몰랐던 모양이라고 이브는 생각했다.)

"경찰이 체포할까 봐 걱정하지 마요." 토비가 으르렁대듯 말했다. "허풍 떠는 거지. 정말로 그럴 리 없어!"

"아, 그런가요? 나를 감옥에 보내려고 족히 대여섯 명은 우리 집으로 몰려왔는데요. 간신히 도망쳐 나와 여기로 온 거예요."

토비는 옷깃을 잡아당겼다. 이브는 영어로 이야기했지만 잔뜩 겁을 먹은 프뤼는 이브가 어떤 취지의 말을 하는지 정확히 알아차렸다. 그녀는 다른 실패를 살펴보다가 탁자 위로 내동댕이쳤다.

"경찰이 이리로 오고 있다고요?"

"이쪽으로 온다고 해도 놀랄 일은 아니에요." 이브가 대꾸했다.

프뤼는 떨리는 손가락으로 반짇고리에서 온갖 종류의 물건을 꺼내 하나하나 살펴본 다음 탁자 위로 떨어뜨렸다. 실패 몇 개. 종이에 꽂힌 핀이 두 세트. 가위가 하나. 그리고 왜 들어 있는지 이해하기 힘든 물건으로는, 구둣주걱 하나, 동그랗게 말아놓은 줄자 하나, 고리가 얽힌 머리 그물망 하나가 있었다.

"당신 언니가 좀 이상한 생각을 하는 것 같더니, 당신이 배후에 있을 줄은 몰랐군요."

"고맙군요, 부인!"

"하지만 그건 좋은 생각이 아니에요. 계획이 실현될 것 같지가 않네요. 분명 로스 씨가 직접 말해줬겠지만 저분은 당신과 결혼할 마음이 없어요. 반면 나는 인생이 위협받을 정도로 상당히 심각한 위험에 빠져 있고, 당신 언니는 내 혐의를 벗겨줄 수 있어요."

"무슨 말씀인지 모르겠어요. 언니는 저를 철없다고만 생각하는 걸요. 저한테는 아무 이야기도 해주지 않았단 말이에요!"

"제발 부탁해요!" 이브는 필사적으로 설득했다. "당신 언니는 그날 밤 무슨 일이 일어났는지 아주 잘 알고 있어요. 이베트는 그 시간 내내 애투드가 내 방에 있었다고 증언해줄 수 있어요. 경찰이 그는 믿지 않을지 몰라도 언니 말은 믿어줄 거예요. 내가 체포당하길 바라는 이유가 당신 일에 집착하기 때문이라면, 분명히……."

그녀는 감정을 억누르다가 화들짝 놀라 자리에서 일어섰다.

프뤼는 거의 반짇고리를 파헤치다시피 속에 든 것들을 끄집어냈다. 그리고 마지막으로 꺼낸 물건을 안달하듯 화를 내며 핀과 실패 사이에 떨어뜨렸다. 싸구려 모조 보석 같았다. 어쩌면 모조품이 아닐 수도 있었다. 수정 같은 조그마한 정사각형의 보석들을 푸른 색으로 빛나는 다른 조그마한 보석과 서로 엇갈리게 만들어, 세공을 한 가느다란 금속 줄에 끼운 고풍스러운 디자인의 목걸이였다. 프뤼가 떨어뜨린 목걸이는 뱀 같은 모습으로 동그랗게 말려서 전등의 독기 어린 불빛을 받아 깜빡이며 빛나고 있었다.

"이거 어디서 났죠?" 이브가 물었다.

프뤼는 눈썹을 치켜세웠다.

"이거요? 아무 가치도 없는 물건이에요, 부인."

"가치가 없다고요?"

"그렇다니까요, 부인."

"다이아몬드와 터키석인데요." 이브가 목걸이의 한쪽 끝을 잡고 들어올렸고, 목걸이는 전등 옆에서 흔들거렸다. "랑발 부인의 목걸이잖아요! 내가 완전히 정신이 나간 게 아니라면 마지막으로 이걸 봤던 건 로스 경의 수집품을 봤을 때였는데요. 서재 문 바로 왼쪽 장식장에 있었어요."

"다이아몬드랑 터키석이라고요? 부인께서 잘못 보셨군요." 프뤼가 신랄한 어투로 말했다. "그렇게 값나가는 물건이라고 의심하시는 거예요? 정말이지! 베유 씨네 가게에 직접 한번 가보시죠. 고작 몇 집 건너예요. 가서 가격이 얼마나 되는지 물어보시라니까요!"

"그래." 토비가 묘한 어투로 끼어들었다. "이게 어디서 난 거지, 꼬마 아가씨?"

프뤼는 두 사람을 차례대로 쳐다보았다.

"어쩌면 언니 말대로 제가 철이 없는지도 모르겠네요." 그녀는 이제껏 자신만만하던 얼굴을 찌푸렸다. "어쩌면 생각이 짧았는지도 모르고요. 세상에, 실수라도 하면 언니가 나를 죽이려고 들 텐데! 지금 나한테 속임수를 쓰는 거죠? 당신 말은 안 믿어. 이제 두 사람 중 누구의 질문에도 대답하지 않겠어요. 이, 이제 언니에게 전화하러 가야겠어요!"

프뤼는 다소 과격한 태도로 퍼부어댄 다음 재빨리 밖으로 뛰쳐나갔기 때문에, 두 사람이 그녀를 붙잡고 싶어도 그렇게 할 수 있을 것 같지 않았다. 그녀의 하이힐 굽이 가게 뒤로 난 문 너머에 있는 계단에 날카로운 소리를 내며 부딪혔다. 이브는 목걸이를 탁자 위로 떨어뜨렸다.

"토비, 당신이 이걸 줬나요?"

"무슨 말을…… 아니에요!"

"확실해요?"

"당연히 확실하고말고요." 토비는 언쟁을 벌이다 갑자기 등을 돌려버렸지만 이브에게는 거울에 비친 그의 얼굴이 보였다. "게다가 집에 있는 목걸이는 사라지지 않았단 말입니다!"

"사라진 게 아니라고요?"

"그건 아직 문 왼편의 장식장 안에 있습니다. 적어도 한 시간 전에 집을 나설 때만 해도 확실히 있었죠. 제니스가 그 이야기를 한 게 기억나요."

"토비, 갈색 장갑을 낀 사람이 누구죠?"

곰팡이로 살짝 얼룩진 거울에 그의 얼굴이 기묘하게 비쳤다.

"오늘 오후에 경찰에게 신문받을 때 말이에요." 이브는 온몸의 신경이 하나하나 곤두서고 호전적으로 변해가는 것을 느끼며 말했다. "난 사실을 전부 털어놓지 않았어요. 네드 애투드가 당신 아버님을 죽인 사람을 목격했어요. 나도 볼 뻔했고요.

갈색 장갑을 낀 사람이 서재로 들어와 코담뱃갑을 박살내고 아버님을 살해했다고요. 당신도 알다시피 네드는 죽지 않을 거예요.

그리고 그가 죽지 않으면⋯⋯." 거울에 비친 눈이 그녀의 시선을 살짝 피했다. "자신이 뭘 봤는지 이야기해주겠죠. 난 별로 아는 게 없어요, 토비. 하지만 이것만은 확실해요. 누가 범행을 저질렀는 지는 정확히 모르지만 친애하는 당신의 단란한 가족 중 한 명이라 고요."

"그건 추악한 거짓말입니다."

토비는 반박했다. 하지만 목소리는 그리 크지 않았다.

"그런가요? 그렇게 생각하고 싶다면 그럴 수도 있죠."

"당신 애, 애인은 대체 뭘 본 겁니까?"

이브는 그에게 말해주었다.

"고롱 서장에게는 이런 이야기 안 했잖아요." 그가 지적했다. 토 비는 바싹 마른 목으로 말하는 것이 힘들어 보였다.

"그래요! 내가 왜 이야기를 안 했는지 모르겠어요?"

"확실히 안다고는 말 못 하겠군요. 졸도할 때까지 껴안고 있었 던 걸 숨기려는 게 아닌 이상⋯⋯."

"토비 로스, 나한테 따귀 맞으려고 애쓰는 건가요?"

"알겠어요. 우리 너무 천박해지는 것 같지 않습니까?"

"당신이 천박하다는 말을 입에 담아요?"

"미안해요." 토비는 눈을 감았다. 그는 선반 위에 올려놓은 두 손을 꽉 쥐었다. "당신은 이해 못 할 겁니다. 이브, 이젠 거의 한계 예요. 정말이지, 내 어머니와 여동생이 이 일에 연관되었다는 이야기는 듣고 싶지 않습니다!"

"당신 어머니나 여동생이 연관되었다고 누가 그러던가요? 난 그저 네드가 증언을 할 수 있을지 모르겠다는 말만 했을 뿐인데요. 어쩌면 이베트 라투르도요. 난 당신이 상처받는 게 견딜 수 없어서 바보처럼 이 일에 대해 함구하고 있었어요. 당신이 그토록 고결하고 솔직한 청년이니까⋯⋯."

토비는 천장을 가리켰다.

"당신은 그녀를 부추겨서 나를 공격하고 있잖습니까?"

"난 그런 짓 안 해요."

"질투 때문이군요, 그렇죠?" 토비가 간절히 물었다.

이브는 곰곰이 생각했다. "우스운 일인데, 내가 질투하는 것 같지는 않군요." 그녀는 소리 내어 웃기 시작했다. "여기 들어왔을 때 당신이 어떤 표정을 지었는지 직접 봤어야 하는데. 내가 실제로 경찰에 쫓기고 있지 않았다면 정말 재미난 농담거리가 됐을 거예요. 뭐, 당신은 경찰이 나를 체포하려는 걸 막으려고 하지도 않았죠. 그런데 프뤼 양이 가진 목걸이는 정말로⋯⋯."

가게와 거실 사이를 가로막는 커튼은 두꺼운 갈색 셔닐*로 만든 것이었다. 어떤 손 하나가 들어와 칸막이 커튼을 잡더니 한쪽으로 걷어버렸다. 이브는 낡은 운동복을 입은 키 큰 남자가 얼굴에 일그러진 미소를 띠고 있는 모습을 보았다. 마치 입 모양 자체가 뒤틀린 것 같은 기묘한 미소였다. 그는 거실 안으로 들어와서 모자를 벗었다.

"불쑥 들어와 죄송합니다." 더멋 킨로스가 말했다. "그런데 제가 그 목걸이를 한번 살펴봐도 되겠습니까?"

토비가 몸을 휙 돌렸다.

더멋은 탁자로 다가와 모자를 내려놓았다. 그는 희고 푸른 보석이 달린 목걸이를 집어 들고 불빛 아래에 비춰 보았다. 손가락으로 보석을 빠르게 넘기며 살펴보기도 했다. 그러다가 주머니에서 보석 감정용 렌즈를 꺼내 꽤나 서툴게 오른쪽 눈에 끼더니 다시 한번 목걸이를 세심히 살펴보았다.

"그래." 그는 안도의 한숨을 쉬며 말했다. "좋았어. 진품이 아니로군."

더멋은 목걸이를 떨어뜨린 다음, 렌즈를 주머니에 도로 집어넣었다.

이브는 다시 목소리를 낼 수 있었다.

"경찰과 오셨던 분이군요! 그렇다면 경찰이……."

"당신을 쫓아왔느냐고요? 아닙니다." 더멋은 미소를 지었다. "사실은 골동품상인 베유 씨를 만나러 뤼 드 라 아르프에 온 겁니다. 이 물건에 대해 전문가의 의견을 듣고 싶었거든요."

그는 주머니에서 화장지에 싸인 물건을 하나 꺼냈다. 화장지를 벗기고 그 끝을 잡고 들어올리자 푸른색과 흰색의 보석들이 희미하게 빛나는 두 번째 목걸이가 모습을 드러냈다. 얼핏 봤을 때는 탁자에 놓인 것과 똑같아 보여서 이브는 두 목걸이를 번갈아 바라보았다.

"이쪽은 모리스 로스 경의 수집품인 랑발 부인의 목걸이입니다." 더멋은 화장지에 싸여 있던 장신구를 두드리며 설명했다. "범행이 일어난 후 발견된 이 목걸이가 장식장 아래 바닥에 떨어져 있었다는 것 기억하시지요?"

"그런가요?" 이브가 말했다.

"저는 그 이유가 궁금했습니다. 이 보석은 진짜 다이아몬드와 터키석입니다." 그는 보석을 한번 어루만졌다. "베유 씨께서 방금 확인해주셨습니다. 그런데 이제 두 번째 목걸이가 등장한 것 같군요. 납유리로 만든 모조품입니다. 아시겠지만, 이 사실에서 가능한 추론은……."

잠시 그는 멍하니 허공에 시선을 고정한 채 움직이지 않았다. 그러다가 고개를 끄덕이며 정신을 차렸다. 그는 진짜 목걸이를 다시 조심스레 화장지로 싸서 주머니에 집어넣었다.

"도대체 여기서 뭘 하는 겁니까?" 토비가 소리쳤다.

"제가 당신 집에 쳐들어가기라도 했습니까, 로스 경?"

"제 말이 무슨 뜻인지 아시지 않습니까? 그리고 그렇게 예의 바르게 저를 '경'이라고 부르지 말아주십시오. 그건 마치……."

"예?"

"마치 저를 놀리시는 것 같단 말입니다!"

더멋은 이브를 향해 몸을 돌렸다. "부인께서 들어가시는 모습을 봤습니다. 부인을 모시고 온 택시 기사가 부인은 아직 안에 계신다고 했고, 또 가게 문도 활짝 열려 있더군요. 더는 걱정할 필요가 없다는 말씀을 꼭 드리고 싶었습니다. 경찰은 부인을 체포하지 않을 겁니다. 아직은 말입니다."

"하지만 경찰이 제 집으로 몰려왔다고요!"

"음, 그건 경찰의 습성 같은 것이지요. 앞으로 머리에 꽂은 핀처럼 부인을 따라다닐 겁니다. 우리끼리 하는 이야기지만, 경찰이 가장 주시하는 사람은 이베트 라투르입니다. 경찰이 찾아갔을 때 대단히 환영해주더군요. 바로 지금 그 늙은 참견쟁이 여자가 생애 최악의 시간을 보내고 있지 않다면 저는 프랑스인의 기질에 대해 전혀 모르는 겁니다. 자, 이제 조심하셔야 합니다!"

"저, 저는 괜찮아요."

"저녁 식사는 하셨습니까?"

"아, 아니요."

"그럴 것 같았습니다. 그런 습관은 반드시 고쳐야 합니다. 11시가 넘었지만, 몇 시가 됐든 아직 문을 연 레스토랑을 찾아낼 방법은 있기 마련이지요. 아, 그렇군요. 우리 친구 고롱에게 다소 심경의 변화가 생긴 모양입니다. 어떤 사람이 그 친구에게 로스 가족 중 누군가가 고의적으로 거짓말을 한다는 사실을 알려줬거든요."

'로스 가족'이라는 불길한 단어가 튀어나오자 분위기가 다시 돌변했다. 토비가 한 발짝 앞으로 나섰다.

"당신도 그 음모에 가담한 겁니까?"

"그런 음모가 있긴 합니다, 로스 경. 세상에, 정말로 있단 말입니다! 하지만 그건 제 소관이 아니라서요."

"문밖에서 이야기를 엿들으면서 뭔가 알아낸 겁니까?" 토비는 '엿들으면서'라는 말을 강조하며 캐물었다. "갈색 장갑은 물론이고, 다른 이야기에 대해서도요?"

"그렇습니다."

"그 이야기가 놀랍지 않던가요?"

"아뇨, 그렇지는 않았습니다."

토비는 거칠게 숨을 몰아쉬고는 노골적으로 불만스러운 태도를 드러내며 두 사람을 정면으로 바라보았다. 그는 왼쪽 소매에 찬 검정색 상장을 가리켰다.

"이걸 보시죠. 당신도 인정하리라 생각하지만 나는 집안의 치부를 밖으로 드러내는 사람이 아닙니다. 당신이 사리를 아는 사람 같기에 하는 말인데, 내가 이 일 때문에 얼마나 상심했을 것 같습니까?"

이브가 입을 열려고 했다.

"가만히 있어!" 토비는 우격다짐으로 말했다. "겉으로 드러난 일만 봐서는 그렇게 생각할 수 있다는 걸 압니다. 하지만 우리 가족 중 한 명이 아버지를 살해했다는 소리는 허무맹랑하다 못해 음모로까지 들리는군요. 그리고 그 이야기는 이 여자에게서 나온 것 아닙니까! 한때 내가 신뢰했고 거의 숭배하기까지 했던 여자에게서 말입니다.

그녀를 다시 보게 될 것 같다는 말은 이미 했습니다. 맙소사, 이제 정말로 다시 보게 됐습니다! 애투드란 인간과 다시 놀아나기 시작했다는 사실을 인정한 것이나 다름없습니다. 그런 일을 저지르고도 아직 만족하지 못한 거죠. 제가 이에 대해 몇 마디 했더니 득달같이 달려들어 욕설을 퍼붓지 뭡니까. 아내로 삼으려는 여자에게 어울리는 행동이 절대 아니지요.

그런데 그녀는 왜 이런 이야기를 했을까요? 프뤼라는 여자 때문이겠죠. 좋아요! 어떤 면에서는 제가 잘못을 저질렀을지도 모릅니다. 하지만 남자란 때때로 그런 질 낮은 여자와 어울리게 되지 않습니까? 그렇다 한들 절대 심각하게 만나는 건 아닙니다. 그러니 다른 사람이 이 일을 심각하게 여길 줄 어떻게 알았겠습니까?"

토비의 목소리가 한층 높아졌다.

"결혼 생활에 충실하겠다고 맹세한 여자라면 전혀 다른 문제입니다. 설령 그 비열한 애투드와 놀아나지 않았다고 해도, 어쩔 수 없이 그 말을 믿어준다고 해도, 그 남자가 그녀의 방에 있었던 건 여전한 사실입니다. 안 그렇습니까? 저는 직장에서 평판이 좋은 사람입니다. 사람들이 제 아내가 부정을 저질렀다고 이러쿵저러쿵 떠들어대는 소리를 감당할 형편이 못 됩니다. 아직 정식으로 아내는 아니지만 약혼 사실이 발표되었으니 어쩌겠습니까? 아니, 제가 그녀를 얼마나 사랑하는지는 문제가 안 됩니다. 저는 그녀가 개심했다고 생각해서 판단을 미루고 있었습니다. 하지만 계속 이런 식으로 나온다면 우리 약혼을 파기해야 할지 진지하게 고려해봐야겠습니다."

속마음을 솔직하게 털어놓던 토비는 이브가 우는 모습에 마음이 켕겼는지 입을 다물었다. 이브의 눈물은 순수한 분노와 날카로운 신경 탓이었다. 그러나 토비는 그 사실을 알지 못했다.

"그래도 전 당신을 아주 많이 좋아합니다."

그는 위로하듯 덧붙였다.

약 십 초 동안 완전한 정적이 흘렀다. 위층에서 프뤼가 흐느껴 우는 소리까지 들릴 정도였다. 더멋 킨로스는 숨도 쉬지 못하고 서 있었다. 숨을 내쉬기라도 했다가는 자신이 폭발해버릴 것 같다고 생각했기 때문이다. 그에게 지혜를 선사해주었던 과거의 고통과 굴욕이 현 상황과 얽혀 불타올라, 피비린내 나는 살인의 환영이 되어 그의 머릿속에서 떠돌았다.

그러나 그는 손을 들어 단호하게 이브의 팔에 얹을 뿐이었다.

"여기서 나갑시다." 더멋이 부드럽게 말했다. "부인은 더 나은 대접을 받아야 할 분입니다."

　　서늘한 구월 아침, 피카르디 해안에 해가 떠오르자 수평선은 크레용으로 그은 선처럼 빨갛게 물들기 시작했다. 물속에 물감 통을 빠뜨린 양 바다는 형형색색으로 출렁거렸고, 태양이 모습을 드러내면서 도버해협에서 불어오는 바람을 받아 일렁이는 파도 위로 햇빛이 쏟아졌다.

　　두 사람의 오른편에는 도버해협이, 왼편에는 관목이 우거진 모래언덕이 있었다. 해변의 곡선을 따라 이어진 아스팔트 도로는 마치 강물처럼 반짝였다. 무개 마차 한 대가 이 길을 따라 덜거덕거리며 움직였다. 마부석의 마부는 참을성 있게 앉아 있었고, 뒤에는 승객 두 명이 타고 있었다. 마구가 삐걱대고 덜거덕거리는 소리와 말굽이 도로에 부딪혀 따가닥거리는 소리가 흘러나와, 어지러울 정도로 조용하고 텅 빈 분위기를 자아내는 아침 공기를 뚫고 울려 퍼졌다.

도버해협에서 불어온 바람에 이브의 머리카락이 거세게 휘날렸고 그녀가 두른 검정색 모피 숄 위에 잔물결이 일었다. 이브는 눈 아래가 쑥 들어간 듯 퀭한 모습에도 소리 내어 웃고 있었다.

"제가 밤새 이야기하도록 부추기셨던 거 아세요?"

실크해트를 쓴 마부는 뒤를 돌아보지도, 말을 하지도 않았다. 몸을 잔뜩 웅크린 그의 어깨가 거의 귓가에 닿을 정도였다.

"그런데 여기가 어디죠? 라 방들레트에서 십 킬로미터는 떨어진 것 같은데요!"

마부는 동의하듯 거듭 어깨를 으쓱했다.

"그건 중요하지 않습니다." 더멋이 그녀를 달랬다. "자, 이제 당신 이야기를 해볼까요?"

"예?"

"제게 그 이야기를 다시 해주셨으면 합니다. 한 마디도 빼놓지 않고 말입니다."

"또요?"

이번에는 마부의 어깨가 귀보다 더 높게 올라갔다. 마부 일을 직업으로 하지 않는 한 꿈도 못 꿀 재주였다. 그가 채찍을 휘둘러 소리를 내자 마차가 질주하기 시작했다. 마차에 탄 사람들의 몸이

튀어 올라, 두 사람은 마주보고 있던 서로의 눈을 놓치지 않으려고
애를 써야만 했다.

"부탁이에요. 네 번이나 말씀드렸잖아요. 그날 밤 일어난 일은
조그만 부분까지 빼놓지 않고 다 말씀드렸다고 맹세해요. 목소리가
갈라질 지경이라니까요. 전 경치라도 좀 봐야겠어요." 그녀는 두
손으로 머리카락을 넘겼다. 그러고는 바람 때문에 눈물이 맺힌 잿
빛 눈으로 간청하듯 그를 바라보았다. "적어도 아침 식사라도 한 다
음에 이야기하면 안 되나요?"

더멋은 득의만면이었다.

그는 색 바랜 좌석에 등을 기대며 양쪽 어깨를 풀었다. 머리가
약간 멍한 이유는 수면 부족 때문이기도 했지만, 새롭게 발견한 어
떤 사실 덕에 이전까지 주의 깊게 살펴보지 않았던 점에 시선을 돌
릴 수 있기 때문이기도 했다. 그는 면도하는 일을 깜빡했을 뿐 아니
라 전체적으로도 꼴이 말이 아니었다. 그러나 기쁨으로 굉장히 고
양된 상태여서, 전 세계를 들어 균형을 유지한 채 아래층으로 던질
수도 있을 것 같았다.

"뭐, 험한 꼴을 당하는 건 피할 수 있을 듯합니다." 더멋은 마지
못해 수긍하고 말았다. "어쨌든 중요한 세부 사항을 몇 가지 알아냈
다고 생각합니다. 아시겠지만, 부인은 제게 대단히 중요한 사실을
말씀해주셨거든요."

"그게 뭔데요?"

"살인범의 정체를 알려주셨습니다."

낡아 빠진 마차가 날아가듯 달리는 동안 이브는 밖으로 몸을 굽혀 무릎 덮개가 포개져 있는 난간을 붙잡고 몸을 지탱했다.

"저는 전혀 아는 바가 없는데요!" 그녀가 항변했다.

"알아요. 그래서 부인 이야기가 그토록 가치 있는 겁니다. 만약 부인이 무슨 일이 벌어졌는지 알았다면…….."

더멋은 주저하면서 그녀의 옆모습을 바라보았다.

"어제부터 한 가지 생각이 머릿속을 떠나지 않았습니다. 제가 방향을 잘못 잡았을지도 모른다는 생각이 희미하게나마 들었던 거죠. 하지만 파파 루스 식당에서 오믈렛을 먹으며 당신 이야기를 듣고 나니 제대로 정신이 들었습니다."

"킨로스 박사님, 그들 중 누가 그런 짓을 저질렀나요?"

"부인에게 중요한 문제는 그게 아닐 텐데요? 그 말을 들어봤자 달라질 게 있습니까?" 더멋은 자기 가슴에 손을 얹었다. "여기가 말입니다."

"아뇨. 하지만…… 누가 그런 짓을 했죠?"

"심사숙고했는데, 당신에게는 말씀드리지 않겠습니다."

이브는 이제 이런 대화에 싫증이 나고 말았다. 그러나 그녀가 화가 나서 항의를 하려 입을 여는 순간, 흔들림 없이 용기를 북돋우는 듯한 그의 친절한 얼굴이 보였다. 금방이라도 불이 붙을 것 같은 동정심 가득한 얼굴이었다.

"제 말을 들어보세요." 그는 계속해서 말을 이었다. "위대한 탐정을 흉내내 마음이 약해진 사람들을 마지막 장에서 놀라게 하려고 아무 말도 안 하는 게 아닙니다. 심리학자로서 그렇게 해야 할 굉장히 중요한 이유가 있기에 말을 하지 않는 것뿐입니다. 이 사건의 비밀은……." 그는 손을 뻗어 이브의 이마를 건드렸다. "바로 이곳에 있습니다. 당신 머릿속에 말입니다."

"그래도 전 여전히 아무것도 모르는걸요!"

"부인은 알고 있습니다. 다만 알고 있다는 사실을 인지하지 못했을 뿐이지요. 제가 부인에게 말씀드리면, 부인은 기억을 되짚어볼 겁니다. 그리고 그 사실에 해석을 덧붙이겠죠. 그럼으로써 사실관계를 바꿔버릴 겁니다. 그런 일이 일어나서는 안 됩니다. 아직은 말이죠. 모든 것은…… 듣고 계신가요? 모든 것은 부인이 고롱 서장과 예심 판사 앞에서 제게 들려준 이야기를 그대로 할 수 있는가 없는가의 여부에 달려 있습니다."

이브는 안절부절못하며 몸을 움직였다.

"어떻게 해야 하는지 제가 직접 보여드리죠." 더멋은 그녀의 모습을 살피다 이렇게 말했다. 그는 조끼 주머니에 손을 넣어 회중시계를 꺼내 들어올렸다. "예를 들어, 이게 뭐죠?"

"뭐라고요?"

"제가 손에 들고 있는 게 뭐죠?"

"회중시계인데요, 마술사 씨."

"그걸 어떻게 아십니까? 바람이 거세게 불고 있으니 초침 소리는 들리지 않을 텐데요."

"하지만 이것 보세요. 눈으로 보면 시계라는 걸 알 수 있잖아요!"

"바로 그렇습니다. 제 말이 바로 그것입니다. 그런데 이 시계를 보면 알 수 있는 사실이 또 하나 있습니다." 그는 좀더 부드러운 목소리로 덧붙였다. "지금이 5시 20분이니, 부인은 어서 잠자리에 들어야 한다는 겁니다. 여보게, 마부!"

"예, 므시외?"

"시내로 돌아가는 게 낫겠군."

"알겠습니다, 므시외!"

참을성 있게 굴던 마부는 마치 마법에 걸린 것처럼 돌변했다. 그가 마차를 돌리자 영화 상영 전에 내보내는 뉴스 필름을 빠르게 돌리는 듯한 광경이 펼쳐졌다. 마치 길 전체가 움직이기 시작한 것 같았다. 그들은 회청색 바다 위에서 끼룩거리는 갈매기 소리를 들으며, 왔던 길을 따라 덜거덕거리며 돌아가기 시작했다. 그때 이브가 다시 입을 열었다.

"그럼 지금은요?"

"잠을 자야죠. 그다음에는 당신의 충직한 하인을 믿도록 하세요. 부인은 오늘 고롱 서장과 예심 판사를 만나야 됩니다."

"예. 그럴 거라고 생각했어요."

"예심 판사인 보투르 씨는 공포의 대상으로 악명 높은 사람입니다. 하지만 겁먹을 필요는 없습니다. 예상컨대 그는 자신의 권한을 앞세워 심리하는 자리에 제가 입회하는 걸 허락하지 않겠지만요."

"당신은 안 오시나요?" 이브가 외쳤다.

"아시다시피 저는 변호사가 아니니까요. 어쨌든 변호사를 대동하는 게 낫겠군요. 솔로몽이라는 친구를 보내드리겠습니다." 더멋은 잠시 말을 멈췄다. "제가 그 자리에 있거나 없거나 그렇게 큰 차이가 있을까요?" 그는 마부의 등을 지그시 바라보며 덧붙였다.

"굉장한 차이가 있죠. 그러고 보니 아직 감사 인사도 못 드렸는데……."

"아, 괜찮습니다. 말씀드렸다시피 제게 하셨던 이야기를 그대로 하시면 됩니다. 세세한 부분까지 신경을 써서 말입니다. 부인의 이야기가 공식적으로 기록되어 인정만 받으면 제가 곧바로 행동에 나설 수 있습니다."

"그사이에 당신은 무얼 하실 건가요?"

더멋은 오랫동안 입을 열지 않았다.

"살인범의 정체를 증언할 수 있는 사람은 단 한 명뿐입니다. 바로 네드 애투드이지요. 그러나 아직은 우리에게 도움이 되지 못합니다. 저는 동종 호텔에 머무르면서 혹시 깨어날 가능성이 있는지 의사와 이야기를 해볼 생각입니다만, 어쨌든 지금은 도움이 안 됩니다." 그는 또다시 잠시 입을 다물었다. "런던에 가려고 합니다."

이브는 자세를 바로 했다. "런던이라고요?"

"딱 하루만 다녀오겠습니다. 여기서 10시 30분 비행기를 타면 오후 늦게 크로이던에서 비행기로 저녁때까지 돌아올 수 있을 겁니다. 제 작전이 잘 들어맞는다면 그때쯤 확실한 소식을 들을 수 있을 테지요."

"킨로스 박사님, 왜 이렇게까지 저를 위해 애써주시는 거죠?"

"아, 우리 같은 사람들은 감옥에 갇힐 위험에 처한 동향 사람을 그냥 두고 보지는 못하죠. 아니면 이번에는 그냥 두고 봐도 될까요?"

"농담은 그만두세요!"

"농담으로 들렸나요? 죄송합니다."

사과의 말과는 달리 더멋의 얼굴에는 미소가 흘렀다. 이브는 그의 얼굴을 살펴보았다. 그는 강한 햇빛을 받자 어떤 기미를 느꼈는지 한 손을 들어 뺨을 가렸다. 마치 숨기는 게 있는 듯한 태도였다. 과거의 공포가 되살아나 칼날처럼 그를 찌른 것이었다. 하지만 이브는 그의 행동에서 이상한 점을 느끼지 못했다. 너무 피곤했고 짧은 모피 숄만 걸치고 있어 몸이 떨리기도 했거니와, 무엇보다 전날 밤에 일어난 일들이 그녀의 머릿속을 꽉 채우고 있었기 때문이다.

"제가 너무 지루하게 해드렸죠? 밤새도록 제 애정사만 늘어놓았으니."

"그렇지 않았습니다."

"생판 모르던 분께 뭐 하나 숨기지 않고 다 털어놓았으니까요.

해가 뜨니 당신 얼굴을 바라보는 것조차 부끄럽네요."

"뭐, 어떻습니까? 그러시라고 제가 함께 있는 겁니다. 그런데 제가 처음으로 질문 하나만 해도 될까요?"

"물론이죠."

"앞으로 토비 로스와는 어떻게 하실 작정인가요?"

"그렇게 정중하고 품위 있는 방식으로 파혼당했는데 어떻게 하다니요? 저 제대로 차인 것 같지 않나요? 게다가 증인도 한 명 입회한 자리였잖아요."

"아직도 그를 사랑한다고 생각하십니까? 그를 사랑하느냐고 묻지는 않겠습니다. 그저 그를 사랑한다고 생각하느냐고 묻는 거죠."

이브는 대답하지 않았다. 도로 위로 힘차고 맑은 말발굽 소리가 울려 퍼졌다. 이내 그녀는 웃음을 터뜨렸다.

"전 그다지 남자 운이 없어 보이지 않나요?"

그녀는 더이상 아무 말도 하지 않았고, 더멋 역시 더는 그 문제를 파고들지 않았다. 두 사람이 말발굽 소리를 울리며 라 방들레트의 깨끗한 흰색 거리로 돌아왔을 때는 6시가 다 된 시각이었다. 아침 일찍 말을 타고 나온 몇몇 활동적인 사람들을 제외하면 거리에는 아무도 보이지 않았다. 마차가 뤼 데 앙주로 들어서자 이브는 아랫입술을 꽉 깨물었고 안색이 더욱 창백해졌다. 마차가 이브의 집 앞에 멈춰 섰다. 더멋은 그녀를 부축하여 마차에서 내렸다.

이브는 길 건너편의 보뇌르 별장을 흘끗 바라보았다. 2층에 있는 침실 창문 하나만 빼면 공허하고 생기가 없어 보였다. 창문은 덧문이 열려 있었다. 기모노를 입고 코에 안경을 걸친 헬레나 로스가 미동도 없이 그들을 내려다보며 서 있었다.

이브는 조용한 거리에서 자신들의 목소리가 크게 들릴 것 같아 본능적으로 속삭이듯 말했다.

"뒤, 뒤를 보세요. 2층 창문 보셨나요?"

"그렇습니다."

"조심해야 할까요?"

"아닙니다."

이브는 간절한 표정을 지으며 물었다.

"제발 저한테 누가 범인인지 가르쳐주시지 않겠어요?"

"안 됩니다. 가르쳐드릴 수 있는 건 이것뿐입니다. 제가 이해한 바로는, 부인은 계획적으로 누명을 쓰도록 선택되어 용의주도하고 잔인하며 냉혹한 계략에 빠진 겁니다. 그런 계획을 생각한 자는 자비를 구할 자격도 없고, 또 자비를 구하도록 내버려두지도 않을 겁니다. 오늘밤에 당신을 봐야겠습니다. 그리고 하늘의 뜻대로라면, 우리는 그놈을 굴복시킬 테지요."

"어쨌든 감사해요. 정말, 정말로 감사해요. 감사합니다!"

이브는 그의 손을 꽉 쥐었다가, 문을 열고 현관을 향해 뛰어 올라갔다. 그 모습을 본 마부는 약한 안도의 한숨 소리를 냈다. 더멋은 그녀의 집을 바라보며 인도 위에 오랫동안 서서 마부를 또다시 불안감에 빠뜨렸다가, 비로소 마차에 올라탔다.

"동종 호텔로 가주게나, 젊은이. 이걸로 자네 일은 끝이라네."

호텔에 도착하자 더멋은 마차 삯에 두둑한 팁을 얹어준 다음, 마부가 쏟아내는 장대한 감사 인사를 뒤로한 채 계단을 올랐다. 중세 양식의 성을 본뜬 로비에 들어섰을 때 호텔은 막 하루 일과를 시작하는 중이었다.

더멋은 자신이 묵던 객실로 향했다. 그는 고롱에게서 빌려 온 다이아몬드와 터키석이 박힌 목걸이를 경찰서장에게 보내는 등기 소포로 포장하며, 하루 동안 자리를 비워야 한다는 쪽지를 동봉했다. 그러고 나서 면도를 하고 차가운 물로 샤워를 해 머리를 맑게 한 다음, 옷을 입으며 아침 식사를 주문했다.

그는 프런트에 전화를 걸어 애투드의 방이 401호라는 사실을 알아냈다. 더멋은 식사를 마친 후 그의 방으로 찾아가, 운이 좋게도 오전 회진을 돌다가 이제 막 네드를 진찰하고 나오는 호텔 상주 의사를 만날 수 있었다.

부테 박사는 더멋의 명함에 꽤 깊은 인상을 받아 다소 호들갑스러운 태도로 그를 맞이했다. 그는 객실 밖 어두운 복도에 서서 열렬하게 의견을 피력했다.

"아닙니다, 므시외. 애투드 씨는 의식이 없습니다. 경찰서에서 하루에 스무 번이나 사람이 찾아와 똑같은 질문을 하곤 합니다."

"언제까지 저 지경일지는 모르는 게 당연할 테죠. 하지만 다른 한편으로는 언제 깨어나도 이상하지 않은 상태 아닙니까?"

"상처의 유형으로 본다면 그 또한 가능한 일입니다. 엑스레이 사진을 보여드리죠."

"대단히 감사합니다. 박사님 견해로는 회복할 가능성이 있을까요?"

"제 소견으로는 그렇습니다."

"그가 무슨 말이라도 하지 않던가요? 헛소리 같은 거라도 말입니다."

"가끔 소리 내어 웃곤 합니다. 그게 전부입니다. 어쨌든 제가 항상 곁에 붙어 있는 건 아니라서요. 그 질문은 간호사에게 하는 게 나을 겁니다."

"그를 직접 봐도 되겠습니까?"

"물론이죠."

호텔 뒤편에 펼쳐진 풍성한 꽃밭이 내려다보이는 어두운 병실에서는 비밀을 간직한 남자가 시체처럼 누워 있었다. 간호사는 어떤 교단에서 나온 수녀였다. 흐릿하게 보이는 흰 블라인드를 배경으로 커다란 머리쓰개의 윤곽이 희미하게 비쳤다.

더멋은 병상에 누운 남자를 자세히 살펴보았다. 매력적인 악마로군. 그는 씁쓸하게 생각했다. 이브의 첫사랑이자 아마도……. 더멋은 머릿속에 떠오른 생각을 애써 지워버렸다. 만약 이브가 여전히 이 남자를 사랑하고 있다면 그 감정이 무의식적이라 할지라도 더멋이 할 수 있는 건 아무것도 없었다. 그는 네드의 맥박을 쟀다. 시계 초침 소리가 조용한 방안에 생기를 불어넣었다. 부테 박사는 엑스레이 사진을 보여주면서, 환자가 이토록 오랫동안 살아 있는 게 경이롭다는 태도로 그의 상태를 설명했다.

"무슨 말이라도 했느냐고요, 므시외?" 간호사가 더멋의 질문을 반복했다. "예, 가끔 중얼거리긴 하지요."

"그런가요?"

"하지만 영어로 말해서요. 전 영어는 모릅니다. 그러다가 종종 웃으면서 사람 이름을 부르곤 했어요."

문가로 향하던 더멋은 몸을 빙글 돌렸다.

"어떤 이름이었습니까?"

"쉿!" 부테 박사가 책망했다.

"잘 모르겠습니다, 므시외. 모든 발음이 똑같이 들려서요. 흉내를 낼 수도 없을 것 같아 유감이에요." 어둠 속에 묻힌 간호사의 눈에서 불안한 기색이 떠올랐다. "원하신다면 말을 할 때 소리 나는 대로 적어보겠습니다."

아니, 여기서는 더이상 볼일이 없어. 더멋은 이곳에서의 일은 이미 끝마친 터였다. 그는 밖으로 나가, 호텔 안의 여러 바를 돌아다니며 좀더 조사를 했다. 그중 웨이터 한 명이 제니스 로스에 대한 이야기를 열성적으로 해주었다. 또한 모리스 경에 대한 이야기도 나왔는데, 그가 살해당한 날 오후에 시끄러운 바 카운터 뒤쪽으로 고개를 디밀어 바텐더와 웨이터를 놀라게 했다는 것이었다.

"눈빛이 얼마나 흉포했는지 모릅니다!" 바텐더는 웅얼거리는 듯한 소리로 말했다. "나중에 쥘 세즈네크가 그분이 동물원 안으로 들어가서 원숭이 우리 옆에서 어떤 사람과 이야기를 나누는 모습을 봤다고 했습니다. 상대방이 누군지는 덤불에 가려서 보지 못했고요."

더멋은 대화를 마치고 10시 30분에 라 방들레트 공항을 출발하는 임페리얼 항공사 좌석을 예약하기 전, 잠시 짬을 내서 솔로몽 코언 법률 회사를 경영하는 친구 솔로몽에게 전화를 걸었다.

나중에 돌이켜 보건대 그날의 나머지 시간은 마치 악몽과도 같았다. 비행기 안에서 그는 이 여행의 중요한 순간을 위한 힘을 비축하려고 잠깐 잠을 청했다. 크로이던에서 시작된 버스 여행은 끝이 나지 않을 듯했다. 며칠간 라 방들레트에서 휴가를 보내다 런던에 도착해보니 그을음과 매연으로 숨이 막힐 지경이었다. 더멋은 택시를 타고 어떤 장소로 향했다. 삼십 분 후, 그는 승리감에 도취되어 고함을 지를 뻔했다.

그가 여기까지 와서 입증하려고 했던 것을 입증한 것이었다. 노랗게 물들어가는 저녁 하늘 아래에서 라 방들레트로 데려다줄 비행기에 올라타면서도 전혀 피곤하지 않았다. 엔진이 굉음을 울리고 비행기의 저압 타이어가 천천히 움직이기 시작하자 거센 바람이 잔디를 납작하게 쓰러뜨렸다. 이브는 안전했다. 더멋은 무릎에 서류 가방을 올려놓은 채 자리에 편히 앉았다. 환풍기 소리가 윙윙거리는 비행기 객실 밖으로 빨간색과 회색 지붕이 가득한 영국 땅이 점점 줄어들더니 급기야는 지도에서 볼 법한 모습으로 변했다.

이브는 안전했다. 더멋은 계획을 짰다. 날이 어두워지기 직전 비행기가 공항에 착륙했을 때에도 여전히 계획을 짜고 있었다. 시내 방향으로 불빛이 몇 개 반짝거렸다. 더멋은 빽빽한 나무 사이로 뻗은 거리를 자동차로 달리면서 저녁의 깨끗한 소나무 향기를 들이마셨다. 그의 마음은 미쳐 날뛰는 현재를 넘어 미래를 향해 달려가고 있었다.

동종 호텔에서는 오케스트라가 연주를 하는 중이었다. 로비의 불빛과 소음이 그의 감각을 자극했다. 더멋이 프런트 데스크를 지나자 호텔 직원이 그에게 신호를 보냈다.

"킨로스 박사님! 하루 종일 박사님을 찾는 사람들이 들이닥쳤습니다. 잠시만요! 지금도 두 분이 박사님을 기다리고 계십니다."

"누굽니까?"

"한 분은 므시외 솔로몽이고⋯⋯." 호텔 직원은 수첩을 살펴보며 대답했다. "다른 한 분은 마드무아젤 로스입니다."

"어디 있지요?"

"로비에서 기다리십니다, 므시외." 직원이 벨을 눌렀다. "그분들께 안내해드릴까요?"

더멋은 사환의 안내를 받아 흔히들 '고딕풍'이라고 하는 로비로 들어섰다. 한 벽감실 안에 제니스 로스와 피에르 솔로몽이 있었다. 벽감실 내부는 가짜 돌벽으로 만들어졌고 위에는 가짜 중세 무기가 걸려 있었다. 안쪽에는 앉는 부분에 완충재를 덧댄 의자가 가운데 놓인 작은 탁자를 둘러싸고 있었다. 제니스와 솔로몽은 서로 다른 고민거리를 곱씹는 듯 상당한 거리를 두고 앉아 있었다. 두 사람은 더멋이 다가오는 모습을 보고 자리에서 일어섰다. 그는 두 사람의 얼굴에 떠오른 책망하는 듯한 표정을 보고 크게 놀랐다. 솔로몽 변호사는 황갈색 얼굴에 깊은 저음의 목소리를 가졌으며 덩치가 대단히 크고 풍채가 당당한 남자였다. 그는 굉장히 기이한 표정으로 더멋을 바라보았다.

"이제야 돌아왔군, 친구." 그는 음침한 목소리로 말했다.

"당연하지! 그럴 거라고 말하지 않았나. 닐 부인은 어디 있지?"

변호사는 한 손을 들어 이리저리 돌려가며 손톱을 살피더니 다시 고개를 들었다.

"아직 시청에 있다네, 친구."

"시청에 있다고? 아직도? 예심 판사가 그렇게 오래 잡아두고 있단 말인가?"

솔로몽 변호사는 음울한 표정을 지었다.

"부인은 유치장에 갇혔다네. 꽤 오랫동안 갇혀 있게 되지 않을까 우려되는군. 닐 부인은 살인 혐의로 구금된 상태야."

## 16

"말해보게, 친구." 이 풍채 당당한 저명인사는 정말로 흥미가 생겼다는 어투로 캐물었다. "비밀로 해줄 테니. 친구 사이 아닌가. 지금 나를 놀리는 건가?"

"아니면 언니를 놀리시는 건가요?" 제니스가 끼어들었다.

더멋은 두 사람을 바라보았다.

"지금 두 사람이 무슨 말을 하는지 잘 모르겠군."

솔로몽 변호사는 손가락으로 그를 겨누고 법정에서 신문을 하듯 흔들어댔다.

"닐 부인한테 자네에게 말한 것과 똑같이 세세한 부분까지 경찰에게 이야기하라고 지시한 사람이 자네라면서? 아니면 다른 사람인가?"

"그래, 당연히 내가 그랬다네."

"아하!" 솔로몽 변호사는 흡족한 목소리로 웅얼거렸다. 그는 어깨를 떡 펴고 손가락 두 개를 조끼 주머니 안에 쑤셔넣었다. "이봐, 친구, 자네 정신이 나간 겐가? 아주 미쳐버린 게 아니냐고?"

"이봐……."

"오늘 오후 경찰이 신문을 시작했을 때만 해도 그들은 부인의 무죄를 거의 확신하고 있었어. 거의! 자네가 경찰을 흔들리게 만들었지."

"그런데?"

"부인이 진술을 끝마치고 나니까 경찰은 더이상 흔들리지 않더군. 고롱과 예심 판사가 서로의 얼굴을 쳐다봤다고. 닐 부인이 치명적인 실언을 하는 바람에 그 증거를 아는 사람이라면 누구라도 그녀가 유죄라는 사실에 추호의 의심도 품지 않게 되어버린 거야. 빵! 이걸로 끝이라네. 심지어 나조차 어떤 재주를 부려도 부인에게 해줄 수 있는 게 아무것도 없어."

제니스 로스가 앉은 작은 탁자 위에는 반쯤 비운 마티니 잔과 함께 컵 받침 세 개가 포개져 있어서, 이미 술 석 잔을 비웠다는 사실을 짐작할 수 있었다. 자리에 앉은 채 남은 마티니를 다 비우자 그녀의 얼굴에 홍조가 두드러졌다. 만약 헬레나가 이 자리에 있었다면 그녀에게 잔소리를 잔뜩 퍼부어댔을 터였다. 그러나 더멋은 전혀 신경쓰지 않았다.

그는 다시 솔로몽 변호사를 바라보았다.

"잠깐만! 부인이 말한 이른바 '실언'이라는 게 혹시 황제의 코담 뱃갑에 관한 거였나?"

"맞아."

"부인이 그 물건을 설명한 방식 때문이었나?"

"정확하네."

더멋은 서류 가방을 탁자 위에 떨어뜨렸다.

"이런, 이런!" 그의 냉소적이고 신랄한 말투에 두 사람은 주춤했다. "그러면 그녀가 무죄라는 사실을 입증해줄 바로 그 증거가 거꾸로 그녀가 유죄라는 사실을 증명했다는 말이로군?"

변호사는 코끼리처럼 거대한 어깨를 으쓱했다.

"자네가 무슨 말을 하는지 잘 모르겠네."

"고롱은 똑똑한 사람인 줄 알았는데. 대체 그 친구는 뭘 잘못 생각했던 거지?" 그는 상황을 곱씹어보았다. "그게 아니라면, 어쩌면 그녀가 뭘 잘못 생각했던 걸까?"

"부인은 확실히 흥분해 있더군." 변호사가 시인했다. "부인의 진술은 진실이라고 여길 만한 합당한 이유가 있는 지점에서조차 그다지 깊은 인상을 심어주지 못했다네."

"알겠네. 그렇다면 부인은 오늘 오전에 내게 말했던 그대로 고롱에게 말하지 않은 거로군?"

솔로몽 변호사는 또다시 어깨를 으쓱했다.

"그녀가 자네에게 뭐라고 말했건 그건 전혀 다른 문제라네. 나로서는 알 수가 없지."

"제가 한마디해도 될까요?" 제니스가 부드럽게 끼어들었다.

제니스는 칵테일 잔을 빙글빙글 돌렸다. 그리고 몇 번인가 말을 잘못 꺼낸 끝에 간신히 더멋에게 영어로 말을 걸 수 있었다.

"전 상황이 어떻게 돌아가는지 모르겠어요. 하루 종일 여기 있는 아피우스 클라우디우스*만 따라다녔다니까요." 그녀는 고갯짓으로 솔로몽 변호사를 가리켰다. "게다가 이 사람은 헛기침이나 하면서 거들먹거릴 뿐이었어요. 우린 모두 벼랑 끝에 몰린 기분이에요. 어머니와 토비 오빠, 벤 삼촌 모두 지금 시청에 와 있어요."

"예? 그분들이?"

"그래요. 이브를 만나려고 애쓰고 있지만 잘 안 되리라는 건 뻔하잖아요." 제니스는 잠시 주저했다. "오빠의 모습을 보아 하니 어젯밤에 굉장한 싸움을 벌였던 모양이에요. 지금은 제정신이 아닌 것 같아요. 뭐, 종종 그러지만요. 그리고 오늘은 진심으로 후회하는지 계속해서 이브에게 뭐라고 중얼거리고 있어요. 전 그렇게까지 양심의 가책에 시달리는 남자를 본 적이 없어요."

더멋을 슬쩍 살펴본 제니스는 그의 얼굴이 위험 신호처럼 일그러진 것을 확인하고는 사뭇 떨리는 손가락으로 계속해서 칵테일 잔을 돌렸다.

"지난 이틀 동안 모든 일이 딱 맞게 돌아간 건 아니었어요. 하지만 박사님이 어떻게 생각하실지 몰라도 우리는 이브 언니 편이에요. 언니가 체포되었다는 소식을 들었을 때는 박사님만큼이나 깜짝 놀랐답니다."

"그 말씀을 들으니 기쁘군요."

"그런 식으로 말씀하시지 마세요! 꼭 사형 집행인 같은 표정을 짓고 계시면서."

"감사합니다. 마침 사형 집행인이 되기를 바랐는데 말입니다."

제니스가 재빨리 시선을 들었다.

"누구의 사형 집행인 말씀이신가요?"

"마지막으로 고롱과 이야기를 나눴을 때는, 그는 가치 있는 패 두 개를 들고 있었지." 더멋은 제니스를 무시하고 변호사에게 말했다. "하나는 이베트 라투르를 추궁하면 뭔가를 얻을 수 있으리라는 것이었어. 그리고 다른 하나는 살인 사건이 있던 날 밤 벌어진 일에 대해 거짓말을 하는 사람이 있다는 것이었지. 왜 이브를 체포하려고 그 카드를 모두 쓰레기통에 던져버렸는지, 아둔한 나로서는 알 수가 없군."

"직접 물어보지 그러나." 변호사는 로비를 향해 고갯짓을 하며 제안했다. "지금 우리 쪽으로 오는군."

아리스티드 고롱의 이마에는 걱정스러운 기색이 감돌았지만, 그는 평상시와 마찬가지로 평범하면서도 말쑥한 모습을 하고 지팡이 끝으로 바닥을 두드리며 세 사람을 향해 쿵쿵 걸어오고 있었다. 마치 루이 14세처럼 위풍당당한 태도였다.

"아하! 안녕하신가, 친구." 더멋을 반기는 그의 목소리에서 다소 방어적인 태도가 엿보였다. "런던에서 막 돌아온 게로군."

"그래. 여기 도착해서야 상황이 아름답게 변했다는 사실을 들었지."

"유감이네." 고롱은 한숨을 쉬었다. "하지만 정의는 실현되어야 하니까. 자네도 그 점은 인정하겠지? 자네가 왜 그렇게 런던으로 달려가야 했는지 물어도 괜찮겠나?"

"모리스 로스 경을 살해한 진범의 동기를 입증하기 위해서였다네."

"이런, 제기랄!" 고롱은 폭발하고 말았다.

더멋은 솔로몽 변호사에게 고개를 돌렸다. "경찰서장과 잠시 대화를 나눠야겠군. 로스 양, 무례를 용서해주시기 바랍니다. 남자들끼리 따로 이야기를 나누고 싶군요."

제니스는 최대한 침착한 태도로 자리에서 일어섰다.

"여기서 사라지라는 말씀이신가요?"

"아닙니다. 솔로몽 변호사는 곧 볼일이 끝날 겁니다. 그러면 이 친구가 시청에 계신 가족분들께 모셔다드릴 겁니다."

그는 제니스가 정말로 화가 났는지, 아니면 그저 화가 난 척을 하고 있는지 알 수 없었다. 어쨌든 그녀가 벽감실 밖으로 나갈 때까지 기다렸다가 변호사에게 말을 걸었다.

"이봐, 친구, 이브 닐에게 내 전갈을 전해줄 수 있겠나?"

"적어도 시도는 해보겠네." 솔로몽 변호사는 어깨를 으쓱했다.

"좋아. 내가 고롱과 이야기를 마치고 나면 한두 시간 내로 풀려날 거라고 전해주게나. 추가로 그녀 대신 모리스 로스 경을 살해한 진범을 경찰에게 넘겨줄 거라는 이야기도."

잠시 침묵이 흘렀다.

"말장난hokey-pokey하지 말게!" 고롱이 등나무 지팡이를 허공에 휘두르며 소리쳤다. "세 치 혀로 사람을 속이려 들다니. 분명히 말해두지만, 난 그런 일에는 절대로 엮이지 않을 걸세!"

그러나 변호사는 목례를 하고는 순풍을 받은 범선처럼 로비 밖으로 나갔다. 두 사람은 그가 걸음을 멈추고 제니스에게 이야기를 건네는 모습을 바라보았다. 그가 팔을 내었지만 그녀는 거부했다. 그러나 두 사람은 함께 로비를 나서더니 인파 속으로 사라졌다. 그러자 더멋은 벽감실에 놓인 긴 의자에 앉아 서류 가방을 열었다.

"앉지 않겠나, 고롱?"

경찰서장은 흥분한 목소리로 대꾸했다.

"아니, 절대 앉지 않겠네!"

"아, 이보게! 내가 자네에게 어떤 약속을 해줄 수 있는지 한번 생각해보면……."

"푸핫!"

"편히 쉬면서 술이라도 한잔하지 그러나?"

"됐네!" 고롱은 여전히 거드름을 피우며 으르렁댔지만 사실은 점점 누그러지고 있었다. 그는 완충재를 덧댄 의자에 앉았다. "잠깐이라면 괜찮겠지. 가볍게 한잔하는 것도 나쁘지 않을 테고. 자네가 굳이 권한다면 아이스크림hokey-pokey이나…… 아니, 위스키소다로 하지."

더멋은 두 사람이 마실 술을 주문했다.

"정말 놀랍기 그지없군." 그의 말 속에 뼈가 있었다. "그녀를 체포하는 엄청난 일을 해냈으면서 왜 시청에 남아 신문하지 않고 여기로 온 건가?"

"이 호텔에 볼일이 있어서 말이지."

고롱은 손가락으로 탁자를 두드렸다.

"볼일이라고?"

"사실 조금 전에 부테 박사에게 전화를 받았어." 고롱은 목을 이리저리 돌리며 말했다. "애투드가 의식을 되찾은데다가 질문에 답할 수 있을 정도로 판단력이 돌아왔다는 거야."

더멋이 만족스러운 표정을 짓자 경찰서장은 재차 끙하고 앓는 소리를 냈다.

"그렇다면 이야기를 하나 해주지. 애투드는 내가 자네에게 한 이야기를 그대로 되풀이할 거야. 그게 마지막 연결 고리가 될 테지. 애투드가 아무런 언질도 받지 않은 상태에서 내 이야기를 확인해준

다면, 내가 제시하는 증거에 귀를 기울여줄 텐가?"

"증거? 무슨 증거 말이지?"

"잠깐만 기다리게." 더멋이 그의 말을 가로막았다. "자네는 왜 그렇게 돌변해서 그 숙녀를 체포한 건가?"

고롱이 이유를 말해주었다.

경찰서장은 세세한 부분까지 죄다 설명하면서 간간이 위스키소다를 홀짝였다. 그는 지금 이 순간에도 그렇게 기뻐하는 것처럼 보이지는 않았지만, 더멋은 경찰서장이 품고 있는 의혹과 예심 판사 보투르의 성난 확신에는 나름의 근거가 있다는 사실을 인정하지 않을 도리가 없었다.

"그렇다면 결국 그녀는 자네에게 모든 이야기를 한 게 아니군." 더멋이 중얼거렸다. "오늘 아침에 잠을 못 자 반쯤 정신이 나간 상태에서 무심코 튀어나온 말을 자네에게는 하지 않았던 거야. 그녀는 자신의 무죄를 입증하고 다른 사람의 범행을 증명할 정말로 중요한 이야기를 자네에게 하지 않았다네."

"그게 뭔가?"

"들어보게!" 더멋은 탁자 위에 서류 가방을 펼쳤다.

그가 이야기를 시작할 때는 로비에 걸린 화려한 시계의 바늘이 8시 55분을 가리키고 있었다. 오 분이 지나자 고롱은 당혹스러운 듯 몸을 꼼지락거리고 어깨를 움츠리기 시작했다. 십오 분이 지나자 경찰서장은 아무 말 없이 조용해졌다. 단지 조용해진 것에서 그치지 않고, 걱정 어린 표정으로 애원하듯 두 손바닥을 펴서 하늘을 향해 들어올리기까지 했다.

"정말 질리게 하는 사건이야." 그는 끙하는 소리를 냈다. "정말 이지 지긋지긋해. 제대로 방향을 잡았다 싶으면 누군가가 튀어나와 반대로 뒤집어버리니 말일세."

"이걸로 그전까지 그토록 까다로워 보였던 사안들이 모두 설명되는 것 아닌가?"

"이번에는 섣불리 대답하지 않겠네! 신중하게 굴어야겠어. 하지만 사실…… 그래, 그런 것 같군."

"그렇다면 사건은 해결되었다네. 자네에게 남은 일은 사건 현장을 목격한 남자에게 질문을 하나 던지는 것뿐이야. 네드 애투드에게 '그것은 무엇무엇이 아니었습니까?'라고 물어보게나. 만약 그가 예라고 대답한다면 기꺼이 바이올린을 준비해도 좋네. 그를 사주했다는 혐의로 나까지 기소하지는 말고."

고롱은 위스키소다를 비우고 자리에서 벌떡 일어섰다.

"자, 어서 가서 살인범을 체포하세." 그는 더멋을 이끌었다.

더멋은 이날만 두 번째로 401호를 방문했다. 사실 지난번 방문 때는 지금처럼 행운이 반겨줄 것이라고는 미처 기대하지 못했다. 마치 이브의 운명을 사이에 두고 행운과 악운이 줄다리기를 하며 서로를 자빠뜨리려고 하는 것만 같았다.

객실 안에는 조명이 희미하게 빛을 내고 있었다. 네드 애투드의 얼굴은 굉장히 창백했고 눈빛은 어딘지 모르게 흐리멍덩했지만 어쨌든 의식만은 매우 또렷해 보였다. 그는 간호사를 나무라며 힘겹게 일어나 앉으려고 했지만, 본국 병원에서 일하다 온 통통하고 쾌활한 영국 남서부 출신 간호사는 애써 그를 눕히려 했다.

"방해해서 죄송합니다만……." 더멋은 입을 열었다.

"이보세요." 네드는 쉰 목소리로 말을 하다가 몇 번이나 목청을 가다듬었다. 그는 간호사의 팔 사이를 응시했다. "의사이십니까? 그렇다면 제발 이 마녀를 떼어주세요, 예? 등뒤로 살금살금 다가와서는 주사기를 꽂는단 말입니다."

"어서 누워요. 그리고 조용히 좀 하시고요!" 간호사가 씩씩댔다.

"무슨 일이 있었는지 말해주지도 않으면서 어떻게 조용히 하라는 겁니까? 난 조용히 있을 생각이 없습니다. 세상에서 가장 싫어하는 게 바로 얌전히 있는 건데. 좋아요, 내 착하게 굴겠다고 약속하죠. 약이란 약도 모조리 먹겠다니까. 그러니 제발 무슨 일인지 말해달라고요."

"괜찮습니다, 간호사." 더멋이 이렇게 말하자 간호사는 미심쩍다는 듯 두 사람을 바라보았다.

"두 분 누구시죠? 여기서 뭐하시는 거예요?"

"저는 킨로스 박사입니다. 이쪽은 고롱 경찰서장으로, 모리스 로스 경의 살인 사건을 조사하고 있습니다."

네드 애투드의 흐리멍덩한 눈이 초점을 되찾았고, 동시에 얼굴에 떠오른 표정 역시 천천히 날카롭게 변해갔다. 분별력이 돌아온 것이다. 그는 가냘프게 숨을 쉬며 등뒤로 손을 짚고 반쯤 일어나 앉았다. 자신이 입은 잠옷을 내려다보다가 이런 옷은 처음 본다는 듯한 표정을 지었다. 그리고 방구석을 바라보며 눈을 깜빡였다.

"난 엘리베이터를 타고 올라가던 중이었는데……." 그는 또렷한 발음을 고르듯이 신중하게 말했다. "그러다가 갑자기……." 그는 목을 어루만졌다. "제가 얼마나 오래 이런 꼴이었습니까?"

"아흐레째입니다."

"아흐레라고요?"

"그래요. 호텔 밖에서 차에 치인 게 사실입니까, 애투드 씨?"

"차라고요? 차에 치이다니 그건 무슨 헛소리입니까?"

"당신이 그렇게 말했습니다."

"전 절대 그런 말을 한 적이 없습니다. 적어도 그런 말을 했다는 기억은 나지 않습니다." 네드는 이제 완전히 분별력을 되찾았다. "이브……." 이 한마디에 모든 사실이 드러나 있었다.

"그렇습니다. 놀라지 마십시오, 애투드 씨. 그녀가 곤경에 빠졌기 때문에 당신 도움이 필요합니다."

"이분을 죽일 작정이세요?" 간호사가 따졌다.

"닥쳐." 네드의 말투에는 정중함이라고는 없었다. "곤경이라고요?" 그가 더멋에게 물었다. "곤경이라니 무슨 말입니까?"

그에게 대답한 사람은 경찰서장이었다. 고롱은 팔짱을 낀 채 겸

손하게, 복잡한 심경을 드러내지 않으려 애썼다.

"닐 부인은 체포당해 수감되어 있습니다." 경찰서장은 영어로 말했다. "모리스 로스 경 살해 혐의로 기소된 상태입니다."

방안에 긴 침묵이 흘렀다. 시원한 밤바람이 창문의 커튼과 흰색 블라인드를 흔들었다. 이제 네드는 상체를 꼿꼿이 세우고 두 사람을 바라보고 있었다. 흰색 잠옷 상의는 어깨 부분에 주름이 져 있었고, 잠옷 아래로 드러난 팔은 아흐레 동안 살이 빠져 가느다랗고 핏기가 없었다. 이런 환자에게 취하는 통상적인 조치 탓으로 정수리 부분 머리카락도 깎인 채였다. 그리고 그 위에 거즈를 붙여놓았는데, 이 모습은 탁한 푸른색 눈과 난폭한 입매, 그리고 창백하고 수척한 잘생긴 얼굴과 우스꽝스러울 정도로 대비를 이뤘다. 네드는 느닷없이 웃음을 터뜨렸다.

"농담하시는 겁니까?"

"아닙니다." 더멋은 분명히 말해주었다. "그녀에게 불리한 증거가 굉장히 강력합니다. 그리고 로스 가족은 그다지 도움을 주고 있지 않고요."

"그 인간들이라면 당연히 그러시겠지." 네드는 이불을 걷어차고 침대 밖으로 내려오려 했다.

뒤이어 굉장한 소동이 벌어졌다.

"자, 보시죠!" 네드는 다리를 비틀거리다 한 손으로 침대 옆에 있는 탁자를 강하게 붙잡았다. 특유의 비웃는 듯한 표정이 되살아났다. 그는 갈대밭에서 임금님 귀는 당나귀 귀를 외치는 사람처럼 엄청난 웃음거리를 속에 품고 포복절도하는 것 같았다.

"어쨌든 나는 환자라는 겁니까?" 그는 머리를 재빨리 굴리는 듯하더니 말을 이었다. "좋습니다! 그렇다면 환자 대접을 해주셔야죠. 제 옷은 어디 있습니까? 왜 옷이 필요하느냐고요? 당연히 시청으로 가야 하니까요. 옷을 주지 않으면 창문으로 뛰어내릴 겁니다. 이브에게 물어보시죠. 나란 인간은 지껄이는 대로 행동하는 사람이란 말입니다."

"애투드 씨, 얌전히 안 계시면 사람을 부르겠어요."

간호사가 말했다.

"그렇게 말씀하신다면야 이렇게 대답해드리지. 자기의 예쁜 손이 벨을 누르기 전에 창문으로 뛰어내릴 수도 있어. 지금 당장은 모자밖에 안 보이는군. 상황이 여의치 않으면 모자만 쓰고서라도 뛰어내리겠어."

그는 더멋과 고롱에게 호소했다.

"제가 정신을 잃은 다음 이 동네에서 무슨 일이 일어났는지 하나도 모르겠습니다. 이브에게 가는 동안 제발 무슨 일인지 알려주시지 않겠습니까? 두 분도 아시겠지만 이 사건은 굉장히 꼬여 있습니다. 진상이 무엇인지 모르실 겁니다."

"우리도 아는 것 같습니다." 더멋이 대답했다. "닐 부인이 갈색 장갑을 낀 사람에 대해 이야기해주셨습니다."

"하지만 그 사람이 누군지는 말하지 않았겠죠. 왜냐? 그녀는 그 사람이 누군지 모르거든요."

"당신은 알고 있나요?" 고롱이 물었다.

"알고말고요." 네드가 그의 말을 받아넘겼다. 고롱은 그의 대꾸를 들으며 중절모를 벗었다. 동작 하나하나에서 모자를 뚫고 주먹을 날리고 싶다는 속마음이 강하게 드러났다. 네드는 여전히 탁자 옆에서 비틀거리며 얼굴 가득 웃음을 짓고 있었다. 그의 이마에 가로로 깊은 주름이 졌다. "혹시 이브가 그 이야기도 했습니까? 우리가 건너편 집을 바라봤을 때 어떤 사람이 노인네와 함께 있었죠. 그리고 나중에 노인네가 얻어맞아 쓰러진 모습을 봤다는 이야기는요? 그런데 이게 중요한 점입니다. 이게 얼마나 어이없는 일인지 모릅니다. 사실……."

"여러분, 누추하지만 안으로 들어오시죠." 보투르 예심 판사가 고개를 숙여 인사했다.

"감사합니다." 제니스가 작은 목소리로 대답했다.

"여기서 불쌍한 이브와 이야기를 나누도록 해주실 건가요?" 헬레나가 숨을 헐떡였다. "그런데 그 아이는 어떻게 지내나요?"

"내 생각에 그리 잘 지낼 것 같지는 않군."

벤 삼촌이 대신 대답했다.

토비는 아무 말도 하지 않았다. 두 손을 주머니에 깊이 찔러 넣은 채 연민을 느끼는 듯 침울하게 고개를 흔들 뿐이었다.

라 방들레트 시청은 폭이 좁고 높은 황색 석조 건물로, 위로는 시계탑이 솟아 있고 앞으로는 중앙 시장에서 그리 멀지 않은 시원한 공원에 맞닿아 있었다. 보투르 판사의 집무실은 거의 꼭대기에 있는 큰방이었는데, 북쪽과 서쪽 벽으로 각각 커다란 창문이 나 있었다. 방안에는 문서 보관함 몇 개와 먼지 쌓인 법률 서적(예심 판사라면 당연히 법조인일 테니까)이 보였고, 벽에는 레지옹 도뇌르 훈장을 달고 있는 이름 모를 고위 관리의 액자가 걸려 있었다.

보투르 판사의 책상은 서쪽 창문가에 있었다. 그는 창문을 등지고 책상 앞 의자에 앉았다. 책상에서 조금 떨어진 곳에 낡은 안락의자가 그를 마주보고 있었다. 의자 위로는 전등이 매달려 있었다.

방문객들은 이 방에 뭔가 다른 것이 존재한다는 사실을 알아차렸다. 유치해 보이기도, 동시에 두렵기도 한 광경이었다.

커튼을 치지 않은 서쪽 창문을 통해 눈부시게 하얀빛이 쏟아져 들어와, 사람들은 일순간 앞을 볼 수 없었다. 그들은 놀라서 펄쩍 뛰어올랐다. 빛은 흰색 갈퀴로 피부를 할퀴듯 한쪽 벽을 쓸고 지나가더니 비눗방울이 터지듯 사라져버렸다. 커다란 등대에서 빛을 쏘았던 것이다. 그리하여 보투르 판사가 자기 자리에 앉아 있는 한은, 진술용 의자에 앉아 예심 판사를 마주보는 사람은 이십 초마다 운명처럼 확고하면서도 인간미 없는, 눈이 멀 것처럼 번쩍이는 갈퀴 세례를 받을 수밖에 없었다.

"아, 저놈의 성가신 등대 같으니!" 보투르 판사는 빛을 쫓아내듯 손을 흔들며 중얼거렸다. 그는 등대 불빛이 미치지 않는 벽 쪽에 늘어선 의자 몇 개를 가리켰다. "저쪽에 편히 앉으시기 바랍니다."

보투르 판사는 책상 앞에 놓인 의자에 앉더니 그들을 향해 의자를 옆으로 돌렸다.

예심 판사는 뼈가 앙상한 노인이었지만 눈초리가 매서웠고 구레나룻을 약간 기르고 있었다. 그가 두 손을 마주 비비자 바스락대는 소리가 났다.

"닐 부인은 만날 수 있는 겁니까?" 토비가 물었다.

"음…… 아니요. 아직은 안 됩니다."

"왜 안 된다는 거죠?"

"그전에 내가 설명을 들어야 하기 때문입니다."

창가에서 다시 흰색 불꽃이 일더니 보투르 판사의 어깨를 넘어 안으로 쏟아져 들어왔다. 천장의 전등에 불이 들어와 있었지만 그의 모습은 검은 윤곽밖에 보이지 않았다. 회색 머리카락이 불빛을 받아 타올랐고, 그는 불빛 속에서 또다시 손을 비볐다. 등대 불빛을 제외하면 이 극적인 판사의 은신처보다 아늑한 곳은 달리 찾기 어려울 듯했다. 시계가 똑딱거렸고, 집무실에서 키우는 고양이는 보조 탁자 위에서 몸을 말고 있었다.

그렇지만 사람들은 예심 판사에게서 어떤 분노가 스멀스멀 흘러나온다는 사실을 알아차렸다.

"방금 고롱 서장과 굉장히 긴 통화를 마친 참입니다." 그는 계속해서 말을 이었다. "지금 동종 호텔에 있다더군요. 그가 새로 발견한 증거에 대해 이야기해줬습니다. 이제 곧 친구인 킨로스 박사와 여기 도착할 예정이지요."

이쯤에서 보투르 판사는 손바닥으로 책상을 내리쳤다.

"우리의 결정이 시기상조였다고는 할 수 없습니다. 지금도 닐 부인을 체포한 일이 성급했다고 보지는 않지만……."

"세상에!" 토비가 외쳤다.

"새로 드러난 증거는 정말 놀랍습니다. 내가 다 쓰러질 것 같더 군요. 그래서 킨로스 박사가 지적한 시점까지 뒤로 조금 물러날 생 각입니다. 우리가 자연스럽게 닐 부인에게 관심을 쏟은 사이에 자 칫하면 중요한 사실을 망각할 뻔했습니다."

"토비, 어젯밤에 무슨 일이 있었니?" 헬레나가 조용히 물었다.

그녀는 몸을 돌려 방 저편에 앉은 보투르 판사를 향해 손을 뻗 었다. 로스 가족 모두 이 순간 덫이 놓여 있다는 사실을 감지했지 만, 그중에서 헬레나가 가장 침착한 태도를 유지하는 것 같았다.

"보투르 판사님." 헬레나는 숨을 고르며 말을 이었다. "제가 한 말씀 드리죠. 제 아들은 어젯밤 늦게 귀가했답니다. 무지막지하게 화를 내면서 돌아왔는데……."

"그건 아버지가 돌아가신 일하고는 아무 상관 없어요!"

토비는 필사적으로 그녀의 말을 잘랐다.

"전 자고 있지 않았어요. 잠을 이룰 수가 없었으니까요. 그래서 이 애한테 코코아를 한잔 하겠느냐고 물었죠. 하지만 몇 마디 하지도 않고 침실로 들어가 문을 쾅 닫더군요." 헬레나의 얼굴이 어두워졌다. "이브와 심하게 싸웠다는 말만 간신히 들을 수 있었어요. 다시는 이브를 보고 싶지 않다면서요."

보투르 판사는 두 손을 마주 비볐다. 다시 그의 어깨 너머로 새하얀 빛이 타올랐다.

"허어!" 예심 판사가 중얼거렸다. "아드님이 어디에 다녀왔는지도 말했습니까, 부인?"

헬레나는 어리둥절한 표정을 지었다.

"아뇨. 이 애가 그런 말까지 했어야 하나요?"

"뤼 드 라 아르프 17번지였죠? 거기 갔었다는 이야기는 안 했습니까?"

헬레나는 고개를 저었다.

제니스와 벤 삼촌 모두 토비를 바라보았다. 가까이서 살폈다면 제니스의 얼굴에 잠깐 떠올랐다 사라진 일그러진 미소를 볼 수 있었을지도 몰랐다. 빈속에 칵테일 넉 잔을 마신 그녀는 젊은 여자답게 어느덧 표정을 감추고 계속해서 점잖은 척하고 있었다. 벤 삼촌은 빈 파이프 속을 주머니칼로 긁어댔다. 소리는 그다지 크지 않았지만 토비의 신경을 지독하게 긁는 것 같았다. 그러나 헬레나는 아무것도 눈치채지 못한 듯 애원하는 말투로 이야기를 계속했다.

"이브와 싸웠다는 이야기를 들으니까 이제 제게도 한계가 온 것 같았어요. 그 생각 때문에 밤새도록 잠을 이룰 수가 없었죠. 사실,

해가 뜨고 나서 그 애가 대단한 의사인지 뭔지 하는 그 험악하게 생긴 남자와 돌아오는 모습을 보았어요. 그런 일이 일어난 다음에 이브가 체포되었지요. 이것들이 사건과 관련이 있나요? 무슨 일인지 말씀해주시지 않겠어요?"

"제청합니다." 벤 삼촌도 의견을 말했다.

보투르 판사는 어금니를 꽉 깨물었다.

"아드님이 아무 말도 하지 않았다는 겁니까, 부인?"

"그렇다고 말씀드렸잖아요."

"닐 부인이 고발한 사안에 대해서도 아무 말 없었습니까?"

"고발이라니요?"

"가족 중 한 명이 갈색 장갑을 끼고 모리스 경의 서재에 숨어 들어가 노인을 때려 죽였다는 것 말입니다."

긴 침묵이 흘렀다. 토비는 의자에 엉덩이만 걸치고 앉아 손바닥에 얼굴을 묻고 있었다. 그는 그 고발만은 인정할 수 없다는 듯 계속해서 격렬하게 고개를 흔들었다.

"갈색 장갑 이야기가 어떻게든 튀어나올 줄 알았습니다." 벤 삼촌이 놀랄 정도로 침착한 어조로 말했다. 그는 지금 화제에 오른 이야기를 모든 각도에서 살펴보는 듯했다. "그 애가…… 뭔가 봤다는 겁니까?"

"그렇다면 어쩌시겠습니까, 필립스 씨?"

벤 삼촌은 메마른 미소를 지었다. "만약 그 애가 직접 봤다면 판사님께서 이렇게 넌지시 말씀하실 리 없습니다. 대번에 체포하려 들었을 테죠. 그러니 그 애는 그 광경을 보지 못했다고 생각해도 될 것 같군요. 가족 내에 살인범이 있다는 겁니까, 예? 허허, 맙소사!"

"우리 역시 그런 생각을 안 했다고는 할 수 없죠."

제니스가 불쑥 말했다.

헬레나는 누가 봐도 깜짝 놀란 시선으로 그녀를 바라보았다.

"난 절대 그런 생각을 한 적이 없단다! 세상에, 제니스! 너 미친 것 아니니? 모두 정신이 나간 거야?"

"이것 보렴." 벤 삼촌이 빈 파이프를 입에 물며 말을 꺼냈다.

그는 다른 가족들이 참을성 있는 관용의 시선을 보내주기를 기다렸다. 그가 집안의 기계 장치를 수리하는 것과는 관련 없는 제안을 할 때마다 가족들이 보내던 눈빛이었다. 벤 삼촌은 얼굴을 찡그렸다. 그의 태도는 온화했지만 불굴의 의지가 흘렀다.

"실제보다 훨씬 바보처럼 굴면 곤란하단다. 당연히 우리 모두 그런 생각을 했지 않겠니. 빌어먹을!" 그의 어투가 돌변하자 사람들은 놀라 자세를 바로 세웠다. "교양 있는 가족인 척은 그만하자꾸나. 우리 영혼에 신선한 공기와 햇살을 쏘여야 하지 않겠니. 우리한테 영혼이란 게 있다면 말이야."

"벤!" 헬레나가 외쳤다.

"집은 잠겨 있었어. 문이랑 창문 모두. 그러니 강도가 한 짓이 아니야. 탐정이 아니라도 그 정도 추리는 한다고. 이브 닐이 그런

게 아니라면, 우리 중 한 명이 그 짓을 저지른 거야."

"그렇다면 내가 아무런 상관 없는 타인의 안녕을 내 핏줄의 행복보다 우선시한다는 거예요?" 헬레나가 따져 물었다.

"뭐, 그렇다면 위선자 노릇은 그만두렴. 그 애를 범인으로 생각한다고 말해야 하지 않겠니?"

헬레나는 당황해서 어찌할 바를 몰랐다.

"내가 이브를 얼마나 좋아하는데요. 게다가 돈도 굉장히 많으니 토비에게 얼마나 도움이 되겠어요. 아니, 도움이 될 수도 있었죠. 그 애가 모리스한테 무슨 짓을 했을지 모른다는 생각을 머릿속에서 떨쳐버릴 수만 있다면 말이에요."

"이브를 유죄라고 생각한다는 거냐?"

"내가 어떻게 알아요!" 헬레나가 울부짖었다.

"곧 설명을 들을 수 있을 겁니다." 보투르 판사가 냉정하고 딱딱하고 단호한 목소리로 말했다. 사람들은 곧바로 입을 다물었다. "들어오시오!"

복도로 통하는 문은 서쪽 창문 맞은편에 나 있었다. 공전하던 등대 불빛이 문을 지나칠 때마다 창문에 낀 물때의 그림자가 문 위로 내려앉았다. 누군가가 문을 두드렸다. 노크 소리에 보투르 판사가 응답하자 더멋 킨로스가 안으로 들어왔다.

그가 들어왔을 때는 불빛이 막 문 쪽을 지나던 중이었다. 더멋은 손을 들어 두 눈을 가렸지만, 의욕 없어 보이던 그의 얼굴에 떠오른 절제된 분노의 감정은 선명하기만 했다. 더멋은 그들이 위험해 보이는 자신의 얼굴을 관찰하고 있다는 사실을 알아차리자마자, 평소 사람들 앞에서 하던 대로 태평하고 상냥한 표정을 지어 보였다. 그는 사람들에게 목례를 하고는 방안을 가로질러 예심 판사에게 다가가 격식을 갖춰 프랑스식으로 악수를 했다.

보투르 판사에게서 고롱 같은 붙임성은 찾아볼 수 없었다.

"어젯밤에 통성명을 하긴 했지만, 그 흥미로운 목걸이를 가지고 뤼 드 라 아르프로 떠난 후로는 통 모습을 보이지 않았더군요, 므시외." 그가 차갑게 말했다.

"그 후에 많은 일이 있었습니다."

"좋습니다. 당신이 말한 이 새 증거는…… 뭐, 중요해 보이긴 합니다. 어쨌든 다 모였군요." 그는 다른 사람들에게 손을 흔들었다. "자, 시작하지요! 이제부터 할 이야기가 당신들 마음에 들지는 않겠지만, 세상에나!"

"고롱 서장은 위층으로 닐 부인을 데리러 갔습니다." 더멋이 방문객들의 옆모습을 바라보며 판사에게 말했다. "허락해주시겠습니까?"

"물론, 당연히 허락합니다!"

"목걸이 이야기가 나와서 말인데, 고롱 서장 말로는 판사님께서 둘 다 갖고 계시다던데요."

예심 판사가 고개를 끄덕였다. 그는 책상을 열어 두 개의 목걸이를 꺼내 압지에 올려놓았다. 하얀빛이 다시 들이닥치자 압지 위로 불타는 빛줄기 두 개가 살아 있는 듯 흔들렸다. 다이아몬드와 터키석이 박힌 진짜 목걸이와, 처음 보면 진품과 혼동하기 쉬운 가짜 목걸이가 나란히 놓여 있었다. 두 번째 목걸이에는 작은 종이 표식이 함께 붙어 있었다.

"당신이 고롱 서장에게 남긴 쪽지에 따라, 뤼 드 라 아르프에 사람을 보내 모조품을 회수하여 출처를 추적했습니다."

그가 종이 표식을 건드리자 더멋은 고개를 끄덕였다.

"지금에야 이게 무슨 뜻인지 알아차리기 시작한 참입니다." 보투르 판사가 딱딱거렸다. "오늘은 닐 부인 일과 코담뱃갑 문제로 너무 바빴던 터라 이 쌍둥이 목걸이 문제에는 신경쓸 여유가 없었단 말이오. 정말 그랬소!"

더멋은 방 저편에 말없이 앉아 있는 사람들에게로 몸을 돌렸다.

그들은 더멋에게 화가 나 있었다. 그는 그들이 얼마나 분개했는지 느낄 수 있었다. 말로 표현하지 않는 분노였기에 더욱 날카로웠고, 더멋은 그 사실이 기뻤다. 보투르 판사는 뒤쪽에 거미처럼 앉아 있었는데, 등대 불빛이 잽싸게 밀려들어 벽을 흰색 빛으로 채웠다. 그사이 더멋은 의자를 하나 잡아당겼다. 그가 로스 가족과 마주 보도록 의자를 돌리자 의자 다리가 리놀륨 바닥에 긁혀 거친 소리를 냈다.

"맞습니다." 더멋은 영어로 말을 건넸다. "여러분 생각대로, 제가 이 일에 참견하고 있습니다."

"무슨 이유로 말이오?" 벤 삼촌이 물었다.

"누군가가 끼어들지 않으면 엉망진창인 상황을 바로잡을 수 없기 때문입니다. 그 유명한 갈색 장갑에 대해 들어보셨을 테죠? 좋습니다! 그렇다면 그 이야기를 조금만 더 해봅시다."

"누가 그 장갑을 꼈는지에 대한 이야기도 포함해서요?" 제니스가 말했다.

"그렇습니다."

더멋은 의자에 편히 앉아 두 손을 주머니에 찔러 넣었다.

"모두들 모리스 로스 경께서 돌아가신 날의 오후와 저녁, 그리고 밤에 있었던 일을 떠올려보시기 바랍니다. 여러분은 그날 어떤 일이 있었는지 대부분 들으셨을 겁니다. 하지만 다시 한번 살펴봐도 좋을 겁니다.

그날 모리스 로스 경은 평상시처럼 오후 산책을 나섰습니다. 저희가 들은 바로는, 그분이 가장 선호하던 산책로는 동종 호텔 뒤편에 있는 동물원을 통과하는 길이었습니다. 그러나 이에 대해 추가 증언이 나왔습니다. 모리스 경이 그날 호텔 후문 쪽에 있는 바 안까지 들어가서 웨이터와 바텐더를 놀라게 했다는 겁니다."

헬레나는 고개를 돌려 눈에 띄게 어리둥절해하는 시선으로 오빠를 바라보았다. 그는 경계하는 듯한 딱딱한 눈빛으로 더멋을 응시하고 있었다. 그러나 정작 입을 연 사람은 제니스였다.

"정말인가요?" 제니스는 동그란 턱을 치켜들며 물었다. "그런 얘기는 전혀 듣지 못했는데요."

"아마 그랬을 겁니다. 어쨌든 말씀드린 대로입니다. 오늘 오전, 바에서 일하는 사람들에게 들은 이야기입니다. 그런 다음 그분은 동물원 안에서 목격되었습니다. 원숭이 우리 근처였다고 합니다. 누군가와 이야기를 나누는 것 같았다던데 상대방은 덤불에 가려 볼 수가 없었다고 합니다. 로스 경이 산책에서 돌아왔을 때 기분이 좋지 않아 보였다는 사실을 기억하실지 모르겠군요. 별일 아닌 듯하지만 굉장히 중요한 점입니다. 그게 살인 사건의 서막이었으니까요."

"그렇다면……." 헬레나는 동그랗게 뜬 눈을 더멋의 얼굴에서 떼지 못하고 침을 꿀꺽 삼켰다. 그녀의 안색이 달아올랐다. "모리스를 죽인 사람이 누군지 안다는 말씀인가요?"

"그렇습니다."

"그 사실을 어떻게 아셨죠?" 제니스가 캐물었다.

"로스 양, 사실은 당신이 한 말 덕분에 알아낼 수 있었습니다."

더멋은 잠시 동안 생각에 잠겼다가 말을 이었다.

"로스 부인께서도 역시 많은 도움을 주셨습니다. 부인께서 계속 말씀하시던 이야기 덕분입니다. 사실 정신적인 영역에 관련된 문제입니다만." 손을 들어 이마를 문지르는 그의 모습은 마치 미안해하는 듯 보였다. "하나의 사소한 사실은 다른 사실로 이어집니다. 이제부터는 제가 생각한 걸 이야기하도록 하지요.

모리스 경은 저녁 식사 시간 전에 귀가했습니다. 바텐더의 표현에 따르면 '흉포한 눈빛'을 하고 있었다더군요. 심지어 동물원에서 중요한 만남을 갖기도 전에 말입니다. 그러나 집에 돌아올 때쯤에는 얼굴이 새하얗게 질릴 정도로 불안에 떨고 있었습니다. 그 이야기는 우리 모두 질리도록 들었죠. 그리고 극장에 가는 것도 거부했습니다. 그러다가 서재에 틀어박혀버린 겁니다. 나머지 가족분들은 8시 정각에 집을 나서 극장으로 향했습니다. 맞습니까?"

벤 삼촌은 턱을 문질렀다.

"그렇소. 지극히 사실이오. 그런데 굳이 반복해서 거론하는 이유가 있습니까?"

"이런 방식이 굉장히 유용하기 때문입니다. 밤 11시쯤 여러분은 이브 닐과 함께 극장에서 돌아왔습니다. 그사이 골동품상인 베유 씨가 8시 30분쯤 전화를 걸어 귀중한 물건을 발견했다고 알려준 다음, 집으로 코담뱃갑을 가지고 와서 물건만 놓고 떠났습니다. 다른 분들은 귀가할 때까지 코담뱃갑에 대해 전혀 들은 바가 없었습니다. 이 또한 맞습니까?"

"그렇소." 벤 삼촌이 시인했다.

"이브 닐 역시 코담뱃갑 이야기는 듣지 못한 것이 분명합니다. 어제 고롱 서장이 여러 번 이야기해줬는데, 증언에 따르면 그녀는 사실 여러분의 집안까지 동행하지는 않았습니다. 로스 씨." 그는 토비를 향해 고갯짓을 했다. "당신은 이브 닐을 그녀의 집까지 바래다주고 작별 인사를 했습니다."

"이봐요." 토비가 갑자기 난폭하게 외쳤다. "이게 뭡니까? 대체 무슨 짓을 하자는 겁니까?"

"지금까지 제 말에 틀린 점은 없죠?"

"그렇습니다. 하지만……."

토비는 조바심에 삿대질을 하려다가 간신히 자제했다. 여전히 하얗게 빛나는 등대 불빛이 이십 초 간격으로 들이닥쳤다 사라졌고, 억지로 마주보지 않아도 그 빛은 사람들의 신경을 긁어대고 있었다. 그때 노크 소리가 들렸다. 더멋이 일어나자 보투르 판사도 자리에서 일어섰다. 세 사람이 집무실로 들어왔다. 첫 번째로 들어온 사람은 아리스티드 고롱이었다. 두 번째는 제복처럼 보이는 모직 드레스 차림에 슬픈 표정을 한 백발의 여자였다. 세 번째로 들어온 사람은 이브 닐이었다. 백발의 여인은 이브의 손목 근처에서 의미심장하게 손을 들고 있었다. 죄수가 도망치려 할 때를 대비해 덮칠 준비를 하는 것 같았다.

이브는 달아나려는 기색은 보이지 않았다. 하지만 낡은 안락의자가 거침없이 들이닥치는 불빛을 받으며 비스듬히 놓인 모습을 보자 몸이 굳더니 뒷걸음질을 쳤다. 그러자 여자 교도관이 그녀의 손목을 틀어쥐었다.

"다시는 저 의자에 앉지 않을 거예요." 이브는 조용히 말했지만 더멋은 그 어조에서 위험 신호를 감지했다. "원하는 대로 해도 좋아요. 하지만 다시는 저 의자에 앉지 않겠어요."

"꼭 그럴 필요는 없습니다, 부인." 보투르 판사가 말했다. "킨로스 박사, 당신은 좀 자제하는 게 어떻겠습니까?"

"그럼요, 부인. 당연히 그럴 필요 없습니다!" 고롱이 그녀의 등을 토닥거리며 달랬다. "부인을 해치려는 게 아닙니다. 법 없이도 살 사람인 제가 약속드리죠. 그리고 박사, 자네에게 내 눈을 가릴 의도가 없었다는 사실을 알았더라면 나도 자네 말을 좀더 신뢰할 수 있었을 텐데 말이야."

더멋은 두 눈을 감았다가 떴다.

"내 잘못인 것 같군." 그는 비통하게 말했다. "하지만 난 하루 동안, 아니 하루도 안 되는 시간 동안 자리를 비운 게 그렇게 해가 될 줄은 몰랐지."

이브는 그를 향해 미소를 지었다.

"그게 무슨 해가 되었겠어요? 고롱 서장님이 말씀하시기를, 당신이 하기로 약속한 일을 마치셨으니, 저는…… 그러니까 거의 풀려난 것이나 다름없다면서요."

"그렇게 지나치게 확신할 문제는 아닙니다, 부인!" 예심 판사가 언짢은 표정으로 말했다.

"사람은 자신이 원하는 만큼 믿을 권리가 있지요." 더멋이 말했다.

등대 불빛의 위협이 들이닥쳤다 사라진 후에도, 이브는 자신과는 전혀 상관없는 일이라는 듯 침착했다. 그녀는 고롱이 빼준 안락의자에 앉아 헬레나와 제니스, 벤 삼촌에게 상냥한 태도로 의례적인 목례를 했다. 토비에게는 미소를 지어 보였다. 그러고는 더멋을 향해 입을 열었다.

"그렇게 해주실 거라는 걸 알아요." 이브는 솔직하게 털어놓았다. "생각만큼 일이 잘 풀리지 않은 탓에 사람들이 탁자를 내리치며 저한테 '이 살인범, 어서 털어놓지 못해!'라고 고함을 질렀지만……." 그녀는 자신도 모르게 웃음을 터뜨렸다. "제게 그렇게 행동하라고 하신 데는 분명 이유가 있을 거라고 생각했어요. 전 박사님을 조금도 의심하지 않았어요. 하지만 세상에, 정말 무서웠다고요!"

"예. 그게 문제의 핵심이었습니다."

"문제라고요?"

"그 때문에 상황이 엉망진창이 되어버렸던 겁니다. 당신은 사람들을 신뢰하니까요. 사람들도 그 사실을 압니다. 그래서 그 점에서 이득을 취하곤 하죠. 때마침 당신은 나를 믿어줘서 다행이었지만 그건 중요한 문제가 아닙니다." 더멋은 고개를 돌렸다. "이제 다소 괴로운 이야기를 해야겠습니다. 여러분이 듣기에는 썩 유쾌하지 않을 겁니다. 계속해도 되겠습니까?"

누군가의 의자가 리놀륨 바닥을 긁었다.

"예, 계속하시오!" 보투르 판사가 딱딱거렸다.

"전 지금까지 살인 사건이 있었던 날 벌어진 일들의 얼개를 그려보았습니다. 짚어보지 않고 넘어가기에는 너무 중요한 일이라서요. 필요하다면 몇 번이라도 반복해야죠. 아까 그 이야기까지 했었죠?" 더멋은 토비를 바라보았다. "11시쯤 일행이 극장에서 돌아온 것 말입니다. 당신은 약혼자를 계단까지 바래다주고는 가족에게 돌아갔습니다. 그다음은요?"

제니스 로스는 어리둥절한 듯 두 눈을 치떴다.

"아빠가 아래층으로 내려와서 코담뱃갑을 보여주셨어요."

"그렇습니다. 어제 고롱 서장에게 들은 바로는, 살인이 벌어지고 다음날 경찰이 파편을 수거해서 꼬박 일주일 동안 복원했다고 합니다."

토비는 자세를 바로 하고 앉아 헛기침을 했다. 보아하니 희미한 희망의 꼬투리를 발견한 모양이었다.

"복원했다고요?" 그는 더멋의 말을 반복했다.

"지금은 그다지 값어치가 없을 겁니다, 로스 씨."

경찰서장이 주의를 주었다.

더멋이 손짓하자 예심 판사는 책상 서랍을 열었다. 보투르 판사는 조심스럽게 작은 물건을 꺼내 더멋에게 건네주었다. 손에서 바스러질까 걱정하는 듯했다.

모리스 로스 경이 이 광경을 봤다면 기분이 몹시 상했을 터였다. 새하얀 빛이 황제의 코담뱃갑을 비추자 장밋빛 마노가 가장 안쪽에서부터 불타올랐고, 시계의 숫자판과 시곗바늘에 해당하는 작은 다이아몬드 역시 반짝거렸으며, 금으로 된 모서리와 가짜 태엽 손잡이도 희미하게 빛이 났다. 그러나 전체적으로는 접착제 자국으로 지저분하게 끈적거렸고, 다소 경계가 모호하거나 선이 맞지 않아 보였다. 더멋은 사람들을 향해 코담뱃갑을 들어 보였다가 손가락으로 잡고 거꾸로 뒤집었다.

"복원할 때 아교로 뚜껑을 단단히 붙여 놓았습니다. 누가 했는지 몰라도 솜씨가 엄청 형편없군요. 그래서 지금은 뚜껑이 열리지 않습니다. 하지만 여러분은 멀쩡했을 때의 모습을 보셨을 테죠?"

"그래요!" 토비는 무릎을 세차게 내리쳤다. "멀쩡했을 때의 모습을 봤습니다. 그게 어쨌다는 겁니까?"

더멋은 코담뱃갑을 보투르 판사에게 돌려주었다.

"11시가 지나자마자 모리스 로스 경이 서재에서 내려왔습니다. 그는 가족들이 새로 얻은 보물에 별달리 관심을 보이지 않아서 좀 약이 올랐습니다. 그리고 제 생각이지만, 여러분은 모두 잠자리에 들었습니다.

하지만 로스 씨, 당신은 잠을 이룰 수가 없었습니다. 새벽 1시가 되자 당신은 자리에서 일어나 아래층 응접실로 내려가서 이브 닐에게 전화를 걸었습니다."

토비는 인정한다는 뜻으로 고개를 끄덕이며 이브의 옆모습을 살짝 훔쳐보았다. 이브는 그가 이해할 수 없는 표정을 짓고 있었다. 토비는 열렬한 심정으로 그녀에게 말을 걸려고 했지만 이브가 똑바로 정면을 응시하는 모습을 보고는 괴로운 나머지 차마 입을 열지 못하고 콧수염을 비틀었다.

더멋이 토비의 시선을 좇았다.

"당신은 몇 분가량 부인과 통화를 했습니다. 무슨 이야기를 했지요?"

"예?"

"무슨 이야기를 했는지 물었습니다."

토비는 눈을 돌렸다. "대체 그걸 어떻게 기억한단 말입니까? 잠깐만요. 그래, 기억납니다!" 그는 손으로 입을 훔쳤다. "그날 밤에 본 연극 이야기를 했습니다."

이브는 살짝 미소를 지었다.

"매춘부에 대한 연극이었어요." 그녀가 끼어들었다. "토비는 제가 충격을 받았을지 모른다고 걱정했어요. 하지만 저 사람이야말로 그때 연극의 주제에 굉장히 충격을 받았었나 봐요."

"자, 이것 봐요." 토비는 참을성을 발휘하려 애쓰며 의자에 등을 기댔다. "우리가 약혼했을 때, 처음에 난 그렇게 완벽한 남자가 아니라고 말했지 않습니까? 했나요, 안 했나요? 그런데 당신은 어젯밤에 내가 좀 흥분해서 아무 생각 없이 떠들어댄 이야기를 가지고 나를 비난하려는 겁니까?"

이브는 대답하지 않았다.

"통화 내용으로 돌아가도록 하죠." 더멋이 제안했다. "당신은 그날 본 연극에 대한 이야기를 나눴습니다. 다른 이야기는 안 했습니까?"

"빌어먹을, 그게 뭐가 중요합니까?"

"굉장히 중요합니다."

"뭐, 소풍 이야기도 했습니다. 다음날 소풍을 갈 생각이었으니까요. 당연히 그러지 못했죠. 아, 그리고 아버지가 잡동사니 수집품을 새로 하나 얻었다는 이야기도 했습니다."

"그 잡동사니가 뭔지는 말하지 않았죠?"

"그렇습니다."

더멋은 그의 눈을 바라보았다. "그다음부터는 고롱 서장이 제게 해준 말을 인용해보겠습니다. 당신은 통화를 끝낸 후에 위층 침실로 올라갔습니다. 새벽 1시를 몇 분 넘긴 시각이었죠. 위층으로 간 당신은 아버님이 아직 깨어 있다는 사실을 알게 되었습니다. 서재 문 바닥에서 불빛이 새어 나왔으니까요. 그래서 굳이 아버님을 방해하려 들지 않았습니다. 맞습니까?"

"맞습니다!"

"그렇게 늦은 시간까지 깨어 있는 게 모리스 경의 습관은 아니었겠죠?"

헬레나는 헛기침을 한 다음 토비 대신 대답했다.

"그래요. 우리 시간관념은 다른 사람들과는 좀 달라서 늦은 시간이라고 해도 정말로 그런 건 아니에요. 모리스는 보통 12시면 잠자리에 들었어요."

더멋은 고개를 끄덕였다.

"그런데 로스 부인. 부인께서는 1시 15분에 자리에서 일어나셨습니다. 그리고 남편분의 서재로 가서, 이제 잠자리에 들라고 권유하는 한편 코담뱃갑을 구입한 일에 대해서도 한 말씀 하려고 하셨죠. 부인은 노크를 하지 않고 서재 문을 여셨습니다. 중앙 조명은 꺼져 있었고 탁상용 전등에만 불이 들어와 있었죠. 남편분은 부인

쪽으로 등을 돌리고 앉아 있었습니다. 부인께서는 시력이 나빴기 때문에 가까이 다가가 핏자국을 발견하기 전까지는 이상한 점을 눈치채지 못하셨고요."

헬레나의 눈에서 눈물이 흘러내리기 시작했다.

"이런 이야기까지 해야 하나요?"

"굉장히 중요한 이야기가 하나 더 남았습니다. 비극은 외면해도 진실은 외면할 수 없습니다.

경찰이 출동했습니다. 로스 양과 로스 씨는 길 건너편으로 가닐 부인을 불러내려고 애를 썼죠. 하지만 경찰이 두 사람을 제지하면서 반장이 도착할 때까지 기다려야 한다고 말했습니다.

그사이 무슨 일이 일어났을까요? 이제 그 누구와도 견줄 수 없는 걸물, 이베트 라투르에게 시선을 돌려봅시다. 이베트는 경찰이 도착해서 벌인 소란 때문에 잠에서 깨어났다고 주장했지요. 그녀는 침실 밖으로 나갔습니다. 여기서 그녀가 내세운 증언의 핵심이 등장합니다. 단두대 칼날과도 같은 증언이지요. 이베트는 닐 부인이 살인 사건이 벌어진 다음, 집으로 돌아오는 모습을 목격했다고 한 것입니다. 이베트는 부인이 앞문 현관을 열쇠로 열고 피가 묻은 가운 차림으로 살금살금 2층으로 올라가 욕실에서 핏자국을 지웠다고 증언했습니다. 그 시각은 대략 1시 30분이었고요."

보투르 예심 판사가 손을 들었다.

"잠깐!" 그는 책상을 돌아 앞으로 나오면서 딱딱거렸다. "새로운 증거가 있다고 한들 이런 식으로는 안 됩니다."

"안 된다고요?"

"안 됩니다. 그녀의 증언은 닐 부인이 한 행동과 정확히 일치한 단 말이오."

"그렇습니다. 1시 30분에 일어난 일이죠." 더멋이 지적했다.

"뭐, 1시 30분이건 다른 시각이건 상관없소! 심중을 털어놓길 바랍니다, 킨로스 박사."

"기꺼이 그렇게 하겠습니다." 더멋은 지금까지 책상 옆에 서 있었다. 그는 복원한 코담뱃갑을 집어 들었다가 다시 내려놓았다. 그러고는 정말로 흥미로운 표정으로 바라보고 있던 토비 앞으로 다가가 그 자리에 섰다.

"당신이 했던 증언 중에서 정정하고 싶은 내용이 있습니까?"

토비는 눈을 깜박거렸다. "나요? 없습니다."

"없다고요? 당신이 수많은 거짓말을 했다는 사실을 인정하지 않을 겁니까? 당신이 사랑한다고 주장하는 여자를 구하기 위해서 인데도요?"

말없이 뒤에 서 있던 고롱이 조용히 키득댔다. 예심 판사는 비난하는 눈초리로 그를 노려보더니, 가볍지만 위협적인 발걸음으로 서둘러 책상을 돌아 나와 가까운 거리에서 토비를 살펴보기 위해 그에게 다가갔다.

"사실입니까, 므시외?" 보투르 판사가 대답을 재촉했다.

토비가 자리에서 벌떡 일어나자 의자가 밀려 리놀륨 바닥에 옆으로 넘어졌다.

"제가 거짓말을 한다는 겁니까?"

"닐 부인과 통화를 마친 당신은 위층으로 올라갔고, 아버님의 서재를 지나다 문 아래로 새어 나온 빛을 봤다고 주장했습니다." 더 멋이 말했다.

이때 고롱이 끼어들었다.

"어제 킨로스 박사와 제가 2층 서재를 조사했습니다. 박사는 그 문을 보고 놀라는 것 같더군요. 당시에는 이유를 알 수 없었습니다. 머릿속에 담아두기에는 너무 사소한 일이었으니까요. 이제는 저도 확실히 알겠군요. 기억하시는지 모르겠지만 그 두꺼운 문은 양탄자와 밀착되어 있어서 문을 여닫을 때마다 양탄자가 문 아랫부분에 긁혀 해질 정도였습니다."

고롱은 잠시 맘을 멈췄다. 그가 손의 높이를 유지하며 앞뒤로 움직이는 동작을 취하자 사람들의 머릿속에 문이 여닫히는 모습이 되살아났다.

"어느 때가 됐든, 그 문 아래에서 새어 나오는 빛을 보는 일은 절대로 불가능합니다." 고롱은 잠시 말을 멈췄다가 한마디 덧붙였다. "로스 씨가 한 거짓말은 이뿐만이 아닙니다."

"그렇소." 예심 판사가 동의했다. "두 개의 목걸이를 언급해도 되겠습니까?"

더멋 킨로스에게 덫을 놓는 취미는 없었다. 다른 사람을 궁지로 몰아넣는 일을 즐기지도 않았다. 그러나 이브의 얼굴에 떠오른 표정을 본 그는 고개를 끄덕였다.

"그럼 갈색 장갑을 낀 사람이……!"

이브는 거의 비명을 지르듯 말했다.

"그렇습니다. 당신의 약혼자, 토비 로스입니다." 더멋이 말했다.

　"새로운 사실은 아닙니다." 더멋이 말을 이었다. "그에게는 프뤼 라투르라는 귀여운 여자친구가 있습니다. 우리에게 자진해서 도움을 주려 했던 이베트 라투르의 여동생이지요. 마드무아젤 프뤼는 값비싼 선물을 요구했습니다. 여기저기서 말썽을 일으키겠다고 협박하면서요. 하지만 그의 급료로는 충분하지 않았습니다. 그래서 로스 씨는 아버지의 수집품 중에서 다이아몬드와 터키석이 박힌 목걸이를 훔치기로 결심한 것입니다."

　"난 못 믿겠어요." 헬레나가 말했다. 그녀가 가늘게 내쉬는 한숨 소리는 흐느끼는 소리처럼 들리기도 했다.

　더멋은 잠시 생각에 잠겼다.

"어쩌면 '훔치다'라는 표현은 적절하지 않은 것 같군요. 정말로 해를 끼칠 생각은 없었을 테니까요. 그에게 직접 이야기를 듣는다면 아마 같은 말을 할 겁니다. 아버지가 모르도록 목걸이를 모조품과 바꿔치기해서 그녀에게 돈을 치를 때까지 달래기 위한 선물로 사용하기 위해 잠시 '빌릴' 생각이었던 겁니다."

더멋은 예심 판사의 책상으로 돌아가 두 개의 목걸이를 집어 들었다.

"그는 이 가짜 목걸이를……."

"뤼 드 라 글루아르에 있는 폴리에 씨 가게에서 제작했습니다." 경찰서장이 보충 설명을 했다. "폴리에 씨는 그 목걸이를 주문한 사람이 로스 씨라는 것을 기꺼이 확인해줄 겁니다."

토비는 아무 말도 하지 않았다. 그는 아무에게도 눈길을 주지 않고 재빨리 집무실을 가로질렀다. 보투르 판사는 그가 문가로 향하고 있다고 생각해 경고 조로 소리를 질렀다. 그러나 토비의 의도는 그게 아니었다. 그는 그저 비유적으로든 문자 그대로든 구석에 고개를 처박고 싶었을 뿐이었다. 토비는 서류철이 꽂힌 책장 앞에 이르더니 사람들에게 등을 돌리고 섰다.

"어젯밤, 가짜 목걸이가 프뤼 양의 반짇고리에서 나타났습니다." 더멋이 목걸이 하나를 들어올렸다. "런던으로 떠나기 전에 고롱 서장에게 연락을 취할 가치가 있어 보이더군요. 그래서 목걸이를 압수해 출처를 추적해보라는 쪽지를 서장에게 남겼습니다. 물론 토비 로스가 준 물건이었지요."

"솔직히 저는 하나도 놀라지 않았어요."

이브 닐이 갑자기 입을 열었다.

"그렇습니까, 부인?" 고롱이 물었다.

"네! 어젯밤 토비에게 목걸이를 그녀에게 주었느냐고 물었죠. 아니라고 하더군요. 하지만 굉장히 묘한 표정으로 프뤼를 바라봤어요. 마치 '내가 무슨 말을 하든 그렇다고 해!'라고 말하는 듯한 표정이었죠." 갑자기 이브는 한 손으로 눈가를 훔쳤다. 안색이 달아올랐다. "프뤼는 현실적인 여자예요. 토비가 목걸이가 어디서 났느냐고 물으니까 그 말을 뒷받침하느라 입을 다물어버렸으니까요. 하지만 왜 그녀에게 가짜 목걸이를 줬을까요?"

"진품을 줄 필요가 없었기 때문입니다." 더멋이 대답했다.

"필요가 없었다고요?"

"그렇습니다. 모리스 경이 사망하자 이 선량한 청년은 아버지의 유산으로 언제든지 그녀에게 돈을 줄 수 있다고 생각한 겁니다."

헬레나 로스가 날카로운 비명을 질렀다.

고롱 서장과 보투르 판사는 이 극적인 장면이 만족스러운 나머지, 그녀가 비명을 지르는 모습에 웃음이 나올 지경이었다. 그러나 다른 사람들은 그렇지가 않았다. 벤저민 필립스는 자리에서 일어나 여동생의 의자 뒤로 가서 어깨에 손을 얹고 그녀를 진정시키려 했다. 이제 더멋의 말투는 채찍을 휘두르는 것 같아서, 쉭 하고 날카로운 소리마저 들리는 듯했다.

"그는 아버지가 자신처럼 돈에 쪼들리고 있다는 사실을 알지 못했습니다." 더멋이 말을 이었다.

"그 사실을 알았으니 굉장한 충격을 받았겠군. 안 그런가?"

고롱이 말했다.

"그 점에 대해서는 추호도 의심의 여지가 없어.

살인 사건이 일어나기 직전, 어젯밤에 프뤼 양이 인정했듯이, 그녀는 대단한 소란을 벌이던 중이었습니다. 그가 이브 닐과 약혼을 발표한 이후부터 계속해서 문제를 일으켰죠. 가끔 자립심이 꺾일 때면 분명 약혼을 취소하라고 협박도 했을 겁니다. 프뤼 양이 그러지 않았더라도, 장담하건대 그녀의 언니 이베트는 그랬을 겁니다. 훅슨 은행에는 이 소식을 들으면 얼굴이 새하얗게 질릴 사람이 많을 거라고 이 신사분을 협박했겠죠. 고롱 서장이 말해주겠지만, 프뤼 양은 정숙한 여성이니까요.

그는 이 목걸이라면 프뤼 양도 만족할 거라고 생각했습니다. 그러니까 진짜 목걸이 말입니다. 어쨌든 십만 프랑은 족히 나가는 물건이니까요. 그래서 로스 씨는 복제품을 제작했습니다. 그러나 여전히 바꿔치는 일을 망설였지요."

"왜죠?" 이브가 조용히 물었다.

더멋은 그녀를 향해 싱긋 웃었다.

"아시다시피, 어쨌든 그에게도 양심이란 게 있으니까요."

토비는 여전히 입을 열지도, 고개를 돌리지도 않았다.

"그러다가 마음을 굳게 먹었습니다. 그날 밤에 본 연극 때문이 었는지 아니면 다른 이유에서였는지 모릅니다만, 나중에 그에게 물어볼 수는 있겠죠. 무슨 이유에서든 그는 도를 넘을 정도로 압박을 받았던 겁니다.

새벽 1시, 로스 씨는 약혼자에게 전화를 걸었습니다. 제가 그의 속마음을 제대로 읽었는지 모르겠지만, 약혼녀와 대화를 나누던 와 중 그는 목걸이를 훔쳐 프뤼 라투르에게 줘서 그녀를 쫓아버리지 않으면 앞으로 행복을 장담할 수 없다고 확신하게 됩니다. 그는 진실한 사람입니다. 경건하다고까지 할 수 있을 정도입니다. 로스 씨 는 진심으로 그렇게 하는 것이 최선이라 생각했습니다. 비꼬는 게 아닙니다, 여러분."

더멋은 예심 판사의 책상 옆에 선 채로 잠시 말을 멈췄다.

"쉬운 일이었을 겁니다. 적어도 그가 아는 바로는 아버지가 이렇게 늦게까지 잠자리에 들지 않는 법은 없었으니까요. 그래서 분명 서재는 불이 꺼진 채 텅 비어 있을 거라고 생각했던 겁니다. 그로서는 서재에 몰래 들어가서 문 바로 왼편에 있는 장식장 문을 열고 가짜 목걸이를 진짜와 바꿔치기한 다음 기쁘게 프뤼 양의 집으로 달려가기만 하면 되는 일이었습니다.

1시가 조금 지나자 그는 움직이기로 결심했습니다. 훌륭한 추리 소설의 전통에 따라 그는 집안사람들 절반은 사용해봤을 갈색 장갑을 손에 꼈습니다. 가짜 목걸이는 주머니 속에 넣어뒀지요. 그는 몰래 계단을 올라갔습니다. 아래쪽 문틈 사이로는 아무것도 볼 수 없었기에 당연히 서재 안이 어둡고 텅 비었을 거라고 생각했습니다. 하지만 서재는 어둡지도, 텅 비어 있지도 않았습니다. 우리도 몇 번이나 들었다시피 모리스 로스 경은 부정직한 행위를 굉장히 싫어하는 분이었습니다."

"진정해, 헬레나!" 벤 삼촌이 중얼거렸다.

헬레나는 그의 손을 간신히 뿌리쳤다.

"지금 우리 아들이 아버지를 살해했다고 고발하는 건가요?"

마침내 토비가 입을 열었다.

"살해했다니요?"

자진해서 처박힌 구석 자리에 등대 불빛이 지나가면서, 그의 뒤통수에 난 작은 땜통 자국이 보였다. 토비는 새로운 사실을 깨닫고 충격을 받은 것 같았다. 그는 살그머니 고개를 돌려 주변을 살펴보다가 이야기가 너무 진전되어 말도 안 되는 소리까지 나왔다는 생각이 갑자기 든 모양이었다. 그는 구석 자리에서 뛰쳐나와 사람들에게 다가갔다.

"살해했다니요?"

토비 로스는 수긍이 가지 않는다는 듯 그 말을 반복했다.

"바로 들었습니다, 젊은 신사 양반." 고롱이 말했다.

"세상에, 쓸데없이 부풀리지 마시죠!" 토비는 강력히 따졌지만 목소리에 담긴 비난의 어조는 공허하기 이를 데 없었다. 그는 두 손을 밀어내듯 앞으로 뻗었다. "당신이라면 내가 아버지를 살해했다고 생각하지 않을 테죠?"

"그러지 않을 이유라도 있습니까?" 더멋이 되물었다.

"이유? 이유가 있느냐고요? 내가 아버지를 죽였다고요?" 토비는 차마 말을 잇지 못했지만 더는 이 일로 고민할 여유가 없었다. 다른 불만거리가 생각났기 때문이다. "전 어젯밤까지 빌어먹을 갈색 장갑 이야기는 들어본 적도 없습니다. 이브는 제게 그런 말을 해주지 않았다고요. 프뤼 집에서 갑자기 터뜨려버리기 전까지는요. 바로 이런 식으로 말입니다!

간이 떨어지는 줄 알았습니다. 어젯밤에도 이브에게 말한 것이나 다름없고, 지금 이 자리에서도 다시 말한 거나 마찬가지예요. '갈색 장갑'은 아버지의 죽음은 물론이고 누구의 죽음과도 관련이 없습니다. 맙소사, 이해 못 하시겠습니까? 제가 서재에 들어갔을 때 아버지는 이미 돌아가신 상태였다고요!"

"잡았어!" 더멋이 한 손으로 탁자를 세게 내리치며 말했다.

그 소리는 사람들의 신경을 휘저어 감정을 증폭시켰다. 토비는 겁을 먹고 뒤로 주춤 물러섰다.

"그게 무슨 뜻입니까? 잡았다니요?"

"신경쓰지 마시죠. 그렇다면 당신이 갈색 장갑을 낀 사람이었습니까?"

"뭐…… 그렇습니다."

"그러면 아버지가 의자에 앉은 채 돌아가셨다는 사실을 알게 된 건 당신이 물건을 훔치러 서재에 들어갔을 때였습니까?"

토비는 한 걸음 더 뒷걸음질쳤다.

"훔치려던 건 아니었습니다. 당신도 그렇게 말하지 않았습니까? 그런 짓을 하고 싶지는 않았어요. 하지만 정말로 부정한 짓을 저지르지 않으려면 달리 무슨 방법이 있었겠습니까?"

"토비." 이브가 다소 경외심이 섞인 말투로 입을 열었다. "당신도 알다시피, 당신은 멋진 사람이에요. 정말로 멋진 사람이라니까요!"

"일단 윤리적인 측면은 제외해봅시다." 더멋은 책상 가장자리에 앉아 다리를 쉬게 하며 말했다. "무슨 일이 일어났는지에 대해서만 말씀해보시죠."

토비는 진심으로 몸서리를 쳤다. 계속해서 허세를 부리고 싶은 생각은 있었지만 더는 그 상태를 유지할 수가 없었다. 그는 손등으로 이마를 문질렀다.

"더이상 말씀드릴 건 없습니다. 제 어머니와 여동생 앞에서 저를 모욕할 작정이었다면 성공하셨습니다. 나머지도 털어놓는 게 차라리 낫겠군요.

좋습니다. 제가 그런 짓을 저질렀습니다. 당신 말대로입니다. 이브랑 통화를 마친 직후 서재로 올라갔습니다. 집안은 조용했습니다.

저는 가운 주머니에 가짜 목걸이를 넣어두고 있었습니다. 그리고 서재 문을 열었죠. 불이 켜진 탁상용 전등이 보였고, 불쌍한 늙은 아버지는 제게 등을 돌린 채로 책상 앞에 앉아 있었습니다.

제가 본 건 그게 전부입니다. 아시다시피 저도 근시입니다. 어머니처럼 말이죠. 아마 제 행동을 보고 눈치채셨을지도 모르지만……" 그는 다시 손을 들어 두 눈을 가리고 눈을 깜빡이는 특유의 동작을 취해 보였다. "어쨌든 그건 됐습니다! 전 안경을 써야 합니다. 은행에서 업무를 볼 때는 항상 쓰고 있죠. 그래서 아버지께서 돌아가신 줄도 몰랐습니다.

처음에 저는 문을 닫고 서둘러 물러나려고 했습니다. 그러다 이런 생각이 들었습니다. 안 될 거 없잖아? 앞으로 어떻게 될 줄 알고? 계획대로 하면 되는 거야. 지금까지 계속 계획을 미루기만 했어. 더이상 그럴 수 없는 순간까지 미루다 보면 조급해져서 실수를 하고 말 거야.

그게 제가 떠올린 생각이었습니다. 안 될 것 없잖아? 늙은 아버지는 반쯤 귀가 먹었고, 코담뱃갑에 온통 관심이 쏠린 상태였습니다. 장식장은 바로 서재 문 옆에 있었고요. 손을 뻗어서 목걸이를 바꿔놓기만 하면 되는 일이었습니다. 그러니 어느 쪽이 현명한 선택이었을까요? 이렇게만 하면 뤼 드 라 아르프에 사는 작은 마녀를 물리치고 편히 잠들 수 있었습니다. 그래서 손을 뻗었습니다. 장식장 문은 잠겨 있지도, 걸쇠가 걸려 있지도 않았습니다. 소리 하나 없이 열렸어요. 저는 목걸이를 집어 들었습니다. 그런 다음에⋯⋯."

토비는 말을 멈췄다.

새하얀 등대 불빛이 집무실 안을 휩쓸었지만 토비를 바라보는 사람들은 아무도 그 사실을 눈치채지 못했다. 토비의 허둥대는 태도 탓에 모두들 고통스러울 정도로 집중력을 발휘하고 있었기 때문이다.

"유리 선반에 놓인 오르골을 건드렸습니다." 그가 덧붙여 말했다.

그는 재차 적당한 표현을 찾느라 머뭇거렸다.

"나무와 주석으로 만든 커다랗고 무거운 오르골이었습니다. 작은 바퀴도 달려 있었죠. 목걸이와 같은 선반에 나란히 놓여 있었습니다. 그 오르골에 손이 부딪힌 겁니다. 그게 바닥으로 떨어져서 죽은 사람도 일으킬 정도로 큰 소리가 났습니다. 아버지는 그 소리를 듣지 못할 정도로 귀가 어둡지는 않으셨지요.

그게 끝이 아니었습니다. 굉음이 사라지기 무섭게 오르골이 마치 살아 있는 것처럼 빙글빙글 돌더니 〈존 브라운의 시체〉를 연주하기 시작했죠. 한밤중에 목걸이를 들고 서서 땡그랑거리는 음악 소리를 듣고 있자니 오르골 스무 개를 틀어놓은 것처럼 요란하게 느껴지더군요.

저는 주변을 둘러보았습니다. 하지만 불쌍한 늙은 아버지는 여전히 움직이지 않으셨지요."

토비는 다시 한번 힘겹게 침을 삼켰다.

"저는 아버지에게 가까이 다가가 살펴보았습니다. 제가 본 게 무엇이었는지는 아실 테죠. 저는 제대로 확인하기 위해 중앙 샹들리에를 켰지만 아버지께서 돌아가셨다는 사실에는 의문의 여지가 없었습니다. 저는 여전히 목걸이를 손에 들고 있었습니다. 장갑에는 피한 방울 묻지 않았지만, 목걸이에 묻은 핏자국은 분명 그때 묻은 피일 겁니다. 아버지는 마치 주무시는 것처럼 평화로워 보였습니다. 머리가 엉망으로 깨진 것만 제외하면 말입니다. 그동안에도 오르골에선 계속해서 〈존 브라운의 시체〉가 흘러나오고 있었지요.

저는 오르골을 꺼야 했습니다. 재빨리 돌아가서 오르골을 집어들어 도로 장식장에 넣어두었죠. 그런데 한술 더 떠 이제 목걸이를 되돌려놓아야 한다는 사실을 깨달았습니다. 형사 사건이 벌어졌으니까요. 저는 그게 강도 짓이라고 생각했습니다. 이런 상황에서 제가 프뤼에게 십만 프랑이나 나가는 목걸이를 주고 그 사실이 경찰에게 알려진다면, 장식장 안의 목걸이는 모조품이라는 것이 들통날 테고…….

저는 흥분해서 제정신이 아니었습니다. 그 상황에서 안 그럴 사람이 있겠습니까? 서재를 둘러보니 화구 사이에 부지깽이가 시치미를 떼듯 얌전하게 걸려 있더군요. 그쪽으로 가서 부지깽이를 집어 들었습니다. 피와 머리카락 범벅이었지요. 저는 그걸 도로 걸어두었습니다. 그러고 나니 쓰러질 지경이었습니다. 그곳을 벗어나야겠다는 생각밖에는 들지 않았습니다. 목걸이는 제자리에 되돌려 놓는 중에 밑에 깔아둔 벨벳 천에 미끄러져서 장식장 아래로 떨어지고 말았습니다. 벨벳이 깔린 바닥이 비스듬하게 경사진 걸 기억하십니까? 저는 목걸이를 버려두고 말았습니다. 하지만 서재를 나서기 전에 중앙 샹들리에 스위치를 내릴 정도의 정신머리는 있었지요. 어째서인지 그래야 할 것 같았습니다."

그의 목소리가 차츰 잦아들었다.

예심 판사의 집무실은 사악한 기운으로 가득찼다. 보투르 판사의 책상에 걸터앉아 있던 더멋 킨로스는 냉소와 존경이 뒤섞인 표정으로 토비를 살펴보았다.

"이 이야기를 다른 사람에게 한 적 있습니까?" 더멋이 물었다.

"없습니다."

"왜죠?"

"오, 오해를 살지 모르니까요. 사람들이 제 동기를 이해하지 못할 수도 있고요."

"알겠습니다. 닐 부인이 속사정을 털어놓았을 때 다들 그녀를 이해해주지 않았지요. 그러니 공평하게 행동하자면, 우리가 당신의 주장을 믿을 수 있겠습니까?"

"그만하시죠!" 토비가 애걸했다. "길 건너편에서 빌어먹을 창문을 통해 누가 뭘 봤는지 내가 어떻게 알았겠습니까?" 그는 이브를 흘끗 바라보았다. "처음에는 이브도 아무것도 보지 못했다고 맹세했단 말입니다. 제발 부탁이니 다들 기억을 더듬어보시라고요! 저는 어젯밤까지 갈색 장갑에 대한 이야기는 전혀 듣지 못했습니다."

"하지만 당신은 그 무모한 행동에 대해서는 일언반구 없었습니다. 그 사실이 당신 약혼자의 결백을 상당 부분 증명할 수 있는데도 말이지요."

토비는 멍한 표정을 지었다. "전 무슨 뜻인지 모르겠습니다!"

"모르겠다고요? 이것 보시죠. 당신은 새벽 1시에 그녀와 통화를 끝냈고, 곧바로 2층으로 올라가 부친이 사망한 사실을 알게 되었지요?"

"그렇습니다."

"따라서 만일 부인이 부친을 살해했다면, 범행은 1시 전에 이루어져야 하지 않겠습니까? 그래야 범행을 마친 다음 자신의 침실로 돌아와 1시에 당신과 전화 통화를 했을 테니까요."

"그렇습니다."

"부인이 범행을 저지르고 새벽 1시까지 집으로 돌아왔다고 가정해봅시다. 그렇다면 부인은 어떻게 '다시' 집밖으로 나가서 피투성이가 된 채 1시 반까지 돌아올 수 있었을까요?"

토비는 입을 떡 벌렸지만 이내 다물었다.

"그럴 수 없다는 걸 아시겠지요." 더멋은 기만적으로 온화한 태도를 취하며 반론을 폈다. "두 번은 지나치게 많습니다. 1시 반에 겁에 질린 살인범이 범행을 저지른 후에 몰래 앞문 현관을 열고 집으로 돌아왔고, '온통 산발을 한 채' 서둘러 핏자국을 지웠습니다. 이건 이베트의 진술입니다. 사실이 아니죠. 너무 지나친 이야기가 아닐 수 없습니다. 그녀가 모리스 로스 경을 살해한 지 삼십 분 후에 다시 밖으로 나가 두 번째 살인을 저질렀다고 주장할 생각은 아니겠죠? 첫 번째 희생자를 살해하고 집으로 돌아왔다면 다시 밖으로 나가기 전에 분명 매무새를 가다듬지 않았을까요?"

더멋은 팔짱을 낀 채 책상 가장자리에 느긋하게 앉았다.

"동의하십니까, 보투르 판사님?" 더멋이 물었다.

헬레나 로스는 자신을 제지하는 오빠의 손길을 뿌리쳤다.

"난 그런 미묘한 이야기까지는 잘 모르겠어요. 지금 내가 신경 쓰는 사람은 내 아들뿐이에요."

"뭐, 전 아니에요." 제니스가 갑자기 끼어들었다. "만약 토비 오빠가 뤼 드 라 아르프에 사는 계집애랑 놀아난 게 사실이라면, 그리고 오빠도 그 사실을 인정한다면, 우리는 이브 언니에게 굉장히 추잡한 짓을 한 거예요."

"조용히 해, 제니스. 토비가 그런 짓을 했다면, 네 말대로……."

"엄마, 오빠도 인정했어요."

"그렇다 한들 나름 이유가 있었겠지. 이브에게는 정말로 미안하고 이 애가 무사히 풀려난다면 정말 기쁘겠지만, 내가 걱정하는 건 그게 아니란다. 킨로스 박사님, 토비 이야기가 사실인가요?"

"아, 그렇습니다."

"그 애가 불쌍한 모리스를 죽인 게 아니란 말씀이시죠?"

"확실히 그렇습니다."

"하지만 누군가는 살인을 저질렀어." 벤 삼촌이 지적하며 주변을 둘러보았다.

"그렇습니다. 누군가는 살인을 저질렀습니다." 더멋이 인정했다. "그래서 지금 진상에 접근하는 중입니다."

이 과정에서 한 마디도 하지 않은 사람은 이브뿐이었다. 새하얀 불빛이 사람들의 일그러진 그림자를 그림자극처럼 벽에 던져놓는 와중에도 이브는 자신의 발끝만 내려다보며 앉아 있었다. 딱 한 번 특정 대목에서 어떤 기억이 떠오른 듯 의자 팔걸이를 세게 움켜쥐었을 뿐이었다. 그녀의 눈 아래에 옅은 그늘이 지고 앞니로 깨문 입술은 핏기가 가셔 창백하게 변했다. 그녀는 홀로 머리를 끄덕였다. 그러다가 고개를 들어 더멋의 눈을 바라보았다.

"박사님이 잊지 말라고 한 것들을 모두 기억하고 있다고 생각했어요." 이브는 목청을 가다듬고 그에게 말했다.

"제 설명이 부족했습니다. 아직 사과를 드리지 못했군요."

"아니에요! 아니, 아니, 아니에요! 오늘 제가 진술을 했을 때 왜 곤경에 빠지게 되었는지 이제 겨우 이해했어요."

"흠, 저보고 입 다물고 있으라고 안 하실 거죠?" 제니스가 끼어들었다. "전 이해가 안 가요. 무슨 말씀을 나누시는 거예요?"

"범인의 정체에 관해서입니다."

"아하!" 고롱이 중얼거렸다.

이브는 책상 위 더멋의 손 근처에서 온갖 색으로 빛나는 황제의 코담뱃갑을 하염없이 바라보았다.

"전 아흐레 동안 악몽에 시달렸어요. 갈색 장갑의 악몽이었죠. 다른 생각은 떠올릴 수조차 없었고요. 그런 다음에는 토비에 대한 생각으로 꽉 차 있었어요."

"그거 고맙군요." 그녀의 입에 오른 신사가 중얼거렸다.

"비꼬려는 게 아니에요. 정말이에요. 당신은 그런 일에 그토록 집착하고 있으니까 굳이 다른 문제에는 신경을 쓰지 않죠. 또 실제로는 사실이 아닌 일을 두고 정말이라며 기꺼이 맹세까지 하려 들거예요. 실제로는 아닌데도 사실이라고 스스로를 속이는 거죠. 가끔 당신이 너무 지쳐서 머리가 의식적으로 돌아가지 않을 때에나 진실이 무엇인지 기억하게 될 테죠."

헬레나 로스의 목소리가 한층 더 높아졌다.

"정말이지, 애야. 정신 분석학이든 프로이트주의든 다 좋은데 제발 무슨 이야기를 하는지 말해주지 않겠니?"

"코담뱃갑 이야기였어요." 이브가 말했다.

"그게 어쨌다는 거니?"

"범인은 부지깽이를 내리치다가 코담뱃갑도 박살내고 말았죠. 그 후에 경찰이 파편을 모조리 수거해 가서 복원했어요. 제 눈으로 이 물건을 보는 게 이번이 처음이라는 사실을 아시나요?"

"그게⋯⋯." 제니스는 어리둥절한 표정으로 입을 열었다.

더멋 킨로스가 설명했다.

"이 코담뱃갑을 보시죠. 그리 큰 물건은 아닙니다. 모리스 경이 측정해서 남긴 기록에 따르면 지름이 약 육 센티미터 정도입니다. 그런데 이렇게 손이 닿는 가까운 거리에서 봐도, 이게 어떤 물건으로 보이십니까? 회중시계와 꼭 닮지 않았나요? 사실 모리스 경이 이 물건을 보여줬을 때도 여러분은 이게 회중시계라고 생각했었죠. 맞습니까?"

"그렇군." 벤 삼촌이 인정했다. "하지만⋯⋯."

"어떤 식으로 봐도 코담뱃갑처럼 보이지는 않지요?"

"네."

"살인 사건이 일어나기 전 어느 때라도, 닐 부인에게 이 물건을 보여주거나 외양을 설명해준 적이 있습니까?"

"아마 없었던 것 같군요."

"부인은 이 물건을 십오 미터 떨어진 곳에서 봤다고 증언했습니다. 그런데 어떻게 이것이 코담뱃갑이라는 사실을 알 수 있었을까요?"

이브는 두 눈을 감았다.

고롱 서장과 예심 판사가 서로 시선을 교환했다.

"이게 완전한 정답입니다." 더멋은 말을 이었다. "그리고 암시의 힘이기도 하지요."

"암시의 힘이라니요?" 헬레나가 비명을 지르듯 물었다.

"이 살인 사건은 굉장히 교묘하게 짜였습니다. 이브 닐을 두 번째 희생자로 삼고, 모리스 로스 경을 살해한 범죄 행위에 대해 강철 같은 알리바이를 만들기 위해, 지독할 정도로 정교한 계획을 세운 겁니다. 거의 성공할 뻔했지요. 살인범이 누군지 알고 싶으신가요?"

더멋은 앉아 있던 책상 가장자리에서 미끄러지듯 내려왔다. 그는 복도로 통하는 문으로 다가가 활짝 열었다. 그 순간 등대가 발사한 새하얀 빛이 다시 밀려들었다.

"사실 그는 이곳에 오겠다며 병적일 정도로 고집을 부렸습니다. 우리가 그토록 말렸는데도 소용없었죠. 본인이 직접 증언을 하겠다지 뭡니까. 들어오시죠. 잘 오셨습니다."

푸르스름하게 빛나는 불빛 사이로, 문 바로 앞에 서 있는 네드 애투드의 창백한 얼굴이 보였다.

그로부터 정확히 일주일이 지난 화창한 늦은 오후, 제니스 로스가 자신의 견해를 피력했다.

"숙녀의 평판을 해칠 수 없다며 입을 꼭 다물었던 그 당당한 목격자가 살인을 저지른 진범이었단 말이지요? 이런 일이 또 있었나요?"

"네드 애투드는 없었다고 생각했을 테죠. 그는 1840년 런던에서 일어난 윌리엄 러셀 경 살인 사건을 참조했고, 그걸 반대로 비틀어놓았던 겁니다.

말씀드렸다시피 그의 목적은 모리스 경 살인 사건의 알리바이를 만드는 것이었죠. 이브는 그의 알리바이이자 목격자였습니다.

그녀는 증인이 되기를 내켜하지 않을 테니, 더욱 설득력 있는 증인
이 될 거라고 생각했던 거죠. 아시겠습니까?"

이브는 몸을 떨었다.

"그게 원래 계획이었습니다. 그런데 사정이 달라졌죠. 네드는
토비 로스가 갈색 장갑을 끼고 사건 현장 한복판에 불쑥 나타날 줄
은 생각도 못 했던 겁니다. 이렇게 해서 그는 목격자뿐 아니라 범인
도 확보할 수 있었지요. 애투드는 그 광경을 보면서 일이 믿기지 않
을 정도로 잘 풀려 환호성이라도 지르고 싶었을 겁니다. 반면 자신
이 계단에서 굴러떨어져 뇌진탕을 일으킬 거라고는 역시 예상 못
했을 겁니다. 그리하여 공교롭게도 계획 자체가 어긋나버렸던 겁니
다. 어느 쪽에 운이 쏠려도 이상하지 않았고요."

"저기……." 이브가 불쑥 입을 열었다. "전부 이야기해주세요.
하나도 빼놓지 마시고요."

모인 사람들 주위로 다소 긴장감이 감돌았다. 이브와 더멋, 제
니스, 벤 삼촌은 이브네 집 뒤뜰의 높은 돌담과 밤나무가 만든 그늘
에서 차를 마시는 중이었다. 탁자는 나무 아래 놓여 있었고, 나뭇잎
은 희미하게 노란색으로 물들어가고 있었다.

(가을이 오는군. 내일 런던으로 돌아가야겠어. 더멋 킨로스는
마음속으로 생각했다.)

"물론입니다. 저도 이야기를 해드리고 싶었습니다. 보투르 판사
와 고롱 서장, 저 셋이서 일주일 내내 이 사건의 세세한 맥락을 파

악하면서 시간을 보낸 참입니다."

더멋은 걱정하는 이브의 얼굴을 보자 자신이 해야 하는 이야기가 너무나 혐오스러워졌다.

"그동안 당신은 지독하게 입을 다물고 있지 않았소?" 벤 삼촌이 투덜거렸다. 그는 목구멍에 뭐가 걸린 듯한 목소리로 말하다가 이내 버럭 고함을 질렀다. "난 아직 그놈이 모리스를 죽인 동기도 모른단 말이오!"

"저도 마찬가지예요." 이브가 말했다. "동기가 뭐였나요? 그분과 아는 사이도 아니었잖아요?"

"아는 사이였지만 그는 그 사실을 몰랐습니다."

"무슨 말씀이세요? 모르다니요?"

더멋은 고리버들 의자에 등을 기대고 다리를 꼬았다. 메릴랜드 담배에 불을 붙이려고 신경을 집중하자, 습관적으로 화난 표정을 지을 때보다 더 많은 주름살이 잡혔다. 그러나 그는 이 표정을 감추려고 애를 쓰며 이브에게 미소를 지어 보였다.

"우리가 찾아낸 여러 사실 관계를 돌이켜보시길 바랍니다. 예전에 당신이 애투드와 부부 사이로 이곳에서 함께 살았을 때 말입니다." 그는 이브가 움찔하는 것을 알아차렸다. "그때는 아직 로스 가족과 왕래가 없던 사이 아니었습니까?"

"모르는 사이였어요."

"하지만 몇 번인가는 모리스 경을 의식했던 적이 있죠?"

**고리버들 의자**

고리버들 섬유를 사용한 의자.
단단한 짜임이 특징이다.

"예, 그랬어요."

"그렇다면, 로스 경은 당신과 애투드가 함께 있는 모습을 볼 때 당혹스러운 듯 두 분을 잔뜩 노려보곤 하지 않았나요? 그렇습니다. 경은 네드 애투드를 예전에 본 적이 있고, 어디서 봤는지 기억해내려고 애썼던 겁니다."

이브는 자세를 바로 하고 앉았다. 갑작스러운 불길한 예감과 직관적인 추측이 번개처럼 머리를 스쳤다. 그러나 더멋의 이야기는 단순한 추측과는 거리가 멀었다.

"당신이 토비 로스와 약혼한 후에 모리스 경이 애투드에 관해 은근하게 물어보려 한 적이 있지 않습니까? 하지만 뜻 모를 말을 중얼거리며 당신을 이상한 표정으로 보고는 더이상 아무 말도 하지 않았었죠? 그렇습니다. 자, 당신은 애투드와 결혼했어요. 하지만 지금까지 그에 관해 아는 게 있나요? 그에 대해 새롭게 알게 된 사실이라도 있습니까? 과거라든지 배경, 그 어떤 것이라도?"

이브는 입술을 축였다.

"아는 게 전혀 없어요! 묘한 우연의 일치지만, 저도 살인 사건이 일어난 날 밤에 그 사람한테 똑같은 질문을 던졌어요."

더멋은 고개를 돌려 제니스를 바라보았다. 그녀 역시 이해가 가기 시작한다는 듯 놀란 표정을 지으며 입을 떡 벌리고 있었다.

"로스 양 부친은 사람 얼굴을 잘 기억하지 못했다고 하셨습니다. 하지만 때로는 어떤 계기가 있으면 갑자기 기억이 되살아나 어디서 봤는지 확실히 생각해냈다고도 하셨죠? 음, 모리스 경은 감옥 관계 일을 하면서 자연히 수많은 사람과 접촉했을 겁니다. 부친이 예전에 어디에서 애투드와 만났고 그의 얼굴을 언제 기억해냈는지는 정확히 알 수 없습니다. 하지만 어떤 사실을 기억해냈는지는 알 것 같습니다. '애투드'라는 인물이 중혼죄로 오 년 형을 받아 원즈워스 교도소에서 모범수로 복역하다 탈옥한 자라는 사실을 기억하신 겁니다."

"중혼이라고요?" 이브가 비명을 질렀다.

그러나 그녀는 반박하지 않았다. 저녁노을 속에서 잔디밭을 가로질러 자신에게 다가오는 네드의 모습이 그녀의 상상 속에 되살아났다. 마치 실제로 그의 모습을 보는 것처럼, 그가 씩 웃는 모습까지 분명하게 보였다.

"그는 패트릭 마흔[●] 같은 남자였습니다. 여성들을 끄는 매력이 상당한 자였죠. 일찍이 영국을 떠나 유럽을 방랑하며 살았습니다. 이런저런 사업을 벌여 돈을 끌어다 쓰고, 또 돈을 빌린 다음에는……." 더멋은 그에 대한 이야기는 자제했다.

"어쨌든 어떤 식이었는지는 대강 짐작하실 겁니다.

당신과 애투드는 이혼했습니다. 사실 법적으로 결혼한 적이 없으니 이혼이라는 말도 잘못된 표현이지요. 그런데 이 애투드라는 이름도 진짜가 아닙니다. 언제 그의 기록을 한번 보시죠. 그는 이른바 '이혼'을 한 후에 미국으로 건너갔습니다. 그곳에서 당신을 되찾고 말겠노라 떠들고 다녔고, 실제로 그렇게 할 작정이었지요. 그런데 그사이에 당신이 토비 로스와 약혼을 한 겁니다.

모리스 경은 두 사람의 관계에 대단히 만족했습니다. 사실 굉장히 기뻐했죠. 그는 이 결혼에 걸림돌이 되는 건 무엇도 용납하지 않을 생각이었습니다. 제니스 양과 필립스 씨는 제 말을 이해하실 거라고 생각합니다."

침묵이 흘렀다.

"그렇소." 벤 삼촌이 파이프를 씹으며 툴툴거렸다. 그는 험악하게 한마디 덧붙였다. "난 언제나 이브 편이었소."

제니스가 이브를 바라보았다.

"내가 언니한테 심하게 굴었죠." 그녀는 갑자기 입을 열었다. "토비 오빠가 그렇게 이기적이고 비열할 줄은 미처 몰랐어요. 맞아요, 아무리 우리 오빠라지만 그렇게밖에 표현할 수 없잖아요! 언니가 걱정했던 것만큼, 나는 절대 진심으로 언니를……."

"당신은 닐 부인이 감옥에 있었을지도 모른다고 말하지 않았습니까?" 더멋이 미소를 지었다.

제니스는 그에게 혓바닥을 내밀었다.

"하지만 그 이야기에서 단서를 얻을 수 있었지요." 더멋은 말을 이었다. "피니스테레인지 매콩클린인지는 모르겠지만, 그 남자의 이야기는 이 사건과 본질적으로 다를 바가 없었습니다. 실제로 무슨 일이 일어났는지 생각해보세요! 역사는 반복되기 마련입니다.

●  **패트릭 마혼** _ 1924년 영국의 한 휴양 도시에서, 유부남이었던 패트릭 마혼이 애인 에밀리 케이가 임신하자 잔인하게 토막 살해한 사건이 있었다. 사건 직후 그는 경찰에 잡혀 원즈워스 교도소에서 교수형당했다.

당신이 그 이야기를 잘못 적용했다 한들 당신을 탓할 수는 없을 겁니다. 자, 네드 애투드가 라 방들레트로 돌아와 동종 호텔에 묵고 있다는 소식은 인근에 죄다 퍼졌을 겁니다.

모리스 경은 오후 산책에 나섰습니다. 어디로 향했을까요? 바로 동종 호텔 뒤편의 술집이었습니다. 그곳에 누가 있었는지 우리는 알지 않습니까. 바로 네드 애투드가 무슨 소문을 내서라도 전부인을 되찾겠다며 큰소리로 삐기고 있었습니다.

제니스 양, 애투드가 부친을 만나 무슨 이야기를 했을 거라고 의견을 말한 적이 있었지요? 정확히 맞았습니다. 부친은 '밖에서 나와 이야기 좀 하겠습니까?'라고 말씀하셨습니다. 애투드는 어찌 된 영문인지 몰랐지만 밖으로 따라나섰지요. 그렇게 해서 노인이 자신의 과거를 훤히 꿰고 있다는 사실을 알게 된 겁니다. 그로서는 분통이 터질 노릇이었겠지요.

두 사람은 동물원 안으로 들어갔습니다. 모리스 경은 내심 잘됐다고 생각한 나머지 몸을 떨며 피니스테레에게 했던 말을 그대로 반복했습니다. 혹시 기억하십니까?"

제니스는 고개를 끄덕였다.

"'자네에게 이십사 시간의 여유를 줄 테니 모습을 감추게. 그 시간이 지나면 자네가 도망쳤든 도망치지 않았든 상관없이, 자네가 어디에서 새 인생을 꾸렸는지 자네의 새 이름은 무엇인지는 물론이고, 자네의 새로운 인생에 대한 모든 사실을 런던 경찰청에 알리겠네'라고 하셨죠."

몸을 숙이고 이야기를 듣고 있던 더멋은 다시 고리버들 의자에 등을 기댔다.

"느닷없이 날아온 재앙이었던 셈입니다. 애투드는 되찾을 거라 확신했던 전부인을 포기할 수밖에 없었습니다. 또한 유유자적하게 살아온 삶을 더는 누리지 못하게 되었죠. 아니, 그보다 감옥에 도로 갇힐 처지가 되었던 겁니다. 그가 동물원에서 맹수 우리 사이를 방황하는 모습을 상상해보세요. 머릿속으로 무슨 생각을 했을지도 짐작할 수 있을 겁니다. 엄청나게 부당한 일이 들이닥쳐서 난데없이 감옥으로 돌아갈 수밖에 없게 되었으니까요."

"그래서……."

"그는 모리스 경과 친분이 있는 사이는 아니었습니다. 그러나 보뇌르 별장에 사는 사람들의 생활 습관에 대해서는 굉장히 잘 알았습니다. 그는 그 집 맞은편에 수년 동안 살았으니까요.

그는 모리스 경에게 식구들이 잠자리에 든 다음 서재에 틀어박히는 습관이 있다는 사실을 알고 있었습니다. 닐 부인과 마찬가지로, 그 또한 맞은편 서재를 여러 번 들여다본 적이 있었기 때문이죠. 따뜻한 날에는 커튼을 치지 않았기 때문에 서재 내 가구 배치도 알고 있었습니다. 모리스 경이 앉는 자리는 물론이고, 문이 어디에 있는지, 화구는 어디에 걸려 있는지에 대해서도 훤했습니다. 무엇보다 그는 닐 부인 집의 현관 열쇠를 갖고 있었습니다. 기억하시죠?

그 열쇠는 보뇌르 별장 앞문 현관에도 정확히 들어맞았습니다."

벤저민 필립스는 깊은 생각에 잠겨 파이프 끝으로 이마를 긁었다.

"아이고. 어느 쪽에든 유리할 수 있는 증거가 아닙니까?"

"그럴 수도 있죠. 사실 그랬습니다." 더멋은 잠시 주저했다. "이제부터는 그다지 유쾌한 이야기가 못 될 겁니다. 정말로 듣고 싶으신가요?"

"어서 말씀해주세요!" 이브가 외쳤다.

"그가 행동에 나서려면 모리스 경이 영원히 입을 열 수 없도록 당장 움직여야 했습니다. 그는 자신이 이 지역을 떠날 때까지 모리스 경이 이 이야기를 하지 않을 거라고 생각했지요. 그 생각은 맞았습니다. 경은 이 일이 공개적인 추문으로 확대되는 것은 피하려 했으니까요. 그렇기는 해도 실수할 때를 대비해서 그는 확고한 알리바이를 만들어둬야 했지요. 교활하면서도 기발한 생각을 잘했기에 동물원에서 방황하는 단 십 분 사이에 계획을 짜낸 것입니다. 그게 무엇인지는 곧 알게 되실 겁니다.

그는 로스 집안 사람들의 습관을 잘 알았습니다. 여러분이 극장에서 돌아왔을 때 그는 뤼 데 앙주를 배회하고 있었지요. 이브는 자신의 집으로, 여러분은 맞은편 집으로 들어갔습니다. 그는 모두가 잠자리에 들 때까지 참을성 있게 기다렸습니다. 다른 방 조명은 다 꺼지고, 커튼을 치지 않은 서재 창밖으로 불빛이 흘러나올 때까지 말입니다. 그는 열린 커튼에는 그다지 신경을 쓰지 않았습니다. 그 또한 계획의 일부였으니까요."

제니스는 입술까지 새하얗게 질렸지만 질문을 하지 않고는 견딜 수가 없었다.

"건너편 집에서 그 광경을 보기라도 하면 어쩌려고요?"

"건너편 어느 집 말씀이십니까?" 더멋이 물었다.

"아, 알겠어요." 이브가 말했다. "저는 침실 커튼을 항상 쳐놓고 살아요. 그리고 제 양쪽 집은 이제 휴가철이 끝나 둘 다 비어 있고요."

"그렇습니다. 고롱도 그렇게 말하더군요. 다시 재주꾼 애투드 씨 이야기로 돌아가볼까요? 그는 언제든지 행동에 나설 준비가 되어 있었습니다. 가지고 있던 열쇠를 이용해 모리스 경의 저택 현관문을 열고……."

"그때가 언제죠?"

"대략 12시 40분쯤이었습니다."

더멋의 담배는 어느덧 혼자 다 타버려 노란색 꽁초로 변했다. 그는 꽁초를 바닥에 떨어뜨리고는 뒤꿈치로 밟아 불을 껐다.

"제 추측으로는 뭔가 무기가 될 만한 걸 들고 갔을 겁니다. 화구 중에 부지깽이가 없을 경우를 대비해서 똑같이 소리가 나지 않는 무기를 골랐겠죠. 하지만 그의 걱정은 기우였습니다. 부지깽이는 제자리에 있었으니까요. 그가 나중에 이브에게 한 말에 따르면,

그는 모리스 경이 귀가 어둡다는 사실을 알고 있었습니다. 그는 문을 열고 안으로 들어가 부지깽이를 집어 목표물 뒤로 접근했습니다. 모리스 경은 책상에 앉아 새로 구입한 보물을 조사하는 데 여념이 없었지요. 편지지 위에는 장식 서체로 크게 '시계형 코담뱃갑'이라는 글자가 적혀 있었습니다.

살인범은 부지깽이를 치켜들었다가 내리쳤습니다. 한 번 내리친 후에는 광분해버린 것이죠."

이브는 네드 애투드라는 사람을 잘 알았기에 그런 모습을 쉽게 상상할 수 있었다.

"그러고는 꽤 값이 나가 보이는 장식품을 내리쳤습니다. 어쩌면 사고일 수도 있지만 고의로 그랬을 가능성이 큽니다. 애투드는 분명 자신이 박살낸 물건이 무엇인지 궁금했을 겁니다. 그때까지 '코담뱃갑'이라는 단어가 그를 줄곧 올려다보고 있었지요. 피투성이 편지지에서 그 큰 글자만은 또렷하게 눈에 들어왔던 겁니다. 여러분도 곧 아시게 되겠지만, 그 글자는 그에게 깊은 인상을 남겼습니다. 이제 가장 중요한 대목이 나옵니다!"

더멋은 이브에게 시선을 돌렸다.

"그날 밤 애투드가 어떤 옷을 입고 있었죠?"

"음, 보풀이 거칠게 일어난 검정색 정장이었어요. 그 천을 뭐라고 하는지는 잘 모르겠어요."

"맞습니다. 그렇게 된 겁니다. 그가 코담뱃갑을 박살냈을 때 파편이 크게 튀어 상의에 달라붙었습니다. 애투드는 그 사실을 눈치 채지 못했죠. 나중에 침실에서 소란을 벌이며 그가 당신을 끌어안는 와중에 파편이 당신의 흰색 레이스 가운으로 옮겨 붙은 겁니다.

당신도 그 사실을 눈치채지 못했고요. 그래서 그런 조각이 붙어 있을 리 없다고 맹세까지 하려 했고, 누군가 당신 가운에 그것을 붙여놓았다고 진심으로 생각했던 겁니다. 하지만 진실은 훨씬 단순합니다. 이것이 이 일의 전말입니다."

그는 제니스와 벤 삼촌을 바라보았다.

"그 불길한 마노 파편도 이렇게 살펴보니 그렇게까지 기이하게 보이지는 않지요? 그런데 제가 너무 앞서 나간 것 같군요. 처음 사건을 맞닥뜨렸을 때 들은 이야기가 아니라 나중에 재구성한 것을 말씀드리고 있으니까요. 고롱이 처음 이 사건 이야기를 했을 때는 집안사람 중 한 명을 범인으로 생각하는 것이 무엇보다 타당해 보였습니다. 여러분도 그렇게 여기셨을 테니 그리 억울한 마음은 들지 않으실 겁니다.

첫날 오후 보뇌르 별장에서 이브가 처음 고롱에게 짧은 진술을 했을 때, 정황을 따져보니 좀 당혹스러웠습니다. 하지만 그날 밤 늦게 파파 루스 식당에서 오믈렛을 먹으며 그녀에게 모든 이야기를 듣고 나자, 인사불성이던 제 분별력이 깨어나 흐릿하던 생각의 형태가 잡혔습니다. 그제야 제가 방향을 잘못 잡았다는 사실을 깨달았죠. 이제 그 부분이 무엇이었는지 당신도 아실 테죠?"

이브가 몸을 떨었다.

"그래요. 너무나 잘 알고 있어요."

"여기 계신 분들도 이해가 가도록, 당시 일을 재구성해보겠습니다. 애투드는 12시 45분에 당신 집에 도착해서, 요긴하게 써먹은 그 열쇠를 사용해 안으로……."

"실제로 눈이 게슴츠레했어요." 이브가 외쳤다. "그래서 네드가 술을 마셨다고 생각했죠. 게다가 정신적으로 궁지에 몰린 것처럼 눈물까지 쏟을 기세였어요. 이전에는 그 사람의 그런 모습은 한 번도 본 적이 없었죠. 그 모습이 너무나 두려웠어요. 술판을 벌일 때보다 훨씬 더요. 하지만 술을 마신 게 아니었군요."

"아니었습니다. 금방 사람을 죽이고 왔기 때문이었죠. 네드 애투드처럼 자기 과신에 빠진 사람이라 해도 살인을 한 다음이라면 평정을 유지하기 어려웠을 겁니다. 그는 보뇌르 별장을 나와 불바르 뒤 카지노로 숨어들어 일이 분가량 어슬렁거리다가 맞은편 당신의 집으로 돌아왔습니다. 마치 방금 이 거리에 도착했다는 행세를 하면서요. 이로써 그는 자신의 알리바이 준비를 끝마친 셈이었습니다.

하지만 신경쓰지 마십시오. 우리가 확인한 사실 관계만 따져보도록 합시다. 그는 당신의 침실에 침입했습니다. 그러고는 로스 가족에 대한 이야기를 하면서 모리스 경이 길 건너편 서재에 있다는 말도 흘렸습니다. 결국 그런 식으로 몰아붙여 당신의 신경을 곤두

서게 만든 후 커튼을 열어젖혀 밖을 내다보기 시작한 겁니다. 당신은 전등 스위치를 내렸습니다. 자! 그 후로 두 사람이 나눈 대화를 한 마디도 빠짐없이 다시 말씀해주세요."

이브는 두 눈을 감았다.

"저는 이렇게 말했어요. '모리스 경은 아직 깨어 계시지? 그렇지?'

그러자 네드가 이렇게 말했어요. '그래, 아직 일어나 있어. 하지만 이쪽에는 신경을 안 쓰는데. 돋보기를 들고 코담뱃갑 같은 걸 살펴보는군. 잠깐!'

그래서 저는 이렇게 물었죠. '뭔데?'

그러자 네드는 '다른 사람이랑 함께 있어. 하지만 누군지는 안 보이는군'이라고 했어요.

저는 '토비일 거야. 네드 애투드, 창가에서 물러나주겠어?'라고 했죠."

이브는 그날 밤 무덥고 축축했던 침실 안에서 있었던 일이 너무도 선명하게 떠올라, 깊은 한숨을 내쉬며 조용히 눈을 떴다.

"그게 전부예요."

"당신은 그중 언제라도 직접 창밖을 내다본 적이 있나요?" 더멋이 집요하게 물었다.

"없어요."

"당신은 직접 밖을 내다보지 않았기 때문에 그의 말을 믿었던 겁니다." 더멋은 다른 사람들을 돌아보았다. "애투드가 목격했다고 주장한 것 중에서 대단히 놀랄 만한 이야기가 있습니다. 얼굴을 호되게 얻어맞은 것마냥 놀라운 내용이지요. 그가 확실히 무언가를 봤다면 그는 십오 미터나 떨어진 곳에서 시계처럼 생긴 작은 물건을 봤다는 뜻이 됩니다. 하지만 그는 망설이지 않고 큰 소리로 그 물건을 '코담뱃갑'이라고 불렀습니다. 여기서 교활한 신사가 정체를 드러내고 만 겁니다. 그게 코담뱃갑이라는 사실을 알 수는 없었을 텐데 말이지요. 그가 그것의 정체를 알고 있었다면, 여기에는 단 하나의 극악한 이유만이 존재합니다.

그다음 그가 한 일에 주목하십시오!

애투드는 즉시 이브도 자신과 함께 창밖을 내다보았다고 믿게 하려고 애를 썼습니다. 그녀로 하여금 모리스 경이 돋보기를 든 채 아직 멀쩡하게 살아 있는 모습을 봤다고 생각하게 만들었지요. 그의 머리 위에는 악마의 그림자가 맴돌았을 겁니다.

그는 암시를 통해 그 일을 해냈습니다. 이브의 증언 녹취록을 들으면 여러분도 아시겠지만, 그는 같은 말을 반복해서 주입하려 했습니다. 항상 '처음에 우리가 저쪽을 내다봤을 때 말인데…… 혹시 기억나?' 같은 식이었죠. 이브는 암시에 걸리기 쉬운 유형이었습니다. 어떤 심리학자가 그녀에게 그런 말을 한 적이 있었다는데, 저도 그 말에 동의합니다. 이브는 신경이 쇠약해진 나머지 무엇이든 봤다고 할 용의가 있었겠죠. 그는 그렇게 한번 인상을 각인시키고는 커튼을 활짝 걷고 모리스 경의 시체를 보여준 것입니다.

저는 여기까지 들으니 정신이 번쩍 들었습니다.

이 게임의 목적은 오로지 이브가 보지 않은 것을 봤다고 믿도록 하는 데 있었습니다. 그러니까 애투드가 그녀와 함께 있는 동안 모리스 경이 살아 있었다고 믿게 하고 싶었던 겁니다.

애투드는 살인범입니다. 그리고 이것이 그의 계획이었고요. 딱한 가지를 제외하면 계획은 성공적이었습니다. 그는 이브를 납득시키는 데 성공했습니다. 그녀는 그때까지는 서재 안의 모리스 로스 경이 살아 있었다고 진심으로 믿었습니다. 예전에 수없이 봐왔던 밤 풍경과 똑같은 광경이었기 때문이지요. 이브는 제가 동석한 자리에서 고롱에게 첫 신문을 받으면서 그렇게 진술했습니다. 그 코담뱃갑이 보통의 코담뱃갑처럼 생겼다면, 우리의 총명한 애투드 씨는 유유히 법망을 빠져나갔을 겁니다."

더멋은 팔꿈치를 의자 팔걸이 위에 괴고 주먹으로는 턱을 받친 다음 생각을 곱씹었다.

"킨로스 박사님, 굉장히 똑똑한 것 같아요."

제니스가 조용히 말했다.

"똑똑하다고요? 물론 똑똑한 사람이었죠! 그 친구는 확실히 범죄사에 정통했습니다. 그토록 기민하게 윌리엄 러셀 경의 사건을 끌어왔으니 그를 의심하는 사람은 분명……."

"아뇨. 제 말은 박사님이 똑똑한 사람이라는 뜻이었어요."

더멋은 웃음을 터뜨렸다. 그는 이 가장 좋은 순간에도 자신을 그다지 자랑스럽게 여길 수가 없었다. 그의 웃는 표정은 마치 쓴 약이 목에 걸린 것처럼 일그러져 있었다.

"이런 일로 말입니까? 사건의 진상은 누구라도 알 수 있었습니다. 세상에는 비열한 인간의 희생양이 되기 위해 태어난 것처럼 보이는 여성들이 있으니까요.

일반적인 생각과는 배치되는 일이 일어났기 때문에 우리 모두 혼란에 빠졌던 겁니다. 토비 로스는 계획을 실행하면서 갈색 장갑을 끼는 어처구니없는 실수를 저질렀습니다. 이는 예상 밖의 행운이었습니다. 이브가 제게 묘사해준 애투드의 모습이 정확하다면, 애투드는 크게 놀란 동시에 굉장히 기뻐했습니다. 마지막에 자신의 안전을 담보해주는 실질적인 행운이 굴러들었으니까요.

이제 여러분은 그가 어떻게 계획을 마무리할 작정이었는지 아실 겁니다. 그는 이 사건의 전면에 나설 생각이 추호도 없었습니다. 가능한 한 거리를 두어야만 했죠. 표면적으로는 그와 모리스 경을 엮을 수 있는 것이 아무것도 없었습니다. 그러니 그에 대한 언급을 하지 않을수록 더욱 안전했을 테죠. 그러나 실수할 경우를 대비해서 완벽한 알리바이를 준비해두었습니다. 자신이 완벽하게 영향력을 미칠 수 있는 여인을 선택해서 알리바이를 끌어낼 준비를 마쳤지요. 그 여인은 증언하기를 꺼려했기 때문에 더욱더 성공적인 알리바이가 될 수 있다고 생각한 겁니다.

나중에 호텔에서 쓰러졌을 때 자동차에 치였다는 이야기를 지어낸 것도 물론 이 때문이었습니다. 꼭 그래야 하는 상황이 닥치지 않는 한, 이 사건과 관련된 이야기는 하지 않을 작정이었습니다. 게다가 자신이 심각하게 다쳤다는 생각은 일순간도 하지 않았으니까요.

하지만 그의 계획 전체가 틀어지는 사건이 발생했습니다. 첫 번째로, 뜻하지 않게 계단에서 굴러떨어져 뇌진탕을 입었습니다. 두 번째로, 이브에게 앙심을 품고 있던 이베트가 나름의 계획을 가지고 끼어들었습니다. 애투드는 당연히 이브에게 직접적인 혐의가 가게 할 생각은 추호도 없었습니다. 그렇게 될 줄은 꿈에도 예상하지 못했을 겁니다. 그래서 뇌진탕을 일으켜 의식을 잃은 사이에 일이 어떤 식으로 흘러갔는지 알게 되자 잔뜩 겁에 질렸지요."

"그렇다면 문을 잠가서 언니를 집에 못 들어오도록 한 사람은 정말로 이베트였군요?" 제니스가 끼어들었다.

"아, 그렇습니다. 이베트에 관한 사실은 추측만 할 뿐입니다. 그녀는 노르망디 지역의 소작농 집안 출신이지요. 현재는 진술을 거부하고 있습니다. 보투르 판사가 분투했지만 단 한 마디도 끌어낼 수 없더군요. 문을 잠가 이브를 못 들어오게 했을 때만 해도 살인 사건에 대해서는 몰랐던 것 같습니다. 애투드가 이브와 함께 있었다는 사실만 알았지요. 그래서 당신의 꽉 막힌 오빠가 어쩌면 파혼할지도 모른다는 생각에 추문을 만들려고 애썼던 겁니다.

하지만 이베트는, 다시 말하지만 노르망디 지역의 소작농 집안 출신입니다. 그녀는 이브 닐이 살인 사건 용의자로 몰렸다는 소식을 듣고 굉장히 놀랐지만 절대 주저하거나 눈치를 보지는 않았습니다. 오히려 그녀를 기소하려는 측에 열성적으로 가담했지요. 그렇게 밀어붙일 가치는 충분했습니다. 결혼을 깨뜨리는 것보다 훨씬 나은 방법이었으니까요. 이베트는 자신의 행동이 옳은지 그른지는 신경쓰지 않았습니다. 오로지 동생 프뤼를 토비와 결혼시키는 데만 신경이 쏠려 있었죠.

이렇게 혼란스러운 상황에서, 그날 밤 저는 뤼 드 라 아르프로 찾아가 두 번째 목걸이를 발견하고 이브의 이야기를 모두 들었습니다. 그러자 살인범이 누구인지 알 수 있었습니다. 일단 전모를 파악하게 되면 사건을 돌이켜 짚어보는 일은 어렵지 않습니다. 진상을 여러 가지 증거에 맞춰보는 것도 어려운 일이 아니고요.

문제는 이것이었습니다. 애투드가 살인을 저지른 동기는 무엇인가? 그 답은 분명히 로스 부인과 제니스 양에게 들은 모리스 경의 교도소 활동과 관련이 있었습니다. 그중에서도 피니스테레에 관한 사소한 이야기가 힌트였습니다. 제 가설을 입증할 방법이 있었을까요? 쉬운 일이었습니다! 만약 애투드가 경찰에 수배중이라면, 설사 과거에 범죄를 저질렀을 때는 다른 이름을 사용했다 해도 지문은 런던 경찰청 공식 기록실에 남아 있을 거라고 생각했지요."

벤 삼촌이 휘파람을 불었다.

"아, 그렇군!" 그는 중얼거리더니 자세를 바로 하고 앉았다. "알 겠소! 당신이 비행기를 타고 런던까지 날아간 이유는 바로……."

"그 점을 확인할 때까지는 행동을 개시할 수 없었습니다. 저는 그의 호텔방으로 찾아가 맥박을 재면서 몰래 그의 손가락을 제 은 시계 뒷면에 대고 눌러 지문을 채취했습니다. 그런 용도로 사용하 기에는 시계가 참 적절해 보이지 않습니까? 그 지문과 일치하는 기 록은 경찰청 공식 기록실에서 쉽게 찾을 수 있었습니다. 그렇게 손 쉬울 줄은 미처 몰랐지요. 그러는 사이……."

"계획이 다시 어긋나버렸죠."

이브가 그의 말을 받다가 자신도 모르게 웃음을 터뜨렸다.

"예, 경찰이 당신을 체포했습니다." 더멋의 얼굴이 어두워졌다. "전 지금도 그 일을 그렇게 웃어넘길 수가 없군요."

그는 다른 사람들을 바라보았다.

"이브는 제게 모든 이야기를 낱낱이 말하고 나니 굉장히 지쳐버 렸습니다. 우리 심리학자들은 잠재의식이란 개념을 상당히 비웃곤 하지만, 그녀는 기진맥진해 있었기에 자신도 미처 인식하지 못했던 사실까지 털어놓게 되었던 거죠. 사실 그녀는 애투드와 함께 모리 스 경이 살아 있는 모습을 본 적이 없었습니다. 이브의 이야기를 들 으니 그 사실을 추리하기란 쉬운 일이었습니다. 그녀는 코담뱃갑을 본 적조차 없었습니다. 애투드의 암시에 걸려 코담뱃갑을 봤다고 말했을 뿐이지요.

저는 이브의 기억을 흔들어놓거나 정반대의 암시를 걸려는 시도를 할 필요가 없었습니다. 말한 내용에 더할 것이 없었으니까요. 그녀가 한 말에 따르면, 애투드가 범인이라는 사실은 마치 사진을 찍은 것처럼 분명했습니다. 저는 이브에게 방금 한 말을 고롱에게도 그대로 하라고 말했습니다. 일단 증언이 증거로 채택되고 제가 애투드의 범행 동기를 확보해 그 증거를 뒷받침한다면, 진범을 앞서 나가 진상을 밝힐 가능성이 높았습니다.

하지만 저는 애투드가 그녀에게 걸어놓은 암시의 위력이나, 고롱 서장과 보투르 판사가 발휘하는 프랑스인 특유의 정력을 과소평가한 것입니다. 이브는 그들 앞에서 예전에 했던 그대로 진술하지 못했지요."

이브가 항의했다.

"제대로 말할 수가 없었어요! 다들 저를 뚫어져라 바라보면서, 춤추는 꼭두각시 인형처럼 굴었다니까요. 그리고 정신적으로 의지가 되어줄 박사님도 안 계셨으니……."

제니스의 얼굴에 흥미롭다는 표정이 스쳐지나갔다. 그녀는 이브와 더멋을 차례로 바라보았다. 순간적으로 두 사람 모두 거의 화난 것처럼 보일 정도로 당혹스러워하고 있었다.

"결과적으로 그들은 이브의 말에 관심을 기울였습니다." 더멋은 서둘러 다시 입을 열었다. "애투드가 실수로 뱉어낸 말을 그녀가 한 말로 받아들여버렸지만요. 아하? 모리스 경이 새 수집품을 얻었다는 이야기를 그녀에게 해준 사람은 아무도 없었잖아? 그녀는 코담 뱃갑이 어떻게 생겼는지 듣지 못했을 텐데? 아니, 분명히 아니야. 그렇다면 그녀는 그 시계처럼 생긴 물건이 실은 코담뱃갑이라는 사실을 어떻게 알았을까? 이후에는 이브가 하는 말은 모두 그녀의 유죄를 입증하는 것처럼 들리게 되었습니다. 그리하여 그들은 진범을 잡았다는 허풍을 떨며 이브를 유치장에 처넣은 겁니다. 그리고 때마침 문제의 원흉이었던 제가 도착했고요."

"그렇군." 벤 삼촌이 말했다. "처음에 운이 나빴다면 나중에는 운이 좋아지기 마련이지. 마치 골치 아픈 시계추처럼 말이오. 애투드가 의식을 회복했지 않았소."

"그렇습니다. 애투드가 의식을 회복했습니다."

기분 나쁜 기억을 떠올리자 그의 미간이 가운데로 모이더니 세로로 주름이 잡혔다.

"그는 갈색 장갑을 낀 사람이 토비라는 사실을 증언해서 사건을 종결하려고 애썼습니다. 굉장히 열성적이었지요! 한 방으로 자신이 계획했던 대로 아내를 되찾는 동시에 연적은 감옥으로 보낼 수 있었으니까요.

그렇게 심하게 다친 사람이 침대에서 일어나 직접 옷을 입고 시내를 가로질러 예심 판사를 만나러 간다는 사실을 상상이나 할 수 있겠습니까? 그는 그렇게 했습니다. 그렇게 하겠다고 떼를 썼죠."

"그리고 당신은 그를 말리지 않았고?"

"그랬습니다. 말리지 않았습니다."

잠시 침묵이 흐른 다음 더멋이 말을 이었다.

"그는 보투르 판사의 집무실 문 앞에서 죽었죠. 쏟아져 들어온 등대 불빛이 그를 지나치기도 전에 의식을 잃고 복도에 쓰러져 사망했습니다. 들통났다는 사실을 알게 되자 더는 버틸 수 없었던 겁니다."

태양이 지면서 오후가 지나고 저녁이 오고 있었다. 새들이 다툼을 벌이던 정원도 쌀쌀해지기 시작했다.

"그런데 잘난 척 뻐기던 오빠 말인데요……." 제니스가 입을 열었다. 그 말에 더멋이 웃음을 터뜨리자 그녀는 화가 나 잠시 말을 멈추고 얼굴을 붉혔다.

"제니스 양은 오빠를 잘 모르는 것 같군요."

"제 평생 그런 추잡한 속임수는 처음 들어봐요!"

"토비는 어느 모로 보나 추잡한 사람은 아닙니다. 이런 말이 실례일지 모르지만, 그는 지극히 전형적인 발달 지체를 겪고 있답니다."

"무슨 뜻인가요?"

"정신적으로나 감정적으로나 여전히 열다섯 살에 머물러 있는 거죠. 그뿐입니다. 그는 정말 아버지의 물건을 도둑질하는 일이 범죄라는 생각을 하지 못했던 겁니다. 성도덕에 대한 관념 역시 학창 시절에 익힌 그대로일지 모릅니다.

세상에 토비 같은 사람은 널렸습니다. 보통은 그럭저럭 잘살아가고요. 이런 학생 타입의 인간은 평소에는 바위처럼 지조가 있고 모범으로 삼을 정도로 굳세 보이지만, 막상 위기가 닥치면 헤쳐나갈 창의력도 용기도 발휘하지 못합니다. 함께 골프를 치거나 술을 마시기에는 괜찮은 사람입니다. 하지만 훌륭한 남편이 될 가능성은 의심스럽지요. 뭐, 이 정도로 해두겠습니다."

"궁금한 게 하나 있긴 한데……." 벤 삼촌이 입을 열다가 이내 다물었다.

"말씀해보시죠."

"나는 좀 걱정스러웠소. 모리스는 산책에서 돌아왔을 때 몸을 떨 정도로 굉장히 흥분해 있었는데, 그 상태에서 토비와 무슨 이야기를 나눴지. 혹시 토비에게 애투드에 대한 무슨 이야기라도 해준 게 아닐까 해서 말이오."

"아니에요." 제니스가 대답했다. "저도 그 생각을 했어요. 어쩌면 아빠가 토비 오빠에 대해 뭔가 듣고 온 게 아닐까 해서요. 아시겠어요? 그래서 모든 사실을 알게 된 다음, 오빠에게 그 일에 대해 물어봤어요. 아빠의 말씀은 별게 아니었대요. '내가 오늘 어떤 사람을 만났는데 말이다.' 여기서 어떤 사람은 애투드였죠. '이 이야기는 다음에 하자꾸나.' 오빠는 그 말을 듣고 겁에 질렸나 봐요. 프뤼 라투르가 소란을 일으켰다고 생각했대요. 그래서 어서 일을 해결해야겠다고 생각해서 그날 밤에 목걸이를 슬쩍하기로 결심했던 거예요.”

제니스는 마음이 불편한 듯 고개를 이리저리 돌리다가 불쑥 말을 이었다.

“지금 엄마가 오빠를 위로해주고 있어요.” 제니스는 건너편 방향으로 고갯짓을 했다. “얼마 전까지는 오빠에게 굉장히 차갑게 대했어요. 하지만 어머니 마음이란 다들 비슷하지 않을까 싶어요.”

“음.” 벤 삼촌이 깊은 생각에 잠겨 외마디 소리를 냈다.

제니스가 의자에서 일어났다.

“이브 언니!” 그녀는 모두가 깜짝 놀랄 정도로 격렬하게 외쳤다. “나도 오빠만큼이나 나빴어요. 정말 미안해요. 믿어줘요! 모두 내 잘못이에요!”

제니스는 무슨 말을 더 하려고 애쓰다가 끝내 말이 나오지 않자, 정원을 가로질러 달려가 건물 옆으로 난 길로 사라져버렸다. 벤 삼촌은 좀더 느릿느릿한 동작으로 자리에서 일어섰다.

“가지 마세요! 아직…….” 이브가 말했다.

벤 삼촌은 이브의 말에 아무런 반응을 보이지 않았다. 깊은 생각에 잠겨 있었기 때문이다.

“난 유감이라고 생각하지 않는단다.” 그는 툴툴거리는 말투로 입을 열었다. “내 말은 네게도 잘된 일이라는 뜻이야. 너랑 토비 일 말이다. 이게 잘된 거야.” 그는 굉장히 쑥스러워하며 몸을 돌리다가 다시 뒤를 돌아보았다. “이번 주에 네게 줄 모형 배를 만들었단다. 아마 네가 좋아할 것 같아서 말이다. 도색 작업이 끝나면 보내주도록 하마. 잘 있어라."

벤 삼촌은 말을 마치고 비틀거리는 걸음으로 가버렸다.

그가 떠난 다음에도 이브 닐과 더멋 킨로스 박사는 오랜 시간 말없이 앉아 있었다. 서로 바라보지도 않았다. 그러던 중 먼저 입을 연 사람은 이브였다.

"어제 말씀하신 게 사실인가요?"

"어떤 이야기 말인가요?"

"내일 런던으로 돌아가실 거라고 했잖아요?"

"예. 조만간 돌아갈 생각이었으니까요. 하지만 중요한 문제는 따로 있습니다. 당신은 이제 어쩌실 건가요?"

"모르겠어요. 더멋, 정말로 감사……."

더멋이 그녀의 말을 잘랐다.

"됐습니다, 그런 인사말은 딱 질색입니다."

"어머, 그렇게 퉁명스럽게 말할 것까진 없잖아요!"

"퉁명스럽게 대꾸하려던 건 아닙니다. 그저 당신 머릿속에서 고맙다는 감정 같은 건 지워버리고 싶었을 뿐입니다."

"왜죠? 제게 그렇게 많은 도움을 주셨으면서요."

더멋은 메릴랜드 담뱃갑을 집어 들었다. 그녀에게도 담배를 권했지만 고개를 저으며 거절했다. 그는 담배를 물고 불을 붙였다.

"어린애 같은 장난입니다. 당신도 너무나 잘 알 텐데요. 언젠가 불안한 마음 상태가 진정이 되면 다시 이 이야기를 할 수 있을지 모르겠군요. 그때까지 당신은 어쩌실 건지 다시 한번 묻고 싶습니다."

이브는 어깨를 으쓱했다.

"모르겠어요. 짐을 싸서 당분간 니스나 칸에 가 있을까 생각중이에요."

"그래선 안 됩니다."

"왜 안 되나요?"

"불가능하기 때문에요. 친애하는 고롱 서장이 당신에 대해 해준 말이 있는데, 그게 확실히 맞는군요."

"예? 그분이 뭐라고 하셨는데요?"

"당신은 공공의 적이기 때문에, 다음번에는 어떤 사건에 휘말릴지 알 수 없다고 하더군요. 만약 리비에라* 같은 곳에 가게 되면, 주변에서 어슬렁거리는 남자들을 비롯한 여러 사람이 당신 인생에 끼어들 겁니다. 그러면 당신은 그 남자를 사랑한다는 착각에 빠져서 그다음에는…… 뭐, 다시 또 시작이로군요. 안 됩니다. 당신은 영국으로 돌아가는 편이 좋아요. 거기서도 그런 위험에서 벗어나기는 힘들겠지만 적어도 제가 당신을 지켜볼 수는 있습니다."

이브는 그의 말뜻을 곰곰이 생각해보았다.

"사실 영국으로 가면 어떨까 하는 생각도 했어요." 이브는 시선을 들어 그를 바라보았다. "말씀해주세요. 제가 네드 애투드 때문에 상심했다고 생각하시나요?"

더멋은 물고 있던 담배를 입에서 떼고 눈을 가늘게 떴다. 그러고는 그 자세로 오랫동안 그녀의 눈을 마주 바라보다가 주먹으로 의자 팔걸이를 내리쳤다.

"실용 심리학에서 다뤄야 할 문제군요. 장황하게 이야기를 늘어 놓는 건 싫어하실 테죠."

"당신은요?"

"엄밀히 말해서 제가 그 사람을 살해한 건 아닙니다. '그대여, 죽여서는 안 되느니. 하나 부질없이 살리려 애쓸 필요도 없도다.'•• 하지만 최소한 그가 죽도록 부추기긴 했습니다. 제가 그러지 않았다면 애투드는 치료를 받아 건강을 회복했을 테고, 단두대가 훨씬 효율적으로 그의 목숨을 앗아갔겠지요. 하지만 그런 점까지 고려하지는 않았습니다."

더멋의 얼굴이 어두워졌다.

"당신에게 토비 로스는 아무 의미도 아닙니다. 당신은 너무도 외롭고 따분한 나머지 기댈 사람이 필요했던 것뿐이죠. 그런 실수를 반복해서는 안 됩니다. 그러니 다시는 그러지 않도록 앞으로는 제가 당신을 지켜보겠습니다. 이번의 사소한 살인은 어찌어찌 넘어갈 수 있다 해도, 어차피 토비와의 관계는 그리 오래갈 수 없었을 겁니다. 하지만 글쎄요, 애투드는 다르군요."

"다르다고요?"

"그 사람은 자신만의 방식대로 정말로 당신을 사랑했어요. 그가

● **리비에라** _ 프랑스와 이탈리아에 걸쳐 있는 지중해 연안의 휴양지.
●● **그대여, 죽여서는 안 되느니. 하나 부질없이 살리려 애쓸 필요도 없도다** _ 19세기 영국의 시인 아서 휴 클러프가 지은 「최신 십계명」의 한 구절.

당신을 어떻게 생각하는지 말해준 적이 있는데 연기라고 보기에는 미심쩍은 점이 있었지요. 그렇다고 해서 그가 자신의 알리바이를 만들기 위해 당신을 이용하기를 주저했다는 뜻은 아닙니다."

"그래요. 저도 그건 알았어요."

"그의 감정이 변한 건 아니었습니다. 그보다 저는 그에 대한 당신의 감정이 변했는지가 더 궁금합니다. 이 세상에서 애투드 같은 인간은 어떤 점에서 따져봐도 지나치게 위험하니까요."

이브는 미동도 없이 앉아 있었다. 점점 어두워져가는 정원 안에서 그녀의 두 눈이 촉촉하게 젖어 빛났다.

"우리 두 사람의 관계에 대해 당신이 어떤 생각을 하든 전 신경 쓰지 않아요. 사실 그렇게까지 절 생각해주신다는 게 마음에 들어요. 하지만 로스 가족이 제게 품었던 생각만큼은 하지 말아주세요. 잠시 옆으로 와주시겠어요?"


라 방들레트 경찰서장 아리스티드 고롱은 루이 14세를 연상케 하는, 보폭은 작지만 멋들어진 걸음걸이로 뤼 데 앙주를 당당하게 걸었다. 가슴을 한껏 편 채 등나무 지팡이를 빙빙 돌리는 그의 모습은 세상에서 가장 행복한 사람처럼 보였다.

박식하신 킨로스 박사가 닐 부인의 집 뒤뜰에서 그녀와 차를 마시고 있다는 이야기를 전해 들은 터였다. 아리스티드 고롱은 로스 가에서 일어난 사건이 만족스럽게 종결되었다는 이야기를 두 사람에게 전해줘야 했다.

고롱은 뤼 데 앙주를 걸어가며 활짝 웃었다. 로스 사건을 해결함으로써 라 방들레트 경찰의 평판이 한층 높아졌기 때문이었다. 파리에서까지 기자들이 찾아왔고, 특히 사진 기자들이 인산인해를 이뤘다. 그는 굉장히 당혹스러웠다. 킨로스 박사가 이 사건에 관련해 자신의 이름을 밝히는 것은 물론이거니와, 특히 사진은 절대로 찍고 싶지 않다고 거부 의사를 밝혔기 때문이었다. 하지만 누군가가 그 명예를 누려야 한다면…… 어쨌든 대중의 기대를 배반할 수는 없는 노릇이다.

고롱은 오래전 킨로스 박사에 대해 품었던 불신을 수정해야만 했다. 이 남자는 더도 말고 덜도 말고 생각하는 기계 그 자체였다. 존경할 수밖에 없었다. 그는 경찰서장에게 말했던 대로 다른 사람은 이해할 수 없는 자신만의 세계에 빠져 사는 사람이었다. 그는 시계를 분해하듯 사람들의 마음속을 분석하는 동시에, 그 자신이 시계 같은 사람이었던 것이다.

고롱은 미라마르 별장 돌담에 나 있는 문을 열었다. 왼편에서 집을 돌아 뒤뜰로 통하는 길을 발견하자, 그 길을 따라 안으로 들어갔다.

영국인이 모두 토비 로스 같은 위선자가 아니라는 사실을 알아서 다행이었다. 그는 이제 영국인을 좀더 잘 이해할 수 있을 것 같았다. 사실은…….

고롱은 지팡이로 잔디를 내리치며 쾌활하게 뒤뜰에 모습을 드러냈다. 저녁노을도 사라져 점점 어두워지고 있었다. 밤나무 위로 고요가 내려앉았다. 그는 전달해야 할 내용을 속으로 연습하며 걸어가다가 정면에 있는 두 사람의 모습을 발견했다.

고롱은 갑자기 걸음을 멈췄다.

두 눈이 튀어나올 것만 같았다.

그는 잠시 그 광경을 바라보며 서 있었다. 그는 신중하고 예의 바르며 남의 행복에 기뻐할 줄 아는 사람이었다. 그래서 몸을 돌려 왔던 길을 되짚어 돌아가기 시작했다. 그러나 그는 공명정대한 사람이기도 해서, 다른 사람들 역시 자신을 공정하게 대해주기를 바랐다. 고롱은 다시 뤼 데 앙주로 접어들면서 낙담하여 고개를 저었다. 왔던 때보다 한층 더 빠른 속도로 쿵쿵거리며 걸음을 옮겼다. 그가 중얼거리는 소리는 너무 작아서 다른 사람에게는 들리지 않았다. 그러나 '지지폼폼'이라는 단어만큼은 밖으로 흘러나와 저녁 공기 속으로 사라졌다.

작 가
정 보

## 존 딕슨 카 또는 카터 딕슨
John Dickson Carr or Carter Dickson

애거사 크리스티, 엘러리 퀸과 함께 추리 소설 황금기를 이끈 존 딕슨
카는 불가능 범죄, 밀실 트릭, 역사 미스터리부터 평전과 비평에 이르기
까지 다양한 활약을 보인 미국 최고의 미스터리 작가 중 한 사람이다.
1906년 펜실베이니아에서 태어나서 대학을 졸업한 그는 어린 시절을 워
싱턴에서 보냈다. 독서를 좋아했던 아버지의 영향을 받아 어릴 때부터
책을 좋아했는데, 프랭크 바움의 '오즈의 마법사' 시리즈, O. 헨리, 코넌
도일, 펠 박사의 모델이기도 한 체스터턴, 『사고 기계』의 잭 푸트렐, 『노
란 방의 비밀』의 가스통 르루, 캐럴라인 웰스의 밀실 미스터리 등을 독
파했다. 역사 소설이나 모험 소설에도 마음을 빼앗겼는데, 알렉상드르
뒤마의 『삼총사』는 특히 좋아하는 작품이었다.

1927년 8월, 카는 유럽행 배에 올라 파리를 중심으로 삼 개월에 걸쳐 유럽에 체재한다. 그 기간 동안 역사 소설을 썼지만 작품이 마음에 들지 않아 불쏘시개로 썼다고 전해진다. 파리 유학을 마치고 미국으로 돌아온 카는 파리를 무대로 한 '앙리 방코랭' 시리즈의 한 편을 써서 필명으로 발표하는데, 이 작품은 데뷔 장편 『밤에 걷다<sup>It Walks by Night</sup>』(1930)의 원형이 되는 소설로, 문제편과 해답편으로 나뉘어 두 달 동안 연재되었다. 카는 이 중편을 다시 써 대형 출판사에 투고한 끝에 1930년 2월 '밤에 걷다'라는 제목으로 영국와 미국에서 동시 출판했다. 미국에서는 두 달 만에 7쇄를 찍는 기염을 토한다.

카가 묘사하는 작품 속 세계는 미국인이 그렸다고는 생각할 수 없을 정도로 영국적인데, 이것은 그가 1933년 영국에 간 이후 그곳에서 오랜 세월을 보내고 커다란 애정을 쏟았기 때문이다. 카의 작품은 당시 미스터리 비평의 일인자였던 도러시 세이어스에게 인정받아 영국 추리 클럽 Detection Club에 미국인으로서는 처음으로 입회를 승인받는 영예를 얻기도 한다.


**밀 실   수 수 께 끼 와   불 가 능   범 죄 의   대 가**

수수께끼로 가득찬 퍼즐 미스터리를 좋아하는 독자라면 정교하게 구성된 카의 독창적 이야기를 좋아하지 않을 수 없다. 상식적으로는 도무지 일어날 수 없는 사건과 기발하고 정교한 트릭에 정통한 그는, 범인이 누구인가(whodunit)보다는 어떻게 범죄가 벌어졌는가(howdunit)에 초점을 맞춘 작가다. 추리 소설에서 가장 어려운 분야로 밀실을 꼽았던 그는 특히나 밀실 수수께끼에 정통하여 '밀실의 카'라고 불린다.

카는 호러와 오컬트에 심취하여 종종 미스터리에 고딕 분위기를 혼합시켰다. 그의 작품에는 오래되고 으스스한 저택 같은 기괴한 장소, 늪, 잘린 머리, 수상한 공작과 공작 부인, 창백한 신부, 박쥐와 밤에 날뛰는 짐승들이 등장한다. 이러한 요소들은 『화형 법정The Burning Court』(1937), 『밤에 걷다』 등에서 발견할 수 있다. 그가 어쩌면 추리 소설과 부합하지 않을 법한 초현실적인 요소를 작품에 끌어들인 것은 합리적인 추리를 극대화시키기 위한 하나의 방법으로 보인다.

하지만 이러한 트릭과 독특한 분위기는 뛰어난 연출력과 스토리텔링 능력이 아니었다면 빛을 발하지 못했을 것이다.

## 카 의  탐 정 들

존 딕슨 카가 창조한 탐정 중 가장 잘 알려진 인물은 법학 박사이자 왕립 역사학회 회원이며 런던 경찰청의 명예 고문인 기디언 펠이다. 펠 박사가 처음 등장한 『마녀가 사는 집Hag's Nook』(1933)은 독자 사이에서도 평가가 높은 작품이다.

『세 개의 관The Three Coffins』(1935)은 밀실 수수께끼 소설 인기투표에서 단독 1위에 오른 장편이다. (그 외에는 『구부러진 경첩The Crooked Hinge』(1938)과 『유다의 창The Judas Window』(1938)이 4위와 5위에 뽑혔다.) 두 개의 불가능 범죄가 이야기의 중심에 자리잡고 있는 『세 개의 관』은 카가 고안한 수

많은 수수께끼 중에서도 가장 복잡하며 교묘한 것으로 알려져 있다. 또한 흡혈귀 전설과 생매장, 그림의 비밀 등 부차적인 수수께끼가 더해져 최대의 효과를 올리고 있다. '밀실 강의'라고 붙여진 17장의 장난기와 독자를 향한 서비스 정신, 많은 곳에 숨겨진 복선과 서술의 함정 등 모든 것이 밀실물의 최고봉이라고 하기에 모자람이 없는 작품이다.

부처상을 닮은 거구의 법정 변호사 헨리 메리베일 경도 유명하다. 메리베일 경 시리즈는 카터 딕슨이라는 이름으로 발표했는데, 가장 유명한 작품은 『유다의 창』이다. 불가능 범죄를 전담하는 런던 경찰청의 D3과 소속 형사인 마치 대령도 있다. 카의 탐정은 다른 등장인물과 마찬가지로 비현실적일 만큼 화려한 구석이 있다. 파이프로 담배를 피우고 갈색 머리카락과 수염을 가진 마치 대령은 단편에만 등장한다.

시리즈 탐정이 등장하지 않는 것으로는 『화형 법정』과 『황제의 코담뱃갑The Emperor's Snuff-Box』(1942)이 대표작으로, 모두 명작이라는 이름이 어색하지 않은 장편 소설이다. 과거와 현재 사건의 교차와 결말의 반전이 이 장편의 특징으로 모든 작품을 통틀어 가장 강렬한 인상을 남긴다. 『황제의 코담뱃갑』은 추리 소설의 여왕 애거사 크리스티도 혀를 내둘렀다는 심리 트릭으로 유명하다.


**역 사   미 스 터 리**

딕슨 카가 남긴 또 하나의 위대한 업적이라면 역사 미스터리라는 새로운 장르를 개척한 것이다. 역사 미스터리에는 해결되지 않은 역사적 사건의 진상을 추리하는 것과 사실을 어느 정도 살려서 독자적인 이야기를 만들어내는 것 두 가지 형식이 있는데, 카는 양자 모두 선구라고 할 수 있는 작품을 써냈다. 많은 사람들이 이 시기에 카의 작품이 질이 낮아졌다고 이야기하곤 하지만 이런 그의 영향으로 이후 조지핀 테이의 『시간의 딸The Daughter of Time』(1951)과 같은 작품이 태어날 수 있었다고 볼 수 있다.

말년에 이르러 필력이 떨어진 것은 사실이나 루스 렌들이나 피터 러브시 같은 작가의 재능을 가장 빨리 간파하고 따뜻하게 격려하기도 하는 등 신인 발굴과 미스터리 비평에도 크게 기여했다. 1949년에는 도일의 유족 공인 평전『아서 코넌 도일 경의 생애The Life of Sir Arthur Conan Doyle』를 써서 베스트셀러 작가의 반열에 오른다. 1954년에는 이 평전 집필 당시 친해진 도일의 아들 에이드리언 코넌 도일과 합작하여『셜록 홈즈 미공개 사건집The Exploits of Sherlock Holmes』을 펴낸다. 에드거 상을 수상한 코넌 도일 평전을 비롯하여 그의 사십 년에 걸친 미스터리 저술에 대한 공로를 인정받아 1970년에 에드거 상 특별상을 수상한다.

미스터리 강국으로 알려진 일본에서도 존 딕슨 카의 영향을 받은 작가들이 탄생했다. 주로 본격 추리 작가들로, 우리에게도 잘 알려진 소년 탐정 김전일의 할아버지 '긴다이치 고스케' 시리즈를 내놓은 요코미조 세이시,『문신 살인 사건』의 다카기 아키미쓰, 야마구치 마사야를 비롯하여 『점성술 살인 사건』의 시마다 소지와 '관' 시리즈의 아야쓰지 유키토도 직간접적인 영향을 받았다. 하지만 장점으로 손꼽히는 밀실 트릭이나 오컬트 분위기 때문에 오히려 다소 마니아 취향의 작가라는 인식이 강하다.

한국에서 존 딕슨 카는 애거사 크리스티나 코넌 도일에 비해 대중적 인기가 떨어지는 편이다. 그가 미스터리 분야에 끼친 영향력과 업적으로 보자면 평가를 제대로 받지 못하고 있다 할 수 있다.

그는 1977년 폐암으로 사망했다.

/

## 작 품  목 록

### 존 딕슨 카로 발표한 소설(이하 '역사 미스터리'까지)

Poison In Jest (1932)

The Burning Court (1937) - 『화형 법정』(엘릭시르, 2013, 미스터리 책장 시리즈)

The Emperor's Snuff-Box (1942) - 『황제의 코담뱃갑』(엘릭시르, 2014, 미스터리 책장 시리즈)

The Nine Wrong Answers (1952)

Patrick Butler for the Defense (detective Patrick Butler) - 1956

Most Secret (1964)

The Hungry Goblin: A Victorian Detective Novel (1972, 윌키 콜린스가 탐정으로 등장)

**앙리 방코랭 시리즈**

It Walks By Night (1930) - 『밤에 걷다』(임경아 옮김, 로크미디어, 2009)

Castle Skull (1931)

The Lost Gallows (1931)

The Waxworks Murder (1932, 미국판 제목은 The Corpse In The Waxworks)

The Four False Weapons, Being the Return of Bencolin (1938)


**기디언 펠 박사 시리즈**

Hag's Nook (1933)

The Mad Hatter Mystery (1933)

The Blind Barber (1934)

The Eight of Swords (1934)

Death-Watch (1935)

The Hollow Man (1935, 미국판 제목은 The Three Coffins) - 『세 개의 관』(미스터리 책장으로 출간 예정)

The Arabian Nights Murder (1936) - 『아라비안 나이트 살인』(임경아 옮김, 로크미디어, 2009)

To Wake the Dead (1938)

The Crooked Hinge (1938) - 『구부러진 경첩』(이정임 옮김, 고려원북스, 2009)

The Black Spectacles (1939, 미국판 제목은 The Problem Of The Green Capsule)

- 『초록 캡슐의 수수께끼』(임경아 옮김, 로크미디어, 2010)

The Problem of the Wire Cage (1939)

The Man Who Could Not Shudder (1940)

The Case of the Constant Suicides (1941)

Death Turns the Tables (1941, 영국판은 The Seat of the Scornful라는 제목으로 1942년 출간)

Till Death Do Us Part (1944)

He Who Whispers (1946)

The Sleeping Sphinx (1947)

Below Suspicion (1949)

The Dead Man's Knock (1958)

In Spite of Thunder (1960)

The House at Satan's Elbow (1965)

Panic in Box C (1966)

Dark of the Moon (1968)


## 역사 미스터리

The Bride of Newgate (1950)

The Devil in Velvet (1951) - 『벨벳의 악마』(유소영 옮김, 고려원북스, 2009)

Captain Cut-Throat (1955)

Fire, Burn! (1957)

Scandal at High Chimneys: A Victorian Melodrama (1959)

The Witch of the Low Tide: An Edwardian Melodrama (1961)

The Demoniacs (1962)

Papa La-Bas (1968)

The Ghosts' High Noon (1970)

Deadly Hall (1971)


## 카터 딕슨으로 발표한 소설(이하 '헨리 메리베일 경 시리즈' 포함)

The Bowstring Murders (1934)

Fear Is the Same (1956)

Drop to His Death (1939, 존 로드와 합작. 미국판 제목은 Fatal Descent)


## 헨리 메리베일 경 시리즈

The Plague Court Murders (1934)

The White Priory Murders (1934)

The Red Widow Murders (1935)

The Unicorn Murders (1935)

The Punch and Judy Murders (1936, 미국판 제목은 The Magic Lantern Murders)

The Ten Teacups (1937, 미국판 제목은 The Peacock Feather Murders)

The Judas Window (1938, 미국판 제목은 The Crossbow Murder) - 『유다의 창』(임경아 옮김, 로크미디어, 2010)

Death in Five Boxes (1938)

The Reader is Warned (1939)

And So To Murder (1940)

Murder in The Submarine Zone (1940, 미국판 제목은 Nine - And Death Makes Ten. Murder in the Atlantic라는 제목으로도 출간된 적 있음)

Seeing is Believing (1941, 또는 Cross of Murder)

The Gilded Man (1942, 또는 Death and The Gilded Man)

She Died A Lady (1943)

He Wouldn't Kill Patience (1944)

The Curse of the Bronze Lamp (1945, 영국판은 Lord of the Sorcerers라는 제목으로 1946년 출간)

My Late Wives (1946)

The Skeleton in the Clock (1948)

A Graveyard To Let (1949)

Night at the Mocking Widow (1950)

Behind the Crimson Blind (1952)

The Cavalier's Cup (1953)


**단편집**

The Department of Queer Complaints (1940, 카터 딕슨) - 『기묘한 사건 사고 전담 반』(임경아 옮김, 로크미디어, 2010)

The Third Bullet and Other Stories of Detection (1954)

The Exploits of Sherlock Holmes (1954, 에이드리언 코넌 도일과 공저) - 『셜록 홈즈

미공개 사건집』(권일영 옮김, 북스피어, 2008)

The Men Who Explained Miracles (1963, 펠 박사 및 메리베일 경 등장)

The Door to Doom and Other Detections (1980, 라디오 극본 포함)

The Dead Sleep Lightly (1983, 라디오 극본)

Fell and Foul Play (1991)

Merrivale, March and Murder (1991)


**논픽션**

The Murder of Sir Edmund Godfrey (1936)

The Life of Sir Arthur Conan Doyle (1949)

해 설

## 트 릭  사 용 의  모 범 적 인  예

『황제의 코담뱃갑』은 존 딕슨 카의 작품 중 가장 잘 알려져 있지만, 카의 특징이 거의 드러나지 않는 이채로운 작품이다. 작품 속 범죄는 불가능해 보이지도 않고, 밀실은 나오지 않으며, 오컬트 요소는 아예 없다. 범죄 심리를 주목하는 더멋 킨로스 박사 또한 다른 출연 작품이 없는 듯하니, 작가로서는 색다른 시도였던 것 같다.

종종 일반 독자들에게 입문용 미스터리 소설을 추천해달라는 부탁을 받는데, 장르 자체가 워낙 잔가지가 많고 취향이 갈려서 꼼꼼하게 짚어본 후에 추천한다. 만약 미스터리 소설을 아예 처음 읽는 사람이라면, 별다른 고민 없이 『황제의 코담뱃갑』을 추천한다.

이 작품은 분량이 적고, 하나의 트릭으로 전체 구조를 지탱하는 특징을 지니고 있다(따라서 미스터리를 처음 읽는 사람에게도 큰 부담이 없다). 트릭은 보란듯이 앞부분부터 설치돼 있으며, 작품 전체를 통해 효과적으로 작용한다. 존 딕슨 카는 네드 애투드라는 불안 요소를 한껏 고조시키다가 갑자기 독자의 어깨에 손을 얹고 그들의 시선을 이브 닐 부인에 맞춘다. 그리고 길 건너편을 가리키며 이렇게 말한다. "보여? 저기 코담뱃갑이 있어."

이 작품을 관통하고 있는 속임수는 '범죄를 저지른 사람이 자신의 범죄를 바라본다'는 알리바이 트릭이다. 그리고 그것은 물리적인 장치나 서술적인 모호함이 아닌 심리적인 착각으로 설계돼 있다. 네드 애투드가 원하는 것은 강력한 알리바이이다. 이 폭력적인 전남편은 현명하게도 자신을 가장 꺼려하는 전부인 이브 닐을 자신의 알리바이로 삼는 계획을 세운다. 그녀는 암시에 완벽하게 걸려드는데, 그 이유는 심리적인 불안감 때문이다. 앞부분을 차근차근 읽어보면 존 딕슨 카가 트릭을 위해 펼쳐놓은 여러 안배를 확인할 수 있다. 불안함, 갑작스러움, 설렘, 초조함 등 다양한 감정들은 이브 닐을 둘러싸고 몰아간다. 그 감정은 독자에게로 옮겨져, '코담뱃갑'의 구체적인 형상마저 잊게 만드는 것이다.

탐정 역을 맡은 더멋 킨로스 박사는 존 딕슨 카의 작품들에서 드물게 연역 추리의 비중이 많은 탐정이다. 그는 사건의 얼개를 접하자마자 가설을 만들어서 개입하는데, 그 근거는 범죄 심리학자답게 심리적 동기이다. 이러한 직관적인 탐정은 현대의 미스터리에서 찾기 어려운 빛바랜 캐릭터이지만, 『황제의 코담뱃갑』같이 견고하게 짜인 고전 스타일의 미스터리에서는 찬란한 빛을 발한다.

몇 개의 (심한) 우연이 있고 현재의 과학 수사 입장에서 성립할 수 없는 구성이긴 하지만, 미스터리를 처음 읽는 독자라면 네드 애투드가 '코담뱃갑'이라고 말하는 그 지점에서부터 작동하는 심리 트릭에 속을 수밖에 없다. 애거사 크리스티가 감탄했듯, 닳고 닳은(?) 독자 역시 쉽지는 않을 것이다. 미스터리 장르가 줄 수 있는 최고의 즐거움은 '속았다'라는 쾌감이라 할 수 있는데, 『황제의 코담뱃갑』만큼 잔재주 없이, 효율적으로 쾌감을 안겨주는 작품은 찾기 어렵다. 감히 예언컨대, 『황제의 코담뱃갑』으로 미스터리를 처음 접한 독자라면 반드시 다른 미스터리를 찾게 될 것이다.

## '존 딕슨 카 = 불가능 범죄의 거장'

'미스터리' 장르에서 오랫동안 창작을 지속하기란 결코 쉽지 않다. 대하소설 같은 긴 분량이 가능한 것도 아니고, 사회 변화에 따라 장르 자체의 성격이 예민하게 변해왔기 때문이다. 그런 의미에서 보면 '미스터리의 거장'이라는 칭호는 몇 권의 걸작을 탄생시킨 작가보다는 오랫동안 작품 활동을 해온 작가들에게 더 잘 어울린다. 그들은 가장 상업적인 전장 한가운데에서, 변화의 흐름을 유연하게 넘나들며 자신의 이름을 끊임없이 각인시킨 작가들이기 때문이다.

존 딕슨 카는 의심할 여지없는 미스터리의 거장이다. 1930년대에 등장해 황금기(1차세계대전과 2차세계대전을 전후한 기간) 추리 소설의 전통 속에서 숙성된 그는, 2차세계대전이라는 격변기를 거쳐서 '범죄 소설'로 완전하게 판이 바뀌어버린 1970년대에 이르기까지 꾸준히 작품 활동을 지속했다. 작품 수를 헤아리면 팔십여 편 정도로, 흔히 거론되는 엘러리 퀸이나 애거사 크리스티 등에 결코 뒤지지 않는 작가라고 할 수 있다.

존 딕슨 카는 미국 펜실베이니아 유니언타운에서 태어났지만, 감수성이 예민한 청년 시절은 프랑스 파리에서 보냈다. 또 작가로서의 전성기는 영국 브리스틀에서 맞았고, 전쟁의 여파를 피해 미국으로 다시 돌아와 사우스캐롤라이나 그린빌에서 여생을 보냈다.

황금기 미스터리의 정수라 할 만한 영국 작가들(G.K. 체스터턴, 도러시 L. 세이어스, 앤서니 버클리 콕스 등)과의 오랜 교유 때문인지, 그는 종종 영국 작가처럼 여겨지곤 한다(그가 영국 추리 클럽 최초의 미국인 회원이었음은 익히 잘 알려진 사실이다). 하지만 굳이 계보를 따져보면 존 딕슨 카는 영국 미스터리의 영향을 받은 미국 작가라고 할 수 있다. 간단하게 말하면 S.S. 밴 다인이 직속 선배, 엘러리 퀸이 데뷔 동기쯤 되는 셈이다.

이런 잦은 해외 거주 이력(?) 덕분에 그는 프랑스 미스터리의 낭만과 영국 미스터리의 탄탄한 전통, 미국 미스터리의 리얼리즘 모두를 경험하게 됐다. 당시 미스터리 선진국이라 할 만한 세 나라의 특성을 모두 한 그릇에 담을 희귀한 기회를 얻은 셈인데, 이것들은 존 딕슨 카의 개인적인 성향과 맞물려 하나의 독특한 작풍을 형성하게 된다.

황금기에 활약했던 미스터리 작가들은 2차세계대전이 지나고 급격한 변화를 맞이했다. 그들은 더는 수수께끼로 가득한 성城에서 머무를 수 없었고, 전지전능한 탐정 또한 계급의 하락이라는 골치 아픈 문제와 맞닥뜨려야만 했다. 거장들은 대부분 완만한 변화를 선택했다. 신과 같았던 초기의 에르퀼 푸아로나 1기의 엘러리 퀸은 시간이 지나면서 점점 현실적인 캐릭터로 변해갔다.

그들에 비하면, 존 딕슨 카는 완고한 편이었다. 그의 작풍을 단 한 단어로 요약하면 '불가능 범죄'라고 할 수 있는데, 그는 사십여 년에 걸쳐 다양한 방법으로 끊임없이 그 주제를 파고들었다. 스릴러나 범죄 소설이 아닌 고전 미스터리를 그리워하는 이들은 바로 그 고집스러움에서 한없는 낭만을 느낀다. 그들에게 '존 딕슨 카'는 밀실의 화신이자, 책장에서 기적을 행하는 작가이며, 미스터리 소설계의 해리 후디니•였다.

• **해리 후디니** _ 헝가리계 미국인 마술사. 20세기 최대의 천재 마술사라고 불렸다.

일본의 존 딕슨 카 사랑은 매우 각별하다. 신본격이라는 흐름을 통해 고전 미스터리에 대한 향수를 한껏 드러냈던 나라였기에 어쩌면 당연한 일일지도 모르겠다. 존 딕슨 카의 작품은 2차세계대전 전후 대중 소설 잡지 덕분에 거의 실시간으로 소개됐고, 요코미조 세이시 등 초기 본격 미스터리 작가들에게 큰 영향을 미쳤다.

지난 2006년에는 도쿄소겐샤에서 그동안 발표되지 않은 단편 여덟 편을 모아 『밀실과 기적密室と奇蹟』이라는 선집을 발표했다. 2006년은 존 딕슨 카의 탄생 100주년이었고, 팔십여 편에 달하는 전작이 이미 다 소개됐기 때문에 '그동안 발표되지 않은'이라는 수식어가 붙었다. 우리나라의 사정과 비교하면 참으로 부러운 일이 아닐 수 없다.

사실, 존 딕슨 카의 가장 큰 매력은 트릭이 아니라 그것을 보여주는 방법에 있다. 그는 어떠한 불가능한 상황도 고개를 끄덕이게 하는 뛰어난 연출가이자, 미스디렉션에 능숙한 마술사였고, 재능 넘치는 스토리텔러였다. 이 거장이 그저 교묘한 트릭에만 집착하는 작가로만 알려져 있는 것은 꽤 불행한 일이다.

존 딕슨 카의 작품은 발표된 시기에 따라 몇 개의 분기로 나뉜다. 초기작의 경우 탐정은 프랑스 경찰청 총감인 방코랭인데, 이 시기의 작품에는 퇴폐적이고 낭만적인 1920년대 파리의 분위기가 녹아들어 있다.

밀실에서 발견된 목이 잘린 시체(『밤에 걷다』(임경아 옮김, 로크미디어, 2009)), 목이 없는 시체가 운전하는 자동차(『The Lost Gallows』(1931)), 불길에 싸인 채 떨어지는 시체(『해골성』(전형기 옮김, 동서문화사, 2003)) 등 으스스한 분위기 속에서 일어나는 불가능한 범죄가 독자의 흥미를 돋운다.

1933년부터 존 딕슨 카는 영국에서 활동하게 되는데, 아마도 무척 행복했던 시기였을 것이다. 그는 영국 여인과 만나 결혼했으며, 출판사와 정식으로 계약했고, 필명도 만들어(카터 딕슨, 카 딕슨 등) 다양한 작품을 출간했다. 또 뛰어난 영국 미스터리 작가들과 교유하며 작품에 깊이를 더해갔다. 바로 이 시기부터 G.K. 체스터턴을 닮은 기디언 펠 박사와 윈스턴 처칠 경을 닮은 헨리 메리베일 경(카터 딕슨 명의)이 본격적인 활약을 펼친다.

현재까지 걸작으로 칭송받는 작품들은 모두 이 '영국 시대'에서 탄생한 것이다. 모자 도둑을 시작으로 기묘한 일들이 연달아 일어나는 『모자 수집광 사건』(김우종 옮김, 동서문화사, 2003), 밀실을 다룬 작품 중 역사상 최고 걸작으로 손꼽히는 『세 개의 관』(엘릭시르 출간 예정), 꼬리를 물고 일어나는 진기한 사건들이 논리적으로 해명되는 『아라비안나이트 살인』(임경아 옮김, 로크미디어, 2009), 독살당한 마녀와 너무나도 닮은 자신의 아내가 등장하는 오컬트 미스터리 『화형 법정』(유소영 옮김, 엘릭시르, 2013), 자기가 진짜라고 주장하는 두 남자가 모두 살해돼버리는 『구부러진 경첩』(이정임 옮김, 고려원북스, 2009), 존 딕슨 카의 작품 중 가장 높은 인기를 얻은 밀실 미스터리 『유다의 창』(임경아 옮김, 로크미디어, 2010) 등, 당시 작품들은 1930년대 미스터리가 도달한 한 정점이라 할 수 있다. 존 딕슨 카는 불가능한 범죄를 화려하게 포장하고 경악할 만한 솜씨로 그 실체를 드러내는데, 이는 마치 마술처럼 보일 정도이다.

밀실이란 미스터리의 지고지순한 주제를 끊임없이 변주하며 일 년에 두 권 이상 발표했던 존 딕슨 카도 1940년대에 접어들면 스타일의 변화를 고민하게 된다. 아이디어의 소모라기보다는 당시 사회 변화에 영향을 받은 탓이다. 황금기 미스터리 작가들에게 2차세계대전을 전후한 시기 는 그만큼 고민의 지점이었다. 거의 같은 시기에 데뷔했던 엘러리 퀸이 현실적 요소를 받아들여 '라이츠빌' 시리즈를 시작했던 것도 바로 이 시 기이다. 1940년대의 작품은 불가능 범죄 특유의 화려함이 줄어들고 다 소 소박한 모양새를 보인다. 건물이 사라지는 거대한 마술 쇼보다는 선 명한 효과를 기대할 수 있는 트릭에 집중한 것이다. 걸작 『황제의 코담 뱃갑』이 바로 이 시기의 작품이다.

1950년대에 들어서면 존 딕슨 카는 본격적으로 역사 미스터리를 집필하 기 시작한다. 수수께끼 풀이 위주의 미스터리가 바닥을 드러낼 수밖에 없는 시대였고, 역사 속 실재 사건에서 아이디어를 얻던 그의 오랜 집필 습관과 낭만적인 글쓰기 재능이 새로운 서브 장르를 탄생시킨 것이다.

1951년 발표된 『벨벳의 악마』(유소영, 고려원북스, 2009)는 상업적으로도 큰 성공을 거뒀다. 1920년대 역사학자 니컬러스 펜턴이 이백사십 년 전 살인 사건 기록을 읽고 악마와 계약을 맺어 타임 슬립한다는 내용으로, SF와 미스터리 요소가 가미된 흥미진진한 역사 활극이다. 이외에도 1828년의 런던으로 갑자기 변한 세상에서 현대의 지식을 이용해 사건을 해결하는 『Fire, Burn!』(1958)도 빼놓을 수 없는 대표작이다.

윤영천 (howmystery.com 운영자)

**황제의 코담뱃갑**
The Emperor's Snuff-Box
/

**초판 발행** 2014년 11월 28일

**지은이** 존 딕슨 카 / **옮긴이** 이동윤 / **펴낸이** 강병선

**책임편집** 이송 / **편집** 임지호 / **외주교정** 임선영
**아트디렉팅** 이혜경 / **본문조판** 백주영 / **그림** 신은정
**저작권** 한문숙 박혜연 김지영 / **마케팅** 정민호 한민아 정진아 / **온라인마케팅** 김희숙 김상만 한수진 이천희
**제작** 강신은 김동욱 임현식 / **제작처** 영신사
**독자모니터** 엄정현

**펴낸곳** (주)문학동네 / **출판등록** 1993년 10월 22일 제406-2003-000045호 / **임프린트** 엘릭시르

**주소** 413-120 경기도 파주시 회동길 210
**문의** 031-955-1918(편집) 031-955-8886(마케팅) 031-955-8855(팩스)
**전자우편** editor@elmys.co.kr / **홈페이지** www.elmys.co.kr

ISBN 978-89-546-2602-6 (03840)

**엘릭시르는 출판그룹 문학동네의 임프린트입니다.**